W0399840

Primo Levi
Ist das ein Mensch?

Primo Levi

Ist das ein Mensch?

Roman

Büchergilde Gutenberg

Lizenzausgabe für die Büchergilde Gutenberg
Frankfurt am Main, Wien
mit freundlicher Genehmigung des
Carl Hanser Verlages, München, Wien
Copyright © 1988 Carl Hanser Verlag, München, Wien
Titel der Originalausgabe ›Se questo è un uomo?‹
Copyright © 1958, 1986 Giulio Einaudi editore s.p.a. Turin
Aus dem Italienischen von Heinz Riedt
Schutzumschlag und Einband Klaus Detjen, Holm
Herstellung Margot Mayer, Dietzenbach-Steinberg
Satz Utesch-Satztechnik, Hamburg
Druck Paul Robert Wilk, Friedrichsdorf/Taunus
Bindung Großbuchbinderei Monheim, Monheim
Printed in Germany ISBN 3 7632 3845 x

Inhalt

Das Erinnern der Wunde

Die menschliche Erinnerung ist ein wunderbares, aber unzuverlässiges Instrument. Das ist eine abgedroschene Wahrheit, die nicht nur den Psychologen, sondern auch jedem bekannt ist, der sein Augenmerk auf das Verhalten seiner Umgebung oder auf sein eigenes gerichtet hat. Die in uns schlummernden Erinnerungen sind nicht in Stein gemeißelt; sie zeigen nicht nur die Neigung, sich mit den Jahren zu verflüchtigen, oft verändern sie sich oder werden sogar umfangreicher, wobei sie fremdbestimmte Züge in sich aufnehmen. Richter kennen diese Erscheinung genau: Es kommt sehr selten vor, daß zwei Augenzeugen, die dasselbe Geschehen beobachtet haben, es auch auf die gleiche Weise schildern und dabei die gleichen Wörter benutzen, auch wenn der Vorgang erst kurz zurückliegt und keiner der beiden ein persönliches Interesse daran hat, ihn verzerrt darzustellen. Das geringe Vertrauen in unser Gedächtnis wird erst dann zufriedenstellend erklärt sein, wenn wir wissen, in welcher Sprache, in welchem Alphabet es geschrieben ist, auf welches Material und mit welcher Feder: auch heute ist das ein Ziel, von dem wir noch weit entfernt sind. Uns sind einige Mechanismen bekannt, die unter besonderen Umständen die Erinnerung verfälschen: Traumata, und keineswegs nur zerebrale; die Interferenz anderer »konkurrierender« Erinnerungen; abnorme Bewußtseinszustände; Repressionen; Verdrängungen. Allerdings ist auch unter normalen Bedingungen ein langsamer Abbau am Werk, eine Trübung der Konturen, ein gewissermaßen physiologisches Vergessen, denen nur wenige Erinnerungen widerstehen. Wahrscheinlich kann man hierin eine der großen Kräfte der Natur erblicken, dieselbe, die die Ordnung in Ordnungslosigkeit zersetzt, Jugend in Alter verwandelt und das Leben im Tod auslöscht. Gewiß, Übung, das heißt in unserem Fall: die häufige Vergegenwärtigung, hält die Erinnerung frisch und lebendig, genauso wie man einen Muskel leistungsfähig erhält, wenn man ihn oft trainiert; aber es ist ebenso wahr, daß eine Erinnerung, die allzuoft heraufbeschworen und in Form einer Erzählung dargeboten wird, dahin tendiert, zu einem Stereotyp, das heißt zu einer durch die Erfahrung bewährten Form, zu erstarren, abgelagert, perfektioniert und ausgeschmückt, die sich dann an die Stelle der ursprünglichen Erinnerung setzt und auf ihre Kosten blüht und gedeiht.

Ich möchte hier die Erinnerungen an extreme Erfahrungen untersuchen, an erlittene oder zugefügte Kränkungen. In diesem Fall sind alle oder fast alle Faktoren am Werk, die die mnemotechnische Aufzeichnung wertlos machen oder verzerren können: die Erinnerung an ein Trauma, ob es nun erlitten oder zugefügt wurde, ist von sich aus schon traumatisch, denn es schmerzt oder stört zumindest, wenn man es ins Gedächtnis zurückholt. Wer im Tiefsten verletzt worden ist, neigt dazu, die Erinnerung daran zu verdrängen, um den Schmerz nicht zu erneuern; und derjenige, der diese Wunden zugefügt hat, drängt seine Erinnerung in die Tiefe ab, um sich von ihr zu befreien, um sein Schuldge-

fühl zu erleichtern. Hier befinden wir uns, wie auch bei anderen Phänomenen, vor einer paradoxen Analogie von Opfer und Unterdrücker, und es ist äußerst wichtig, daß wir das klar sehen: Beide sitzen in derselben Falle, aber es ist der Unterdrücker und nur er, der sie aufgestellt hat und zuschnappen läßt. Wenn er daran leidet, ist es nur gerecht, daß er daran leidet. Aber es ist ungerecht, daß auch das Opfer daran leiden muß, wie es gezwungenermaßen daran leidet, auch nach Jahrzehnten noch. Wieder müssen wir, trauernd, feststellen, daß die tiefe Verletzung unheilbar ist: sie überdauert die Zeiten, und die Erinnyen, an die man schließlich doch glauben muß, quälen nicht nur den Peiniger (selbst wenn sie ihn quälen, so steht ihnen helfend die menschliche Strafe zur Seite oder auch nicht), sondern führen sein Werk noch fort, indem sie dem Gepeinigten den Frieden versagen. Nicht ohne Entsetzen liest man die Worte, die der österreichische Philosoph Jean Améry hinterlassen hat, der von der Gestapo gefoltert wurde, weil er im belgischen Widerstand aktiv war, und später nach Auschwitz deportiert wurde, weil er Jude war:

»Wer gefoltert wurde, bleibt gefoltert. (...) Wer der Folter erlag, kann nicht mehr heimisch werden in der Welt. Die Schmach der Vernichtung läßt sich nicht austilgen. Das zum Teil schon mit dem ersten Schlag, in vollem Umfang aber schließlich in der Tortur eingestürzte Weltvertrauen wird nicht wiedergewonnen.«

Die Folter war für ihn ein nicht enden wollender Tod: Améry hat sich 1978 das Leben genommen.

Wir wollen keine Verwirrung, keine kleinlichen Freudismen, keine Morbiditäten und keine Nachsicht. Der Unterdrücker bleibt, was er ist, und das Opfer ebenfalls: sie sind nicht austauschbar, der erstere muß bestraft werden, man muß Abscheu vor ihm empfinden (aller-

dings sollte man auch versuchen, ihn zu verstehen), der zweite ist zu bemitleiden und ihm muß geholfen werden. Aber vor der Ungeheuerlichkeit des Faktums, das sich unwiderruflich ereignet hat, brauchen beide Schutz und Zuflucht, und sie gehen instinktiv auf die Suche danach. Nicht alle, aber die meisten, und oft ihr ganzes Leben lang.

Wir verfügen inzwischen über zahlreiche Bekenntnisse, Aussagen, Eingeständnisse von seiten der Unterdrücker (ich spreche dabei nicht nur von den deutschen Nationalsozialisten, sondern von all denen, die im Namen des Gehorsams gegenüber einer Disziplin vielfache abscheuliche Verbrechen begehen). Einige wurden im Verlauf von Gerichtsverfahren abgelegt, andere während eines Interviews, wieder andere finden sich in Büchern oder Memoiren. Ich bin der Ansicht, daß es sich hierbei um Dokumente von äußerster Wichtigkeit handelt. Im allgemeinen interessieren dabei nicht so sehr die Beschreibungen des Geschehenen und der vollzogenen Handlungen: das entspricht im großen und ganzen dem, was die Opfer berichtet haben. Nur sehr selten werden diese Berichte bestritten, sie sind rechtskräftig geworden und inzwischen Teil der Geschichte. Oft werden sie als bekannt vorausgesetzt. Viel wichtiger sind die Motive und Rechtfertigungen: Warum hast du das getan? War dir klar, daß du ein Verbrechen begehst?

Die Antworten auf diese beiden oder auf gleichartige Fragen sind sich ziemlich ähnlich, ganz unabhängig von der Persönlichkeit des Befragten – handle es sich nun dabei um einen ehrgeizigen, intelligenten Menschen wie Speer oder um einen eiskalten Fanatiker wie Eichmann, um kurzsichtige Verwaltungsbeamte wie Stangl in Treblinka und Höss in Auschwitz oder um stumpfsinnige Gewalttäter wie Boger und Kaduk, die

Erfinder neuer Foltermethoden. Sie formulierten verschieden, mehr oder weniger hochmütig, das hängt vom jeweiligen geistigen und kulturellen Niveau dessen ab, der spricht, aber sie sagen im Grunde alle das gleiche: Ich habe es getan, weil es mir befohlen worden ist; andere (meine Vorgesetzten) haben noch viel schlimmere Dinge als ich getan; aufgrund meiner Erziehung und meiner Herkunft konnte ich nicht anders handeln; wenn ich es nicht getan hätte, dann hätte es irgendein anderer mit noch größerer Härte an meiner Stelle getan. Wer nun diese Rechtfertigungen liest, empfindet zunächst Abscheu: die lügen doch, die können doch nicht wirklich glauben, daß man ihnen glaubt, sie können nicht ihre Augen verschließen vor dem Ungleichgewicht zwischen ihren Entschuldigungen und der Last des Schmerzes und des Todes, die sie verursacht haben. Sie lügen und wissen, daß sie lügen: sie sprechen wider besseres Wissen.

Jeder, der eine einigermaßen ausreichende Erfahrung mit menschlichen Dingen hat, weiß, daß die Unterscheidung (oder, wie der Linguist sagen würde: die Opposition) zwischen Treu-und-Glaube und Wider-besseres-Wissen optimistisch und aufklärerisch ist, und das noch viel mehr und aus viel tieferem Grund, wenn sie auf Menschen wie die gerade genannten angewandt wird. Sie setzt eine geistige Klarheit voraus, die nur wenige besitzen und die auch diese wenigen verlieren, sobald die vergangene oder die augenblickliche Wirklichkeit, aus welchen Gründen auch immer, in ihnen Angst und Unbehagen hervorruft. Unter solchen Umständen findet man durchaus Menschen, die ganz bewußt lügen und auf diese Weise die Wirklichkeit kaltblütig verfälschen, aber es gibt weitaus mehr Menschen, die die Anker lichten, sich für den Augenblick oder auch für im-

mer von den ursprünglichen Erinnerungen lösen und sich eine bequemere Wirklichkeit zurechtzimmern. Ihre Vergangenheit belastet sie; sie empfinden Abscheu vor den Handlungen, die sie begangen oder erlitten haben, und neigen deshalb dazu, etwas anderes an ihre Stelle zu setzen. Das kann bei vollem Bewußtsein der realen Zusammenhänge einsetzen, mit einem erfundenen, verlogenen, wiederhergestellten Handlungsablauf, der aber weniger schmerzvoll ist als der wirkliche. Beschreibt man diesen Ablauf oft genug gegenüber anderen und sich selbst, verliert die Unterscheidung zwischen Wahrheit und Lüge allmählich ihre Konturen, und der Mensch glaubt schließlich mit voller Überzeugung an seine Geschichte, die er so oft erzählt hat und noch immer erzählt, wobei er die weniger glaubhaften oder die untereinander nicht unbedingt korrespondierenden oder die nicht in den Zusammenhang des Entwurfs der herangezogenen Ereignisse passenden Details glättet und aufs neue bearbeitet: aus dem anfänglichen »wider besseres Wissen« ist »Treu und Glaube« geworden. Der lautlose Übergang von der Lüge zum Selbstbetrug ist nützlich: wer auf Treu und Glauben lügt, lügt besser, spielt seine Rolle besser, findet leichter Glauben beim Richter, beim Historiker, beim Leser, bei seiner Frau und bei seinen Kindern.

Je weiter die Ereignisse in die Zeit zurücktreten, um so mehr wächst und vervollkommnet sich die Konstruktion einer bequemen Wahrheit. Ich glaube, man kann nur vermittels dieses geistigen Mechanismus beispielsweise die Äußerungen von Louis Darquier de Pellepoix – der um 1942 zuständig war für Jüdische Angelegenheiten in der Vichy-Regierung und als solcher persönlich verantwortlich für die Deportation von 70 000 Juden – interpretieren, die er im Jahr 1978 im »Express«

gemacht hat. Darquier leugnet alles: die Fotos mit den Leichenbergen sind Montagen; die Statistiken von Abermillionen Toten sind von den Juden fabriziert worden, die ja schon immer reklamesüchtig, mitleidheischend und entschädigungsgierig waren; Deportationen gab es möglicherweise (das wäre ihm auch schwergefallen zu leugnen, denn immerhin erscheint seine Unterschrift unter zahlreichen Briefen, die Anweisungen für die Deportationen enthielten, auch für die von kleinen Kindern), aber er hatte keine Ahnung, wohin die Deportierten gebracht wurden und welches Ende sie fanden; es ist richtig, daß es in Auschwitz Gaskammern gab, aber die dienten nur der Vernichtung von Läusen, und überhaupt (man beachte die Kohärenz!) sind sie aus propagandistischen Gründen erst nach dem Krieg gebaut worden. Es geht mir nicht darum, diesen Feigling, diesen Dummkopf zu verteidigen, und es kränkt mich zu wissen, daß er so lange unbehelligt in Spanien leben konnte, aber mir scheint, ich kann in ihm den typischen Fall desjenigen erkennen, der, gewohnt, in der Öffentlichkeit zu lügen, schließlich auch im privaten Kreis lügt, sich sogar selbst belügt und sich so eine bequeme Wahrheit aufbaut, die es ihm ermöglicht, in Frieden weiterzuleben. »Treu und Glaube« streng vom »wider besseres Wissen« zu trennen ist eine kostspielige Angelegenheit: es verlangt eine rückhaltlose Aufrichtigkeit sich selbst gegenüber, es fordert eine ununterbrochene intellektuelle und moralische Anstrengung. Aber wie kann man von Männern wie Darquier eine derartige Anstrengung erwarten?

Wenn man die Erklärungen liest, die Eichmann während des Prozesses in Jerusalem gemacht hat, und die, die Rudolf Höss (der vorletzte Kommandant von Auschwitz und Erfinder der Blausäure-Kammern) in seiner Autobiographie abgab, erkennt man einen Prozeß der Vergangenheitsaufbereitung, der viel subtiler ist als der eben genannte. Im wesentlichen haben sich die beiden in der klassischen Art der nationalsozialistischen Mitläufer, genauer gesagt, in der Art aller Mitläufer verteidigt: wir sind zu absolutem Gehorsam, zu hierarchischem Denken und zum Nationalsozialismus erzogen worden; wir sind mit Propagandasprüchen bearbeitet worden, wir waren berauscht von Zeremonien und Veranstaltungen; man hat uns gelehrt, daß die einzige Gerechtigkeit die war, die unserem Volke nützt; und die einzige Wahrheit waren die Worte des Führers. Was also wollt ihr von uns? Wie kommt ihr dazu, von uns und auch von allen anderen, die wie wir waren, jetzt, da die Dinge geschehen sind, ein anderes Verhalten zu erwarten als das, was unser Verhalten damals war? Wir sind zuverlässige Ausführungsorgane gewesen, und für unsere Zuverlässigkeit sind wir belobigt und befördert worden. Die Entscheidungen haben nicht wir getroffen, denn das Regime, in dem wir aufgewachsen sind, erlaubte keine persönlichen Entscheidungen: andere haben die Entscheidungen für uns getroffen, und anders war es auch gar nicht möglich, denn wir waren der Fähigkeit, Entscheidungen zu treffen, beraubt worden. Nicht nur war es uns untersagt, Entscheidungen zu treffen, sondern wir waren dazu auch unfähig. Deshalb sind wir nicht verantwortlich und können daher auch nicht bestraft werden.

Selbst wenn man diese Argumentationsweise vor dem Hintergrund der Schornsteine von Birkenau betrachtet, kann sie nicht als das Ergebnis reiner Unverschämtheit gedeutet werden. Der Druck, den ein moderner totalitärer Staat auf ein Individuum ausüben kann, ist erschreckend. Er bedient sich im wesentlichen dreier

Waffen: der direkten Propaganda oder der durch Erziehung, Bildung und Volkstraditionen verschleierten; der Verhängung einer Nachrichtensperre; des Terrors. Dennoch ist es nicht gerechtfertigt zu behaupten, man könne diesem Druck nicht widerstehen, schon gar nicht, wenn es sich um einen so kurzen Zeitraum handelt wie die zwölf Jahre, in denen das Dritte Reich Bestand hatte: in den Behauptungen und Entschuldigungen von Männern mit außergewöhnlicher Verantwortung, zu denen Höss und Eichmann gehörten, schwingt deutlich die Übertreibung und mehr noch die Bearbeitung der Erinnerung mit. Beide wurden geboren und erzogen, lange bevor das Reich wirklich »totalitär« wurde, und ihr Eintritt in die Partei war eine persönliche Entscheidung, die stärker von opportunistischen Gesichtspunkten als von Enthusiasmus geprägt war. Die Aufarbeitung ihrer Vergangenheit ist nachträglich erfolgt, langsam und (wahrscheinlich) unmethodisch. Es wäre naiv, die Frage zu stellen, ob dies in Treu und Glauben oder wider besseres Wissen geschehen ist. Auch sie, die doch angesichts des Leidens anderer Menschen so stark waren, haben, als sie vor ihren Richtern standen und vor ihrem Tod, den sie verdient hatten, sich eine bequeme Vergangenheit konstruiert und schließlich selbst daran geglaubt: besonders Höss, der kein subtiler Mensch war. So, wie er uns aus seinen Aufzeichnungen entgegentritt, war er eigentlich eine Person, der Selbstkontrolle und Selbstbeobachtung dermaßen fremd waren, daß es ihm nicht einmal auffiel, wie sehr er seinen grobschlächtigen Antisemitismus noch im Akt des Widerrufs und der Verneinung bestätigte, und daß er sich nicht bewußt war, wie aalglatt sein Selbstbildnis von einem guten Beamten, Vater und Ehemann ausfiel.

Man muß bei diesen Versuchen einer Rekonstruktion der Vergangenheit feststellen (aber nicht nur bei diesen: es handelt sich hier um eine Beobachtung, die alles Erinnern betrifft), daß die Verbiegung der Tatsachen oft von der Objektivität ebendieser Tatsachen verhindert wird, über die es Zeugnisse dritter Personen gibt, Dokumente, »Tatwerkzeuge«, historisch gewonnene Zusammenhänge. Im allgemeinen ist es schwer zu leugnen, daß man eine bestimmte Tat begangen hat oder daß diese Tat begangen worden ist. Dagegen ist es unglaublich leicht, die Motivierungen zu verfälschen, die uns zu einer bestimmten Handlungsweise veranlaßt haben, und die Leidenschaften in uns, die diese Handlungsweise begleitet haben. Das ist eine außerordentlich fließende Materie, die auch unter leichtestem Druck bereits der Verformung ausgesetzt ist. Auf die Fragen »Warum hast du das nur getan?« oder »Was dachtest du dir eigentlich, als du das tatest?« gibt es keine zuverlässigen Antworten, weil Seelenzustände von Natur aus labil sind, und noch wesentlich labiler ist die Erinnerung an sie.

Ein Grenzfall der Verformung einer Erinnerung an eine begangene Schuld ist die Unterdrückung. Auch hier kann die Abgrenzung zwischen »Treu und Glaube« einerseits und »wider besseres Wissen« andererseits ungenau sein. Hinter dem »Ich weiß nicht« und dem »Ich erinnere mich nicht«, das man in den Gerichtssälen zu hören bekommt, steht manchmal der entschiedene Vorsatz zu lügen, aber andere Male handelt es sich um versteinerte, zur Formel erstarrte Lügen. Das Erinnern hat zum Nichterinnern werden wollen, und es ist ihm gelungen. So sehr hat es die eigene Existenz verleugnet, daß schließlich die schädliche Erinnerung ausgeschieden wurde, so wie eine Absonderung oder ein

Parasit ausgeschieden wird. Die Verteidiger wissen genau, daß Gedächtnisschwund oder die vermeintliche Wahrheit, die sie ihren Mandanten empfehlen, dahin tendieren, Vergeßlichkeit und damit tatsächlich Wahrheit zu werden. Man muß gar nicht erst bis in die Mentalpathologie ausgreifen, um eine Spezies von Menschen zu finden, deren Äußerungen einem die Sprache verschlagen. Sie sind mit Sicherheit unwahr, aber wir sind nicht in der Lage zu sagen, ob es dem Betreffenden bewußt ist, daß er die Unwahrheit sagt. Nehmen wir einmal das Absurde an und stellen uns vor, der Lügner würde für einen Augenblick zu einem aufrichtigen Menschen: er selbst könnte nicht das Dilemma lösen. Im Akt des Lügens nämlich ist er ein Schauspieler, der so sehr mit seiner Rolle eins geworden ist, daß er zwischen dem einen und dem anderen gar nicht mehr unterscheiden kann. Ein besonders augenfälliges Beispiel dafür ist in den Tagen, in denen ich dies schreibe, das Verhalten Alì Agcas vor Gericht, des Türken, der das Attentat auf Johannes Paul II. verübt hat.

Der beste Weg, sich vor dem Ansturm belastender Erinnerungen zu schützen, ist der, sie gar nicht erst hereinzulassen und eine Hygieneschranke entlang der Grenze zu errichten. Es ist leichter, einer Erinnerung den Eintritt zu verwehren, als sie loszuwerden, wenn sie erst einmal registriert worden ist. Diesem Zweck dienten im wesentlichen viele der von den Nazi-Kommandos ausgeklügelten Kniffe, die das Gewissen derer schützten, die die Dreckarbeit verrichteten, und die ihnen gleichzeitig auch weiterhin ihre Mitarbeit sichern sollten, die selbst den hartgesottensten Schurken unangenehm war. An die Einsatzkommandos, die während der verschiedenen Etappen an der russischen Front die Zivilbevölkerung am Rand der Massengräber, die sie vorher auch noch selbst schaufeln mußte, mit Maschinengewehren niederschossen, wurde Alkohol in Strömen verteilt, damit das Massaker im Zustand des Besoffenseins vernebelt wurde. Die allzugut bekannten Euphemismen (»Endlösung«, »Sonderbehandlung«, der eben erwähnte Begriff »Einsatzkommando«, hinter dem sich eine grauenhafte Wirklichkeit verbarg) dienten nicht nur dazu, die Opfer zu täuschen und Verteidigungsreaktionen zuvorzukommen, sie dienten auch, im Rahmen des Möglichen, dazu, daß weder die öffentliche Meinung noch die Teile der Wehrmacht, die damit direkt nichts zu tun hatten, Kenntnis davon erhielten, was in allen vom Dritten Reich besetzten Gebieten vor sich ging.

Im übrigen kann die gesamte Geschichte des kurzlebigen »Tausendjährigen Reiches« als Krieg gegen das Erinnern neu gelesen werden, als Orwellsche Fälschung der Erinnerung. Verleugnung der Wirklichkeit, bis hin zur endgültigen Flucht vor ebendieser Wirklichkeit. Alle Biographien über Hitler, die sich in der Interpretation, die man dem Leben dieses so schwer einzuordnenden Mannes widmet, voneinander grundsätzlich unterscheiden, stimmen allerdings überein, was die Flucht vor der Wirklichkeit angeht, die Hitlers letzte Jahre bestimmt hat, besonders seit dem ersten russischen Winter. Er hatte seinen Untergebenen den Zugang zur Wahrheit verboten und verweigert und betrieb so eine Verseuchung ihrer Moral und ihrer Erinnerung. Aber in zunehmendem Maße, bis hin zum Verfolgungswahn im Bunker, hatte er den Weg der Wahrheit auch für sich selbst verbaut. Wie alle Glücksspieler hatte auch er um sich herum ein Szenarium aus abergläubischen Lügen konstruiert, dem er schließlich mit dem gleichen fanatischen Glauben anhing, den er auch von jedem Deut-

schen verlangte. Sein Sturz bedeutete nicht nur eine Rettung für das Menschengeschlecht, sondern bewies zugleich, welchen Preis man zahlt, wenn man die Wahrheit antastet.

Auch im weitaus größeren Lager der Opfer beobachtet man ein Abdriften der Erinnerung, aber hier fehlt ganz offenkundig der Vorsatz. Wem eine Ungerechtigkeit oder eine Kränkung zugefügt wird, der braucht keine Lügen zu erfinden, um sich von einer Schuld zu befreien, die er nicht auf sich geladen hat (auch wenn es aufgrund eines paradoxen Mechanismus geschehen kann, daß er darüber Scham empfindet). Aber das schließt noch nicht aus, daß auch seine Erinnerungen verformt sein können. Es wurde zum Beispiel beobachtet, daß viele Kriegsheimkehrer und überhaupt Menschen, die äußerst komplexe und traumatische Erfahrungen hinter sich haben, dazu neigen, ihre Erinnerungen unbewußt zu filtern. Wenn sie sie untereinander wieder heraufbeschwören oder dritten Personen erzählen, ziehen sie es vor, sich bei den Waffenstillständen, den Verschnaufpausen, bei den grotesken oder merkwürdigen oder entspannenden Begebenheiten aufzuhalten und über die schmerzvollen Episoden hinwegzugehen. Diese letzteren werden nicht gerne aus dem Speicher der Erinnerung hervorgeholt, und deshalb neigen sie dazu, sich im Lauf der Zeit in Dunst aufzulösen, ihre Konturen zu verlieren. Das Verhalten des Grafen Ugolino ist psychologisch völlig glaubwürdig, wenn er sich scheut, Dante von seinem grauenvollen Tod zu erzählen. Er tut es dann zwar doch, aber nicht aus Entgegenkommen, sondern ausschließlich aus postumer Rache an seinem ewigen Feind. Wenn wir sagen »Das werde ich niemals vergessen« und uns damit auf ein Er-

eignis beziehen, das uns zwar tief verletzt, aber weder in uns noch um uns eine sichtbare Spur oder eine dauernde Abwesenheit hinterlassen hat, dann sind wir unbesonnen: auch im täglichen Leben vergessen wir gern die Besonderheiten einer schweren Krankheit, von der wir genesen sind, oder einer Operation, die einen guten Verlauf genommen hat.

Zum Zweck der Verteidigung braucht die Wirklichkeit nicht erst in der Erinnerung umgebogen zu werden, sondern das kann bereits in dem Augenblick einsetzen, in dem sie sich ereignet. Während des ganzen Jahres meiner Gefangenschaft in Auschwitz war Alberto D. mein brüderlicher Freund: er war jung, robust und mutig, besaß eine überdurchschnittliche Klarsichtigkeit und war daher äußerst kritisch gegenüber den vielen, die sich tröstliche Illusionen zurechtzimmerten und diese untereinander austauschten (»Der Krieg ist in zwei Wochen aus«, »Es wird keine Selektion mehr geben«, »Die Engländer sind in Griechenland gelandet«, »Die polnischen Widerstandskämpfer sind dabei, das Lager zu befreien« und so weiter: das waren Gerüchte, die fast täglich umliefen und regelmäßig von der Wirklichkeit widerlegt wurden). Alberto war zusammen mit seinem fünfundvierzigjährigen Vater deportiert worden. Als die große Selektion vom Oktober 1944 bevorstand, haben Alberto und ich dieses Ereignis mit Schrecken, mit ohnmächtigen Wutausbrüchen, mit Auflehnung und Resignation kommentiert, ohne auch nur einmal Zuflucht zu einer bequemen Wahrheit zu suchen. Dann kam die Selektion, Albertos »alter« Vater wurde ins Gas geschickt, und Alberto veränderte sich innerhalb weniger Stunden vollkommen. Er meinte jetzt, Gerüchten vertrauen zu können, die er gehört hatte: die Russen seien nah, die Deutschen würden es nicht mehr wagen, weiterhin ihr Blutbad zu veranstalten, das sei keine Selektion wie die anderen, sie sei nicht für die Gaskammern bestimmt, dabei sollten nur die schwachen, aber noch verwendungsfähigen Gefangenen ausgesondert werden, wie sein Vater eben, der sehr müde, aber keineswegs krank sei: ja, er wisse sogar, wohin sie geschickt würden, nach Jaworzno, nicht weit, in ein Sonderlager für Rekonvaleszenten, die nur für leichte Arbeiten herangezogen werden konnten.

Selbstverständlich sah man den Vater nie wieder, und Alberto verschwand auf dem Evakuierungsmarsch aus dem Lager im Januar 1945. Sonderbarerweise benahmen sich auch Albertos Verwandte, die in Italien vor der Verhaftung geflohen waren und sich versteckt gehalten hatten, wie er selbst, ohne daß sie von Albertos Verhalten wußten, indem sie eine unerträgliche Wahrheit von sich wiesen und sich eine neue schufen. Sobald ich nach Hause zurückgekehrt war, hielt ich es für meine Pflicht, in die Stadt zu gehen, in der Alberto gelebt hatte, um seiner Mutter und seinem Bruder alles mitzuteilen, was ich wußte. Ich wurde mit großer Freundlichkeit empfangen, aber kaum hatte ich meine Erzählung begonnen, bat mich die Mutter aufzuhören: Sie wisse bereits alles, wenigstens soweit es Alberto betreffe, und es sei unnötig, daß ich dieselben Schreckensgeschichten wiederholte. Sie wußte, daß es ihrem Sohn, ihm allein, gelungen war, sich von der Marschkolonne zu entfernen, ohne daß die SS auf ihn geschossen hätte, er hatte sich im Wald versteckt und war jetzt in Sicherheit bei den Russen; er hatte noch keine Nachrichten schicken können, aber bald würde er es tun, dessen war sie sich ganz sicher. Und jetzt sollte ich bitte das Thema wechseln und ihr erzählen, wie ich überlebt hatte. Ein Jahr später befand ich mich zufällig auf der Durchreise in dieser Stadt und besuchte die Familie wieder. Die Wahrheit hatte sich ein bißchen gewandelt: Alberto war in einer sowjetischen Klinik und es ging ihm gut, aber er hatte das Gedächtnis verloren, er konnte sich nicht einmal mehr an seinen Namen erinnern, allerdings befand er sich auf dem Weg der Besserung und würde bald zurückkommen. Sie wußte das aus sicherer Quelle.

Alberto ist nie wiedergekommen. Über vierzig Jahre sind inzwischen vergangen. Ich hatte nicht mehr den Mut, noch einmal hinzugehen und meine schmerzliche Wahrheit der tröstlichen »Wahrheit« gegenüberzustellen, die sich Albertos Verwandte in gegenseitiger Hilfestellung konstruiert hatten.

Eine Apologie muß hier angebracht werden. Das vorliegende Buch ist durchdrungen von Erinnerung, einer fernen zumal. Es schöpft also aus einer verdächtigen Quelle und muß gegen sich selbst verteidigt werden. Kurzum, es enthält mehr Erwägungen als Erinnerungen, es hält sich lieber bei der gegenwärtigen Lage der Dinge auf als bei einer in die Vergangenheit gerichteten Chronik. Darüber hinaus sind die Daten, die es enthält, gestützt von einer umfangreichen Literatur, die zum Thema des untergegangenen (oder des »geretteten«) Menschen entstanden ist, auch unter der freiwilligen oder erzwungenen Mitarbeit der Schuldigen von damals. In diesem Corpus findet man überwiegend Übereinstimmungen, Abweichungen kann man außer acht lassen. Was meine persönlichen Erinnerungen betrifft und einige unbekannte Anekdoten, die ich zitiert habe, so habe ich sie alle gründlich gesichtet: mit der Zeit sind sie ein bißchen verblaßt, aber sie passen zum Hintergrund und sind, meine ich, unbeschädigt von den Abweichungen, die ich beschrieben habe.

Aus einem Brief Primo Levis an den Übersetzer

... So sind wir am Ende. Ich freue mich darüber, bin mit dem Ergebnis zufrieden, bin Ihnen dankbar und bin zugleich doch etwas betrübt. Verstehen Sie, ich habe nur dies eine Buch geschrieben, und nun, da wir es in die deutsche Sprache gebracht haben, komme ich mir vor wie ein Vater, dessen Kind großjährig geworden ist und fortgeht; und man kann sich nicht mehr um es kümmern.

Aber das ist nicht alles. Vielleicht haben Sie gemerkt, daß für mich das Lager und vom Lager geschrieben zu haben ein bedeutendes Erlebnis gewesen ist, das mich zutiefst verändert, mir Reife und ein Lebensziel gegeben hat. Mag es Anmaßung sein: aber jetzt kann ich, Nummer 174517, durch Sie zu den Deutschen sprechen, kann sie an das erinnern, was sie getan haben, und ihnen sagen: »Ich bin am Leben, und ich möchte euch verstehen, um euch beurteilen zu können.«

Ich glaube nicht, daß das Leben des Menschen notwendigerweise ein bestimmtes Ziel hat; aber wenn ich an mein Leben denke und an die verschiedenen Ziele, die ich mir bisher gesetzt habe, so erkenne ich nur eines als festumrissen und bewußt an, und es ist gerade dieses, Zeugnis abzulegen, das deutsche Volk meine Stimme hören zu lassen und dem Kapo, der sich die

Hand an meiner Schulter säuberte, dem Doktor Pannwitz, denjenigen, die den Letzten erhängten, und ihren Erben zu »antworten«.

Ich weiß, daß Sie mich nicht mißverstanden haben. Ich habe das deutsche Volk nie gehaßt, und hätte ich es auch getan, so wäre ich jetzt, nachdem ich Sie kennengelernt habe, davon geheilt. Ich begreife nicht, ich ertrage nicht, daß man einen Menschen nicht nach dem beurteilt, was er ist, sondern nach der Gruppe, der er zufällig angehört. Und seit ich Thomas Mann kenne, seitdem ich ein bißchen Deutsch gelernt habe (ich lernte es im Lager!), weiß ich auch, daß es in Deutschland etwas gibt, was Gültigkeit hat, daß Deutschland, heute im Schlaf liegend, trächtig ist und eine Brutstätte ist, gleichzeitig Gefahr und Hoffnung für Europa.

Doch ich kann nicht sagen, daß ich die Deutschen verstehe. Und was man nicht verstehen kann, bildet eine schmerzhafte Leere, ist ein Stachel, ein dauernder Drang, der Erfüllung fordert. Ich hoffe, daß dieses Buch einigen Widerhall in Deutschland findet: nicht nur aus Ehrgeiz, sondern weil mir die Natur des Widerhalls vielleicht erlauben wird, die Deutschen besser zu verstehen und diesen Drang zu beschwichtigen …

Ist das ein Mensch?

Ist das ein Mensch?

Ihr, die ihr gesichert lebet
In behaglicher Wohnung;
Ihr, die ihr abends beim Heimkehren
Warme Speise findet und vertraute Gesichter:
Denket, ob dies ein Mann sei,
Der schuftet im Schlamm,
Der Frieden nicht kennt,
Der kämpft um ein halbes Brot,
Der stirbt auf ein Ja oder Nein.
Denket, ob dies eine Frau sei,
Die kein Haar mehr hat und keinen Namen,
Die zum Erinnern keine Kraft mehr hat,
Leer die Augen und kalt ihr Schoß
Wie im Winter die Kröte.
Denket, daß solches gewesen.
Es sollen sein diese Worte in eurem Herzen.
Ihr sollt über sie sinnen, wenn ihr sitzet
In einem Hause, wenn ihr geht auf euren Wegen,
Wenn ihr euch niederlegt und wenn ihr aufsteht;
Ihr sollt sie einschärfen euern Kindern.
Oder eure Wohnstatt soll zerbrechen,
Krankheit soll euch niederringen,
Eure Kinder sollen das Antlitz von euch wenden.

Die Fahrt

Am 13. Dezember 1943 wurde ich von der faschistischen Miliz festgenommen. Ich war vierundzwanzig Jahre alt, besaß wenig Einsicht, keine Erfahrung und einen ausgeprägten Hang, bestärkt durch die Absonderung, zu der mich seit nunmehr vier Jahren die Rassengesetze verurteilt hatten, mich in meine eigene, recht wenig reale Welt zu verschließen, die von zivilisierten kartesianischen Schatten, aufrechten Jugendfreundschaften und blassen Mädchenbekanntschaften ausgefüllt war. Ich hatte mich einem abstrakten, gemäßigten Rebellionsgeist verschrieben.

Es war mir nicht leichtgefallen, in die Berge zu gehen, um dort, zusammen mit Freunden, die kaum mehr Erfahrung besaßen als ich selbst, etwas auf die Beine zu stellen, was, wie wir glaubten, eine zu »Giustizia e Libertà« gehörende Partisanengruppe werden sollte. Doch es fehlten Verbindungen, Waffen, Geld und die Erfahrung, es sich zu beschaffen; und es fehlten die richtigen Leute. Dafür waren wir überlaufen von unqualifizierten Menschen mit guten oder bösen Absichten, die auf der Suche nach einer nicht vorhandenen Organisation, nach Kadern, nach Waffen oder auch nur nach einem Schutz, nach einem Unterschlupf, nach einem wärmenden Feuer, nach einem Paar Schuhe aus dem Flachland heraufgekommen waren.

Damals wußte ich noch nichts von jener Doktrin, die man mir später im Lager so rasch beibringen sollte, wonach es des Menschen erstes Gebot ist, seine Absichten mit den richtigen Mitteln zu verfolgen: Wer sich irrt, hat zu büßen. Also kann ich wohl nicht umhin, als gerecht anzusehen, was danach kam. Drei Hundertschaften der Miliz, die in tiefster Nacht ausgerückt waren, um eine Partisaneneinheit zu überrumpeln, die bei weitem stärker und gefährlicher war als wir und sich im Nachbartal festgesetzt hatte, drangen in einer gespenstischen, verschneiten Morgendämmerung in unsere Unterkunft ein und brachten mich als verdächtige Person zu Tal.

Bei den anschließenden Verhören zog ich es vor, mich als »italienischen Staatsbürger jüdischer Rasse« zu bezeichnen, denn ich dachte, ich könnte meinen Aufenthalt in jener selbst für »Evakuierte« allzu abgelegenen Gegend nicht anders rechtfertigen, und ein Eingeständnis meiner politischen Aktivität würde Folterqualen und den sicheren Tod zur Folge haben (eine irrige Annahme, wie sich später herausstellte). Als Juden schaffte man mich nach Fossoli bei Modena, wo in einem großen, ehemals für englische und amerikanische Kriegsgefangene bestimmten Internierungslager die Angehörigen der zahlreichen Menschengattungen zusammengezogen wurden, die der neukonstituierten faschistisch-republikanischen Regierung nicht genehm waren.

Bei meiner Ankunft, also Ende Januar 1944, befanden sich etwa hundertundfünfzig italienische Juden im Lager, doch innerhalb weniger Wochen stieg ihre Zahl auf über sechshundert an. Meistens waren es ganze Familien, die entweder, weil sie unvorsichtig gewesen waren, oder weil man sie denunziert hatte, von den Faschisten oder den Nazis festgenommen worden waren. Einige wenige hatten sich freiwillig gestellt, weil sie das unstete Leben zermürbt hatte, weil sie mittellos waren, weil sie sich von einem festgenommenen Angehörigen nicht trennen wollten oder auch – welche Absurdität –, weil sie »mit den Gesetzen ins reine kommen« wollten. Darüber hinaus gab es dort etwa hundert internierte jugoslawische Soldaten und einige Ausländer, die als politisch verdächtig galten.

Das Eintreffen der kleinen deutschen SS-Einheit hätte selbst die Optimisten stutzig machen müssen; aber man brachte es tatsächlich zuwege, diese Neuerung unterschiedlich auszulegen, ohne zur selbstverständlichsten Schlußfolgerung zu kommen, so daß die Bekanntgabe der Deportation die Gemüter unvorbereitet traf.

Am 20. Februar hatten die Deutschen das Lager noch sorgfältig inspiziert und dem italienischen Kommissar in aller Öffentlichkeit heftige Vorhaltungen gemacht wegen der mangelhaften Organisation des Küchenbetriebes sowie der geringen Holzmenge, die zum Heizen ausgegeben wurde; sie hatten sogar erklärt, daß bald eine Krankenstation eingerichtet würde. Aber am Morgen des Einundzwanzigsten erfuhr man, daß tags darauf die Juden fortgebracht würden. Alle, ohne Ausnahme. Auch die Kinder und die Alten und die Kranken. Wohin, wußte man nicht. Man hatte sich auf eine vierzehntägige Fahrt einzurichten. Für jeden, der beim Appell fehlte, würden zehn andere erschossen werden.

Nur eine Minderheit von Naiven und Phantasten hoffte immer noch beharrlich. Wir aber hatten uns des langen und breiten mit den polnischen und kroatischen Flüchtlingen unterhalten und wußten, was so eine Abfahrt bedeutete.

Bei den zum Tode Verurteilten fordert die Tradition ein ernstes Zeremoniell, damit kundgetan werde, daß jede Leidenschaftlichkeit und jeder Zorn nunmehr erloschen sind und daß der Akt der Gerechtigkeit nichts weiter als eine traurige Verpflichtung an die Gesellschaft darstellt, so daß ihn füglich der Urteilsvollstrecker selbst mit Pietät dem Opfer gegenüber verbinden kann. Man verschont deshalb den Verurteilten mit Dienstleistungen jeder Art, gewährt ihm Einsamkeit und, falls er es wünscht, jeden geistlichen Beistand; man bemüht sich also, ihn weder Haß noch Willkür spüren zu lassen, sondern die Notwendigkeit, die Gerechtigkeit und, zusammen mit der Bestrafung, auch die Vergebung.

Uns aber wurde das nicht gewährt, denn wir waren zu viele, und die Zeit war zu kurz bemessen. Und schließlich und endlich: Worüber hätten wir Reue empfinden und wofür Vergebung erlangen sollen? So ordnete der italienische Kommissar an, daß alle Dienste bis zur endgültigen Bekanntgabe weitergehen sollten. Darum blieb die Küche in Betrieb, die Reinigungskommandos arbeiteten wie gewöhnlich, und sogar die Volks- und Mittelschullehrer an der kleinen Schule gaben ihren allabendlichen Unterricht. Nur erhielten die Kinder an jenem Abend keine Hausarbeiten.

Und es kam die Nacht, und man wurde gewahr, daß menschliche Augen so eine Nacht nicht hätten erleben und überleben dürfen. Alle empfanden dies. Und keiner von den Wachen, kein Italiener und kein Deutscher, traute sich mitanzusehen, was Menschen tun, die wissen, daß sie sterben müssen.

Jeder nahm auf seine Weise Abschied vom Leben. Einige beteten, andere betranken sich, wieder andere berauschten sich an letzter, abscheulicher Leidenschaft. Doch die Mütter sorgten die Nacht hindurch mit liebevoller Hingabe für die Reisezehrung, wuschen die Kinder und richteten das Gepäck, und in der Morgendämmerung hingen die Stacheldrähte voller Kinderwäsche, die der

Wind trocknen sollte; sie dachten auch an die Windeln, die Spielsachen, die Kissen und die hunderterlei kleinen Dinge, die ihnen wohl vertraut sind und von Kindern stets benötigt werden. Tätet ihr's nicht ebenso? Würde man euch und euer Kind morgen ums Leben bringen, gäbt ihr ihm dann heute nicht zu essen?

In der Baracke 6 A hauste der alte Gattegno mit seiner Frau, seinen vielen Söhnen und Töchtern, seinen Enkelkindern, seinen Schwiegersöhnen und fleißigen Schwiegertöchtern. Die Männer waren alle Schreiner von Beruf; auf zahlreichen und langen Fahrten waren sie aus Tripolis gekommen, und sie hatten stets ihr Handwerkszeug bei sich, ihre Küchengerätschaften, ihre Ziehharmonikas und auch die Geige, um nach Feierabend zu spielen und zu tanzen als fröhliche, gottesfürchtige Menschen. Ihre Frauen begaben sich als erste an die Reisevorbereitungen, wortlos und rasch, damit Zeit zum Trauern verbliebe; und als dann alles bereitet war, die Kuchenbrote gebacken und die Bündel verschnürt, entblößten sie die Füße und lösten sich das Haar, stellten die Trauerkerzen auf den Boden, entzündeten sie nach der Väter Brauch, ließen sich im Kreis zur Klage auf die Erde nieder und beteten und weinten die ganze Nacht hindurch. Wir verharrten in großer Zahl vor ihrer Tür, und es senkte sich, für uns neu, auf unsere Seele das uralte Leid des Volkes ohne Heimat, das hoffnungslose Leid des alle Jahrhunderte erneuerten Auszugs.

Wie meuchlings traf uns das Morgengrauen; als verbündete sich die neue Sonne mit den Menschen im Vorsatz, uns auszurotten. All die verschiedenen Gefühle, die in uns rege waren, bewußte Ergebung, ohnmächtige Auflehnung, religiöse Hingabe, Angst und Verzweiflung, kulminierten nun nach der durchwachten Nacht in einem allgemeinen, unbeherrschten Wahnsinn. Die Zeit des Überlegens und Richtens war abgeschlossen, und jede Äußerung der Vernunft zerrann in dem hemmungslosen Aufruhr, über dem, schmerzbringend wie Schwertstreiche, die in Zeit und Raum noch so naheliegenden guten Erinnerungen an zu Hause blitzartig aufleuchteten.

Vieles wurde damals unter uns gesagt und getan; aber es ist besser, daß daran kein Andenken bleibe.

Mit der absurden Präzision, an die wir uns später gewöhnen sollten, nahmen die Deutschen den Appell vor. »Wieviel Stück?« fragte der Oberscharführer zum Schluß; und der Rottenführer stand stramm und meldete, es seien sechshundertundfünfzig »Stück«, und alles stimme. Sodann verlud man uns auf Autobusse und brachte uns zum Bahnhof Carpi. Dort erwarteten uns Zug und Bewachung. Und dort bekamen wir die ersten Schläge. Das war so neu für uns und so unsinnig, daß wir keinen Schmerz empfanden, weder körperlichen noch seelischen. Nur tiefe Verwunderung: Wie kann man einen Menschen schlagen, ohne zornig zu sein?

Zwölf Waggons waren es, und wir waren sechshundertundfünfzig; mein Waggon faßte nur fünfundvierzig, aber er war klein. Jetzt hatten wir also vor unseren Augen und unter unseren Füßen einen jener berüchtigten deutschen Transportzüge, die nicht wiederkehrten und von denen wir, erschaudernd und immer etwas ungläubig, schon so oft gehört hatten. Es stimmte bis in alle Einzelheiten: von außen verriegelte Güterwagen und drinnen Männer, Frauen und Kinder, erbarmungslos zusammengedrängt wie Dutzendware, auf der Fahrt ins Nichts, auf der Niederfahrt in die Tiefe. Drinnen sind dieses Mal wir.

Alle erfahren früher oder später in ihrem Leben, daß ein vollkommenes Glück nicht zu verwirklichen ist, doch nur wenige stellen auch die umgekehrte Überlegung an: daß es sich mit dem vollkommenen Unglück geradeso verhält. Die Momente, die sich der Verwirklichung beider Grenzfälle widersetzen, sind gleicher Natur, sie gehen aus unserem Menschsein hervor, das allem Unendlichen abhold ist. So widersetzt sich dieser Verwirklichung unsere stets unzulängliche Kenntnis der Zukunft, die zum einen Hoffnung und zum andern Ungewißheit des Morgen heißt. Es widersetzt sich ihr die Sicherheit des Todes, die jeder Freude, aber auch jedem Schmerz eine Grenze setzt. Es widersetzen sich ihr die unvermeidlichen materiellen Belange, die, wie sie jedes dauernde Glück untergraben, so auch beharrlich unser Augenmerk von dem auf uns lastenden Unglück abwenden und seine Wahrnehmung fragmentarisch und darum erträglich gestalten.

Gerade die Entbehrungen, die Schläge, die Kälte und der Durst haben uns während der Fahrt und auch nachher vor der Leere einer abgrundlosen Verzweiflung bewahrt. Nicht etwa der Wille zum Leben und auch nicht eine bewußte Hinnahme: dazu sind nur wenige imstande, und wir waren nur ganz durchschnittliche Exemplare des Menschengeschlechts.

Die Waggontüren waren sofort geschlossen worden, doch erst abends setzte sich der Zug in Bewegung. Unseren Bestimmungsort hatten wir mit Erleichterung vernommen. Auschwitz. Damals für uns ein Name ohne Bedeutung; aber er mußte immerhin einem Ort dieser Erde angehören.

Der Zug fuhr langsam, und es gab lange, zermürbende Aufenthalte. Durch die Luke sahen wir die hohen, blassen Felshänge des Etschtals und die letzten Namen italienischer Städte vorbeiziehen. Um zwölf Uhr des zweiten

Tages kamen wir über den Brenner, und alle erhoben sich, aber keiner sagte etwas. In meinem Herzen dachte ich an die Rückkehr, und ich malte mir grausamerweise aus, wie übermenschlich groß die Freude sein dürfte bei jenem anderen Grenzübertritt mit offenen Waggontüren, da keiner zu fliehen begehrte, und dann die ersten italienischen Namen... Und ich blickte um mich und sann, wen alles von diesem armseligen menschlichen Staub das Schicksal anrühren werde.

Von den fünfundvierzig Menschen in meinem Waggon haben nur vier ihr Zuhause wiedergesehen; und es war bei weitem der glücklichste Waggon.

Wir litten unter Durst und Kälte. Bei jedem Aufenthalt riefen wir laut nach Wasser oder wenigstens einer Handvoll Schnee, aber nur selten wurden wir gehört. Die Soldaten der Wachmannschaft wiesen jeden zurück, der sich dem Transport zu nähern suchte. Zwei junge Mütter, ihre Kinder noch an der Brust, jammerten Tag und Nacht flehentlich um Wasser. Für alle nicht so quälend waren Hunger, Anstrengung und Schlaflosigkeit, gemildert durch die Anspannung der Nerven. Die Nächte aber waren ein Alptraum ohne Ende.

Wenige Menschen verstehen es, mit Würde in den Tod zu gehen, und oft sind es nicht die, von denen man es erwartet. Wenige verstehen es, zu schweigen und das Schweigen des andern zu achten. Unser unruhiger Schlaf wurde oft von lauten und nichtigen Streitereien unterbrochen, von Verwünschungen und blindlings gegen irgendeine lästige und unvermeidliche Berührung ausgeteilten Fußtritten und Faustschlägen. Daraufhin entzündete jemand das klägliche Lichtchen einer Kerze und erkannte, vorn übergebeugt, ein düsteres Gewimmel, eine konfuse, zusammenhängende, erstarrte und leidende menschliche Masse, hie und da aufgeworfen von plötzlichen Zuckungen, die sogleich die Müdigkeit wieder zum Ersterben brachte.

Durch die Luke bekannte und unbekannte Namen österreichischer Städte, Salzburg und Wien, dann tschechische, schließlich polnische Namen. Am Abend des vierten Tages wurde es empfindlich kalt. Der Zug fuhr durch endlose schwarze Fichtenwälder, es ging merklich aufwärts. Der Schnee lag hoch. Es mußte eine Nebenstrecke sein, denn die Bahnhöfe waren klein und lagen beinahe verlassen da. Während der Aufenthalte unternahm keiner mehr den Versuch, mit der Außenwelt in Verbindung zu treten: Wir fühlten uns nun »auf der anderen Seite«. Es gab einen langen Halt auf freier Strecke, dann ging es mit äußerster Langsamkeit wieder weiter, und schließlich blieb der Transport in tiefer Nacht endgültig stehen, inmitten einer dunklen und schweigenden Ebene.

Zu beiden Seiten des Geleises sah man auf Sichtweite Reihen weißer und roter Lichter; doch man vernahm nichts von jenem unentwirrbaren Dauergeräusch, das bewohnte Städte von weitem ankündigt. Nun, da der Rhythmus der Räder und jeder menschliche Laut verstummt waren, warteten wir beim kümmerlichen Schein der letzten Kerze darauf, daß etwas geschehen würde.

Neben mir, und wie ich selbst zwischen Leib und Leib gedrängt, war während der ganzen Fahrt eine Frau gewesen. Wir kannten uns seit vielen Jahren, und das Unglück hatte uns gemeinsam betroffen, aber wir wußten nur wenig voneinander. Damals, in der Stunde der Entscheidung, sagten wir uns Dinge, die man unter Lebenden nicht sagt. Wir verabschiedeten uns, es war kurz; jeder verabschiedete sich im andern vom Leben. Wir hatten keine Furcht mehr.

Mit einmal löste sich dann alles. Die Tür wurde krachend aufgerissen, das Dunkel hallte wider von fremden Befehlen, jenem barbarischen Gebell kommandierender Deutscher, die sich eines jahrhundertealten Ingrimms zu entledigen scheinen. Vor uns erkannten wir einen ausgedehnten, von Scheinwerfern angestrahlten Bahnsteig. In geringer Entfernung eine Reihe von Lastautos. Dann war wieder Schweigen. Jemand übersetzte: Man hatte mit dem Gepäck auszusteigen und dieses längs des Zuges abzustellen. In einem Augenblick war der Bahnhof voller wimmelnder Schatten. Doch wir hatten Angst, jenes Schweigen zu brechen; alle machten sich mit dem Gepäck zu schaffen, suchten sich, riefen einander, jedoch nur schüchtern und halblaut.

Abseits standen breitbeinig und teilnahmslos ein Dutzend SS-Leute. Aber dann drängten sie sich zwischen uns und begannen mit leiser Stimme und steinernen Gesichtern, uns rasch nacheinander in schlechtem Italienisch auszufragen. Nicht alle, nur einige wenige: »Wie alt? Gesund oder krank?« Und sie wiesen je nach Antwort in zwei verschiedene Richtungen.

Das Ganze spielte sich so lautlos wie in einem Aquarium oder wie in bestimmten Traumbildern ab. Wir hätten es uns apokalyptischer vorgestellt: Sie aber sahen aus wie gewöhnliche Ordnungspolizei. Das war verwirrend, entwaffnend. Einige besaßen den Mut, sich nach dem Gepäck zu erkundigen, sie erwiderten: »Gepäck nachher«; einige andere wollten sich nicht von ihrer Frau trennen, sie sagten: »Nachher wieder zusammen«; viele Mütter wollten ihre Kinder nicht hergeben, sie sagten: »Gut, gut, mit Kind bleiben.« Stets mit der gelassenen Sicherheit derer, die nichts als ihren tagtäglichen Dienst versehen. Aber Renzo verabschiedete sich einen Augenblick zu lange von Francesca, seiner Braut, und da streckten sie ihn zu Boden mit einem einzigen Hieb mitten ins Gesicht. Es war ihr tagtäglicher Dienst.

In weniger als zehn Minuten wurden wir arbeitsfähigen Männer alle zu einer Gruppe zusammengestellt. Was mit den andern geschah, den Frauen, den Kindern, den Alten, das konnten wir weder damals noch später in Erfahrung bringen: Die Nacht verschluckte sie ganz einfach. Heute aber wissen wir, daß bei jener raschen und summarischen Auswahl ein jeder von uns danach beurteilt worden war, ob er oder ob er nicht imstande sein würde, zum Nutzen des Reiches zu arbeiten; wir wissen, daß in die jeweiligen Lager Monowitz-Buna und Birkenau nur sechsundneunzig Männer und neunundzwanzig Frauen unseres Transports eingeliefert wurden und daß von allen anderen, die über fünfhundert zählten, zwei Tage danach keiner mehr am Leben war. Wir wissen auch, daß dieses wenn auch oberflächliche Aussonderungsverfahren in Taugliche und Untaugliche nicht immer befolgt wurde und daß später oft das einfachere System angewandt wurde, nämlich ohne Ankündigungen oder Anweisungen an die Neuankömmlinge beide Waggontüren zu öffnen. Ins Lager kamen diejenigen, die der Zufall auf der einen Seite des Transportzugs aussteigen ließ; ins Gas kamen die andern.

Solcherart starb Emilia, die drei Jahre alt war; denn die Deutschen hielten es für eine augenfällige historische Notwendigkeit, die Judenkinder umzubringen. Emilia, Tochter des Ingenieurs Aldo Levi aus Mailand, ein neugieriges, ehrgeiziges, fröhliches und kluges Kind; dessen Vater und Mutter es unterwegs im überfüllten Waggon noch gelungen war, ihm in einer Zinkwanne ein lauwarmes Bad zu bereiten, da sich der entartete deutsche Lokomotivführer bereitgefunden hatte, Wasser von der Lokomotive abzuzapfen, die uns alle in den Tod fuhr.

Solcherart, in einem Augenblick, meuchlings, vergingen unsere Frauen, Eltern, Kinder. So gut wie keiner hatte die Möglichkeit, sich von ihnen zu verabschieden. Wir sahen sie noch eine Weile als dunkle Masse am anderen Ende des Bahnsteigs stehen, dann sahen wir nichts mehr.

Dafür tauchten im Licht der Scheinwerfer zwei Trupps von sonderbaren Gestalten auf. Sie gingen in Dreierreihen mit eigenartigem, linkischem Schritt, hängendem Kopf und steifen Armen. Als Kopfbedeckung trugen sie seltsame Kappen, und sie hatten lange, gestreifte Kittel an, denen man auch nachts und von weitem ansah, daß sie dreckig und zerfetzt waren. Sie umgingen uns in einem weiten Kreis, so daß sie nicht in unsere Nähe kamen, machten sich schweigend daran, mit unserem Gepäck zu hantieren, schweigend stiegen sie in die leeren Waggons, schweigend kamen sie wieder heraus.

Wir sahen uns wortlos an. Alles war unbegreiflich und irrsinnig, aber eines hatten wir doch verstanden: das war die Metamorphose, die uns erwartete. Morgen würden auch wir so aussehen.

Ohne zu wissen wie, fand ich mich mit etwa dreißig andern auf ein Lastauto verladen, das mit voller Geschwindigkeit in die Nacht raste; es war verdeckt, und so konnte man nicht hinaussehen, doch an den Erschütterungen merkte man, daß die Straße viele Kurven und Schlaglöcher hatte. Waren wir denn ohne Bewachung? ... Und wenn man sich hinunterstürzte? Zu spät, zu spät; es geht mit uns allen »hinunter«. Im übrigen sollten wir bald merken, daß wir nicht ohne Bewachung waren. Eigenartig genug, diese Bewachung. Ein deutscher Soldat, und er strotzt vor Waffen: Wir sehen ihn nicht, denn es ist stockdunkel, aber wir spüren jedesmal die Härte seiner Berührung, wenn uns ein Stoß des Fahrzeugs alle nach rechts oder links zusammenwirft. Er knipst seine Taschenlampe an, und statt zu rufen: »Weh euch, verworfne Seelen!«, fragt er uns höflich einen nach dem andern auf deutsch und auf rotwelsch, ob wir Geld oder Uhren besäßen, die wir ihm geben könnten; nachher brauchten wir das doch nicht mehr. Es ist kein Befehl und keine Vorschrift, sondern ganz deutlich eine kleine Privatinitiative unseres Charons. Das löste in uns Zorn und Lachen und eine eigentümliche Erleichterung aus.

In der Tiefe

Kaum länger als zwanzig Minuten dauerte diese Fahrt. Dann blieb der Lastwagen stehen, und man erkannte ein großes Tor und darüber die grell beleuchtete Schrift (die mich noch heute in meinen Träumen bedrängt): *Arbeit macht frei*.

Wir steigen aus. Man bringt uns in einen großen und nackten, schwach geheizten Raum. Welchen Durst wir haben! Das leise Summen des Wassers in den Heizungsröhren macht uns rasend: Seit vier Tagen haben wir nichts mehr getrunken. Immerhin ist da ein Wasserhahn; darüber ein Schild, daß man nicht trinken darf, weil das Wasser verunreinigt ist. Unsinn, das Schild ist doch bestimmt nur eine Verhöhnung, »sie« wissen, daß wir es vor Durst nicht mehr aushalten, stecken uns in einen Raum, ein Wasserhahn ist da, und »Wassertrinken verboten«. Ich trinke und fordere auch die Kameraden dazu auf. Aber ich muß ausspucken; das Wasser ist lau und süßlich, es riecht nach Moor.

Dies ist die Hölle. Heute, in unserer Zeit, muß die Hölle so beschaffen sein, ein großer, leerer Raum, und müde stehen wir darin, und ein tropfender Wasserhahn ist da, und man kann das Wasser nicht trinken, und uns erwartet etwas sicher Schreckliches, und es geschieht nichts und noch immer geschieht nichts. Wie soll man da Gedanken fassen? Man kann keine Gedanken mehr fassen; es ist, als seien wir bereits gestorben. Einige setzen sich auf den Fußboden. Tropfen um Tropfen verrinnt die Zeit.

Wir sind nicht gestorben, die Tür ist aufgegangen. Ein SS-Mann kommt herein, er raucht. Er betrachtet uns ohne Eile, fragt dann: »Wer kann Deutsch?« Einer aus unserer Mitte, den ich noch nie gesehen habe, tritt vor, er heißt Flesch; er wird unser Dolmetscher sein. Der SS-Mann hält eine lange, gelassene Ansprache; der Dolmetscher übersetzt. Wir müssen uns in Fünferreihen aufstellen und untereinander zwei Meter Abstand halten; dann müssen wir uns ausziehen, die Kleidung in bestimmter Art zusammenbündeln, die Wollsachen auf die eine und den Rest auf die andere Seite tun und die Schuhe ablegen, dabei aber gut aufpassen, daß sie uns nicht gestohlen werden.

Von wem denn gestohlen? Warum sollte man uns die Schuhe stehlen? Und unsere Papiere und das bißchen, das wir in unseren Taschen haben, und die Uhren? Wir blicken alle auf den Dolmetscher, und der fragt den Deutschen, und der Deutsche raucht und sieht ihn an, als sei er durchsichtig, als habe keiner gesprochen.

Ich habe noch nie nackte alte Männer gesehen. Herr Bergmann trägt ein Bruchband, er fragt Flesch, ob er es ablegen soll, und der Dolmetscher zögert. Aber der Deutsche versteht, spricht mit ernster Miene zum Dolmetscher und deutet dabei auf jemanden. Wir merken, daß Flesch schluckt, dann spricht er: »Der Herr Hauptscharführer hat gesagt, er soll das Bruchband abnehmen, er bekommt das vom Herrn Coen.« Wir sehen, wie die Worte bitter aus Fleschs Mund kommen, das war also des Deutschen Art zu lachen.

Nun erscheint ein anderer Deutscher und verlangt, daß wir die Schuhe in eine bestimmte Ecke stellen, und wir stellen sie dahin, denn jetzt ist es zu Ende, und wir fühlen uns außerhalb der Welt, und es heißt nur noch gehorchen. Einer kommt mit einem Kehrbesen und kehrt alle Schuhe fort, durch die Tür, auf einen einzigen Haufen zusammen. Er ist wahnsinnig, er bringt sie ja alle durcheinander, sechsundneunzig Paar, nachher werden sie nicht mehr zusammenpassen. Die Tür führt ins Freie, ein eiskalter Wind fegt herein, und wir sind nackt und legen die Arme über den Leib. Der Wind schlägt die Tür zu; der Deutsche öffnet sie wieder und weidet sich an dem Anblick, wie wir uns einer hinter den andern krümmen, um Schutz vor dem Wind zu finden. Dann geht er und macht die Tür wieder zu.

Zweiter Akt. Vier Männer stürzen mit Rasiermessern, Pinseln und Schermaschinen herein, sie tragen gestreifte Hosen und Jacken, auf der Brust eine angenähte Nummer. Vielleicht gehören sie zur gleichen Sorte wie die von heute abend (heute abend oder gestern abend?); doch diese hier sind ja robust und die Gesundheit selber. Wir stellen ihnen viele Fragen, sie aber packen uns, und im Handumdrehen sind wir rasiert und geschoren. Was für blödsinnige Gesichter wir ohne Haare haben! Die vier reden in einer Sprache, die nicht von dieser Welt zu sein scheint, jedenfalls ist es kein Deutsch, ein bißchen Deutsch verstehe ich schon.

Schließlich geht eine andere Tür auf: Da sind wir jetzt alle eingesperrt, nackt, geschoren, die Füße im Wasser, es ist ein Duschraum. Wir sind allein, nach und nach legt sich die Verwunderung, wir fangen an zu reden; alle fragen, und keiner antwortet. Wenn wir uns nackt in einem Duschraum befinden, so bedeutet das, daß wir duschen werden. Und werden wir duschen, so nur darum, weil sie uns noch nicht umbringen. Aber warum lassen sie uns dann stehen und geben uns nichts zu trinken, und niemand erteilt uns Auskunft, und wir sind ohne Schuhe und Kleidung, ganz nackt mit den Füßen im Wasser, und es ist kalt, und seit fünf Tagen sind wir unterwegs, und wir können uns nicht einmal setzen.

Und unsere Frauen?

Ingenieur Levi fragt mich, ob ich dächte, daß sich unsere Frauen in der gleichen Lage befänden wie wir, und wo sie seien, und ob wir sie auch wiedersehen würden. Das bejahe ich, denn er ist verheiratet und hat ein kleines Mädchen: bestimmt werden wir sie wiedersehen. Aber nun bin ich doch sicher, daß alles eine Machination im großen Stil ist, um uns zu verspotten und zu schmähen; es ist ja klar, daß man uns umbringen wird, und wer da glaubt, am Leben zu bleiben, ist verrückt, ist auf den Leim gegangen. Ich nicht, ich habe begriffen, daß es bald zu Ende sein wird, vielleicht in ebendiesem Raum, wenn sie sich daran sattgesehen haben, wie wir nackt von einem Bein aufs andere hüpfen und ab und an versuchen, uns auf den Fußboden zu setzen und uns nicht setzen können, weil da drei Finger hoch kaltes Wasser steht.

Planlos gehen wir hin und her und reden; ein jeder redet mit allen, und das macht viel Lärm. Die Tür geht auf, und ein Deutscher kommt herein, der Hauptscharführer von vorhin; er spricht nur kurz, der Dolmetscher übersetzt: »Der Herr Oberscharführer hat gesagt, ihr sollt ruhig sein, weil hier keine Rabbinerschule ist.« Man sieht, wie die Worte, diese bösen Worte, die nicht die seinen sind, ihm den Mund verzerren, als spucke er einen ekelhaften Brocken aus. Wir bitten ihn zu fragen, worauf wir denn eigentlich warten und wie lange wir noch hierbleiben werden; nach unseren Frauen, nach allem soll er fragen: Er aber lehnt ab, sagt, daß er nicht fragen will. Dieser Flesch, der sich nur widerwillig dazu versteht, frostige deutsche Reden ins Italienische zu übersetzen und der sich weigert, unsere Fragen zu verdeutschen, weil er um deren Zwecklosigkeit weiß, ist ein etwa fünfzigjähriger deutscher Jude; im Gesicht hat er eine große Narbe von einer Verwundung, die er sich am Piave geholt hat, im Kampf gegen die Italiener. Ein verschlossener, schweigsamer Mensch, für den ich instinktiv Achtung empfinde, weil ich merke, daß er noch vor uns zu leiden begonnen hat.

Der Deutsche geht; und jetzt sind wir still, obgleich wir uns etwas schämen, so still zu sein. Es ist noch Nacht, und wir fragen uns, ob es jemals Tag würde. Wieder geht die Tür auf; einer in gestreiftem Anzug kommt herein. Er ist nicht wie die andern, ist älter, trägt eine Brille, hat ein humaneres Gesicht und ist lange nicht so robust. Er spricht uns an, und er spricht italienisch.

Nun wundern wir uns schon über nichts mehr. Uns scheint, als seien wir Zeugen eines verrückten Schauspiels, eines von denen, wo Hexen, Heiliger Geist und Teufel auf der Bühne erscheinen. Er spricht ein schlechtes Italienisch mit starkem ausländischem Akzent. Er hält eine lange Rede, ist sehr höflich und bemüht sich, auf alle unsere Fragen eine Antwort zu geben.

Wir sind in Monowitz, nicht weit von Auschwitz, in Oberschlesien: eine Gegend, wo sowohl Deutsche als auch Polen leben. Unser Lager ist ein sogenanntes Arbeitslager; alle Gefangenen (etwa zehntausend) arbeiten an der Errichtung einer Gummifabrik, die Buna heißt, und Buna heißt darum auch das Lager.

Wir werden Schuhe und Kleidungsstücke erhalten, nein, nicht unsere eigenen, andere Schuhe und andere Kleidungsstücke, solche, wie er sie trägt. Und nackt sind wir jetzt darum, weil nun Dusche und Desinfektion vorgesehen sind; beides erwartet uns nach dem Wecken, denn ohne Desinfektion kommt man nicht ins Lager.

Natürlich hat man zu arbeiten, alle haben hier zu arbeiten. Immerhin gibt es verschiedene Arten von Arbeit: Er zum Beispiel ist als Arzt tätig; er ist ein ungarischer Arzt, der in Italien studiert hat und hier Lagerzahnarzt ist. Vier Jahre lebt er schon im Lager (nicht in diesem, Buna besteht erst seit anderthalb Jahren), und trotzdem, wir können ja sehen, daß es ihm gut geht, daß er nicht besonders mager ist. Warum er sich im Lager befindet? Ob er Jude ist wie wir? »Nein«, erwidert er schlicht, »ich bin Krimineller.«

Wir richten eine Menge Fragen an ihn, zuweilen lacht er, beantwortet die einen, andere wieder nicht, man merkt genau, daß er bestimmte Themen vermeidet. Über die Frauen spricht er nicht; er sagt nur, daß es ihnen gut geht und daß wir sie bald wiedersehen werden, sagt aber nicht wie und nicht wo. Statt dessen erzählt er uns andere, sonderbare, verrückte Dinge, ach, er treibt vielleicht seinen Spott mit uns. Vielleicht ist er irrsinnig: Im Lager wird man doch irrsinnig. Er sagt, daß es alle Sonntage Konzerte und Fußballspiele gibt. Er sagt, daß man Koch werden kann, wenn man gut boxt. Er sagt, daß man für gute Arbeit Prämienscheine erhält, mit denen man sich Tabak und Seife kaufen kann. Er sagt, daß das Wasser wirklich ungenießbar ist und daß dafür täglich Kaffee-Ersatz ausgegeben wird, den aber im allgemeinen keiner trinkt, weil die Suppe schon wäßrig genug ist, um den Durst zu löschen. Wir bitten ihn, uns irgend etwas Trinkbares zu beschaffen, aber er sagt, daß er nicht kann, daß er insgeheim gegen das Verbot der SS zu uns gekommen ist, denn wir seien ja noch zu desinfizieren, und er müsse gleich wieder gehen; er sei nur deshalb hier, weil er die Italiener gut leiden möge und weil er, wie er sich ausdrückt, »ein bißchen Herz habe«. Wir fragen ihn auch, ob es noch andere Italiener im Lager gäbe, und er meint, daß wohl ein paar da seien, wenige, er wisse nicht, wie viele, und sofort wechselt er das Thema. Unterdessen läutet eine Glocke; er verschwindet augenblicklich und läßt uns betroffen und verwirrt zurück. Einige haben ja neuen Mut gefaßt. Ich nicht, ich muß in einem fort denken, daß auch dieser Zahnarzt, dieses unbegreifliche Individuum, sich seinen Spaß mit uns gemacht hat; und kein Wort will ich ihm glauben.

Während des Läutens hört man, wie das dunkle Lager wach wird. Unvermittelt schießt heißes Wasser aus den Duschen, herrliche fünf Minuten lang; aber gleich darauf stürzen vier Männer herein (vielleicht die Barbiere) und treiben uns, naß und dampfend wie wir sind, mit Geschrei und mit Püffen in den angrenzenden, eiskalten Raum. Dort schmeißen uns andere schreiende Kerle ich weiß nicht was für Lumpen zu und drücken uns ein Paar Latschen mit Holzsohle in die Hand. Wir haben gar keine Zeit, etwas zu begreifen, und schon sind wir draußen im eisigen blauen Schnee des frühen Morgens, barfuß und nackt, mit all den Klamotten in den Händen, und müssen zu einer anderen, etwa hundert Meter entfernten Baracke laufen. Und da erst dürfen wir uns anziehen.

Als wir fertig sind, bleibt jeder in seinem Winkel, und wir wagen es nicht, einander anzublicken. Es gibt nichts, worin wir uns spiegeln könnten, und doch haben wir unser Ebenbild vor Augen, es bietet sich uns in hundert leichenblassen Gesichtern dar, in hundert elenden und schmierigen Gliederpuppen. So sind wir nun in ebensolche Gespenster verwandelt, wie wir sie gestern abend gesehen haben.

Da merken wir zum erstenmal, daß unsere Sprache keine Worte hat, diese Schmach zu äußern, dies Vernichten eines Menschen. In einem einzigen Augenblick und fast mit prophetischer Schau enthüllt sich uns die Wahrheit: Wir sind in der Tiefe angekommen. Noch tiefer geht es nicht; ein noch erbärmlicheres Menschendasein gibt es nicht, ist nicht mehr denkbar. Und nichts ist mehr unser: Man hat uns die Kleidung, die Schuhe und selbst die Haare genommen: Sollten wir reden, so wird man uns nicht anhören, und wird man uns auch anhören, so wird man uns nicht verstehen. Auch den Namen wird man uns nehmen; wollen wir ihn bewahren, so müssen wir in uns selbst die Kraft dazu finden, müssen dafür Sorge tragen, daß über den Namen hinaus etwas von uns verbleibe, von dem, wie wir einmal gewesen.

Ich weiß, daß man mich hierin nur schwerlich verstehen wird, und es mag gut sein, daß dem so ist. Doch überlege ein jeder, was für einen Wert, was für eine Bedeutung selbst die geringsten unserer täglichen Gewohnheiten in sich bergen, unsere hundert kleinen Dinge, die auch der armseligste Bettler sein eigen nennt: ein Taschentuch, ein alter Brief, die Fotografie eines lieben Menschen. Diese Dinge sind Teile von uns selbst, sind fast wie Glieder unseres Körpers; es ist auch in unserer Welt nicht denkbar, daß sie einem genommen werden, denn gleich würden wir andere dafür finden, andere Dinge, die uns gehören, weil sie unsere Erinnerungen erhalten und wecken.

Nun denke man sich einen Menschen, dem man, zusammen mit seinen Lieben, auch sein Heim, seine Gewohnheiten, seine Kleidung und schließlich alles, buchstäblich alles nimmt, was er besitzt: Er wird leer sein, beschränkt auf Leid und Notdurft und verlustig seiner Würde und seines Urteilsvermögens. Denn wer alles verloren hat, verliert auch leicht sich selbst; so sehr, daß man leichthin und ohne jede Regung verbindenden Menschentums, bestenfalls aber auf Grund reiner Zweckmäßigkeit über sein Leben und seinen Tod wird entscheiden können. So wird man denn die zweifache Bedeutung des Wortes »Vernichtungslager« verstehen und ebenso, was ich mit der Definition »in der Tiefe liegen« zum Ausdruck bringen möchte.

»Häftling«: Ich lernte, daß ich ein »Häftling« bin. Mein Name ist 174 517; wir wurden getauft, und unser Leben lang werden wir das tätowierte Mal auf dem linken Arm tragen.

Die Prozedur war kaum schmerzhaft und ging außerordentlich rasch vor sich. Man stellte uns alle der Reihe nach auf, und einer nach dem andern defilierten wir in alphabetischer Reihenfolge an einem geschickten Funktionär vorbei, der eine Art Pfriem mit winziger Nadel handhabte. Anscheinend ist dies die eigentliche Initiation: Nur, wenn man »die Nummer herzeigt«, bekommt man Brot und Suppe. Etliche Tage waren nötig und nicht wenige Ohrfeigen und Faustschläge, bis wir uns daran gewöhnten, die Nummer prompt vorzuweisen, so daß die Ausgabe der täglichen Essensrationen nicht behindert wurde; Wochen und Monate waren nötig, bis wir ihren deutschen Klang im Ohr hatten. Und tagelang, wenn mich die Gewohnheit aus dem freien Leben nach der Uhrzeit auf meinen linken Arm blicken ließ, erschien mir dafür höhnisch mein neuer Name, die bläulich unter die Haut eingestichelte Nummer.

Erst viel später und nur nach und nach lernte ein Teil von uns einiges von der makabren Wissenschaft der Auschwitz-Nummern, in der die einzelnen Etappen der Ausrottung des europäischen Judentums enthalten sind. Den Alten des Lagers sagt die Nummer alles: die Zeit des Lagereintritts, den Transport, mit dem man gekommen ist, und demnach auch die Nationalität. Jeder wird die Nummern von 30 000 bis 80 000 mit Achtung behandeln: Nicht mehr als einige Hundert sind es, die Überlebenden der polnischen Gettos. Man muß die Augen gut offenhalten, wenn man sich mit einem 116 000er oder 117 000er in Geschäfte einläßt: Fünfzig sind es jetzt vielleicht noch, aber es sind Saloniki-Griechen, man darf sich nicht übers Ohr hauen lassen. Und was die hohen Nummern angeht, so hängt ihnen etwas Lächerliches an, wie im normalen Leben den Begriffen »Stift« oder »Rekrut«: Die typische hohe Nummer ist ein dickbäuchiges, willfähriges und dümmliches Individuum, dem du auf die Nase binden kannst, daß im Krankenbau Lederschuhe für Leute mit empfindlichen Füßen ausgegeben werden, und daß du dazu überreden kannst, rasch hinzulaufen und dir inzwischen seinen Suppennapf »in Verwahrung« zu geben; du kannst ihm einen Löffel für drei ganze Brotrationen verkaufen; du kannst ihn zum gemeinsten Kapo schicken und ihn fragen lassen (wie das mir passiert ist!), ob es stimme, daß sein Kommando das »Kartoffelschälkommando« sei und ob man ihm nicht zugeteilt werden könne.

Im übrigen geht der ganze Eingliederungsprozeß in diese für uns neue Lebensordnung unter grotesken und sarkastischen Vorzeichen vonstatten. Nach der Tätowierungsprozedur sperrt man uns in eine Baracke, in der sonst kein Mensch ist. Die Betten sind hergerichtet, aber man untersagt uns strengstens, sie zu berühren, uns darauf zu setzen: So gehen wir sinnlos den halben Tag lang in dem begrenzten Raum, der verfügbar ist, auf und ab, noch gequält vom grausamen Durst der Reise. Dann öffnet sich die Tür und ein Junge im Streifenanzug kommt herein; er macht einen ziemlich anständigen Eindruck, ist klein, mager und blond. Dieser hier spricht französisch, und wir umringen ihn zuhauf, bestürmen ihn mit allen Fragen, die wir bis jetzt vergeblich einander gestellt haben.

Doch er redet nicht gern: Keiner redet hier gern. Wir

sind neu, wir haben nichts und wir wissen nichts. Wozu also Zeit mit uns vergeuden? Nur widerstrebend gibt er uns die Auskunft, daß die andern zur Arbeit fort sind und am Abend zurückkommen. Er selbst ist heute früh aus dem Krankenbau entlassen worden und braucht heute nicht mehr zu arbeiten. Ich frage ihn (mit einer Naivität, die mir einige Tage später schon sagenhaft vorkommen wird), ob wir denn wenigstens unsere Zahnbürsten zurückerhalten werden. Darüber lacht er nicht, sondern macht ein ganz verächtliches Gesicht und wirft mir die Worte hin: »Vous n'êtes pas à la maison.« Das aber ist der Kehrreim, den wir uns von allen immer und immer wieder sagen lassen müssen: Ihr seid hier nicht zu Haus, hier ist kein Sanatorium, hier kommt man nur durch den Kamin raus. (Was soll das heißen? Wir werden es später zur Genüge erfahren.)

In der Tat: Durstig wie ich bin, sehe ich vor dem Fenster in Reichweite einen schönen Eiszapfen hängen. Ich öffne das Fenster und mache den Eiszapfen ab, doch gleich kommt ein großer und kräftiger Kerl, der draußen herumging, und reißt ihn mir mit Gewalt aus der Hand. »Warum?« frage ich in meinem beschränkten Deutsch. »Hier ist kein Warum«, gibt er mir zur Antwort und stößt mich zurück.

Die Erklärung hierfür ist grauenhaft und doch so einfach: an diesem Ort ist alles verboten; nicht aus irgendwelchen unerfindlichen Gründen, sondern weil das Lager zu diesem Zweck geschaffen wurde. Wenn wir darin leben wollen, müssen wir das rasch und gut lernen:

...Hier ist das Heil'ge Antlitz keine Hilfe!
Ein andres Schwimmen ist's hier als in Serchio!*

Stunde um Stunde geht dieser erste lange Tag der Vorhölle seinem Abschluß entgegen. Als die Sonne in einem Strudel düsterer blutroter Wolken versinkt, lassen sie uns endlich aus der Baracke hinaus. Ob sie uns zu trinken geben? Nein, sie stellen uns noch einmal in Reih und Glied auf, führen uns auf einen großen, freien Platz, der den Mittelpunkt des Lagers darstellt, und lassen uns dort antreten, und wir müssen uns peinlich genau ausrichten. Dann geschieht in der nächsten Stunde nichts mehr; es scheint, als warte man auf jemanden.

Eine Fanfare ertönt neben dem Lagertor: sie spielt *Rosamunde*, den wohlbekannten sentimentalen Schlager, und das kommt uns so eigenartig vor, daß wir einander angrinsen; wir fühlen uns um eine Spur erleichtert, vielleicht stellen diese ganzen Zeremonien nichts anderes vor als einen riesenhaften Schwank teutonischer Art. Aber nach *Rosamunde* bläst die Fanfare noch weiter, spielt einen Marsch nach dem andern, und nun erscheinen unsere Kameraden, die in Gruppen von der Arbeit zurückkommen. Sie marschieren in Fünferreihen, in einer sonderbaren, unnatürlichen, harten Gangart – wie steife Gliederpuppen, die nur aus Knochen bestehen: aber ihr Gleichschritt hält sich streng an den Takt der Fanfare.

Wie wir, so treten auch sie in genau festgelegter Ordnung auf dem großen Platz an. Als dann die letzte Gruppe eingetroffen ist, werden wir gezählt und wieder gezählt, über eine Stunde lang; endlose Kontrollen werden vorgenommen, die anscheinend alle bei einem in gestreiftem Anzug zusammenlaufen, der seinerseits einem kleinen Trupp von SS-Leuten in voller Kriegsausrüstung Meldung erstattet.

* Dante, Göttliche Komödie (Hölle, XXI, 48–49). Alle in diesem Buch zitierten Danteverse wurden von Heinz Riedt übertragen.

Schließlich – es ist schon dunkel, aber das Lager ist von Lampen und Scheinwerfern hell erleuchtet – vernimmt man den Ruf »Absperre!«, worauf sich sämtliche Gruppen in ein heilloses Durcheinander auflösen. Jetzt gehen sie nicht mehr in strammer Haltung und mit herausgedrückter Brust; alle schleppen sich mit sichtbarer Anstrengung dahin. Ich merke, daß jeder in der Hand oder am Gürtel einen fast waschschüsselgroßen Blechnapf trägt.

Auch wir Neuankömmlinge wandern in der Menge umher, suchen eine vertraute Stimme, ein befreundetes Gesicht, einen, der uns geleitet. Gegen die Holzwand einer Baracke gestützt, sitzen zwei Jungen auf der Erde: Sie müssen noch sehr jung sein, höchstens sechzehn Jahre alt, und beide haben rußbeschmierte Gesichter und Hände. Als wir vorübergehen, ruft mich der eine von ihnen an und richtet auf deutsch einige Fragen an mich, die ich nicht verstehe; dann fragt er mich, woher wir kommen. »Italien«, erwidere ich, und ich möchte selber so vieles von ihm wissen, aber mein deutscher Wortschatz ist zu beschränkt.

»Bist du Jude?« frage ich ihn.

»Ja, polnischer Jude.«

»Wie lange bist du schon im Lager?«

»Drei Jahre«, und er hebt drei Finger.

Dann muß er ja als Kind hergekommen sein, denke ich mit Schaudern; doch es bedeutet auch, daß zumindest einige hier leben können.

»Was arbeitest du?«

»Schlosser«, antwortet er. Ich verstehe nicht. »Eisen, Feuer«, erklärt er und bewegt die Hände wie einer, der mit dem Hammer auf den Amboß schlägt.

»Ich Chemiker«, sage ich zu ihm; dazu nickt er ernsthaft und meint: »Chemiker gut.« Aber das alles betrifft die ferne Zukunft, was mich im Augenblick quält, ist der Durst.

»Trinken, Wasser. Wir kein Wasser«, sage ich. Er sieht mich mit ernster, fast strenger Miene an und betont jedes einzelne Wort: »Kein Wasser trinken, Kamerad!« Und was er dann noch redet, verstehe ich nicht.

»Warum?«

»Geschwollen«, erwidert er im Telegrammstil. Ich schüttle den Kopf, weil ich das nicht verstanden habe. Er erklärt es mir, indem er die Backen aufbläst und mit den Händen eine riesige Anschwellung von Gesicht und Bauch andeutet. »Warten bis heute abend.« Das übersetze ich mir Wort für Wort.

Dann sagt er: »Ich Schlome. Du?« Ich nenne ihm meinen Namen, und er erkundigt sich: »Wo deine Mutter?« »In Italien.« Schlome ist verwundert: »Jüdin in Italien?« »Ja«, erkläre ich ihm so gut ich kann, »versteckt, niemand kennen, fliehen, nicht sprechen, niemand sehen.« Er hat begriffen. Jetzt steht er auf, kommt auf mich zu, umarmt mich schüchtern. Das Erlebnis ist zu Ende, und ich bin erfüllt von einer reinen Trauer, die beinahe Freude ist. Ich habe Schlome nie wiedergesehen, aber sein ernstes, sanftes Kindergesicht, mit dem er mich an der Schwelle des Totenhauses empfing, habe ich nicht vergessen.

Wir müssen eine Menge lernen, doch vieles haben wir schon gelernt. Wir wissen schon ungefähr, wie das Lager beschaffen ist. Dieses unser Lager hier ist ein Quadrat von etwa sechshundert Metern Seitenlänge, umschlossen von zwei Stacheldrahtzäunen, deren innerer mit Hochspannung geladen ist. Es besteht aus sechzig Holzbaracken, die man hier Blocks nennt und von denen sich etwa zehn noch im Bau befinden; dazu kommen das gemauerte Küchengebäude, eine kleine landwirtschaftliche Versuchsstation, die von einer Gruppe privilegierter Häftlinge bewirtschaftet wird, und die Dusch- und Latrinenbaracken, je eine für sechs bis acht Blocks. Schließlich sind einige Blocks für besondere Zwecke bestimmt. So ist vor allem eine Gruppe von acht Blocks am östlichen Lagerende als Krankenstation und Ambulatorium eingerichtet. Dann der Block 24, der Krätzeblock; der Block 7, den noch kein gewöhnlicher Häftling betreten hat, weil er für die »Prominenz«, also für die Internierten mit den höchsten Ämtern reserviert ist; der Block 47, der den Reichsdeutschen vorbehalten ist (den politischen oder kriminellen Deutschen mit arischer Abstammung); der Block 49, der nur für die Kapos da ist, der Block 12, dessen eine Hälfte für Reichsdeutsche und Kapos als Kantine dient, das heißt als Ausgabestelle für Tabak, Insektenpulver und gelegentlich auch andere Artikel; der Block 37, in dem sich das zentrale Furierbüro und das Büro des Arbeitsdienstes befindet.

Und endlich der Block 29, dessen Fenster immer geschlossen sind, denn das ist der Frauenblock, das Lagerbordell, versorgt von polnischen Häftlingsmädchen und reserviert für die Reichsdeutschen.

Die gewöhnlichen Wohnblocks sind in zwei Räume aufgeteilt; in dem einen, dem »Tagesraum«, wohnt der Barackenälteste mit seinen Freunden. Die Einrichtung besteht aus einem langen Tisch, Stühlen und Bänken. Allenthalben sieht man eine Menge sonderbarer Gegenstände in bunten Farben, dazu Fotografien, Ausschnitte aus Illustrierten, Zeichnungen, künstliche Blumen, Nippsachen; die Wände sind mit großen Inschriften versehen, Losungen und Versen auf die Ordnung, die Disziplin und die Hygiene; in einer Ecke steht ein Glasschrank mit den Gerätschaften des »Blockfrisörs«, den Suppenkellen und zwei Gummiknüppeln, dem massiven und dem hohlen, zur Aufrechterhaltung ebendieser Ordnung. Der andere

Raum ist der Schlafraum. Darin nichts weiter als hundertachtundvierzig dreistöckige Betten, die, nur von drei Gängen unterteilt, so dicht wie die Waben in einem Bienenstock aneinandergefügt sind, damit der ganze Raum bis zur Decke hinauf ohne Platzverlust ausgefüllt wird. Hier sind die gewöhnlichen Häftlinge untergebracht, zweihundert bis zweihundertfünfzig je Baracke, sie müssen sich also meistens zu zweit ein Bett teilen, dessen Boden jeweils aus einer losen Holzplatte besteht und das mit je einem dünnen Strohsack und zwei Decken versehen ist. Die Gänge sind so schmal, daß zwei Mann nur mit Mühe durchkommen; und die gesamte verfügbare Bodenfläche ist so beschränkt, daß die Blockinsassen gar nicht alle Platz haben, wenn nicht mindestens die Hälfte in den Betten liegt. Daher auch das Verbot, einen fremden Block zu betreten.

In der Mitte des Lagers erstreckt sich der riesige Appellplatz, auf dem morgens zur Formierung der Arbeitskolonnen angetreten wird und abends, um gezählt zu werden. Vor dem Appellplatz liegt ein sauber geschorenes Rasenbeet, wo im Bedarfsfall die Galgen errichtet werden.

Wir wissen sehr bald, daß es drei Kategorien von Lagerbewohnern gibt: die Kriminellen, die Politischen und die Juden. Alle tragen sie den gestreiften Anzug, und alle sind sie Häftlinge; doch die Kriminellen haben neben der Nummer ein grünes Dreieck auf die Jacke genäht, die Politischen ein rotes Dreieck und die Juden, die bei weitem in der Mehrzahl sind, den rotgelben Judenstern. Natürlich sind SS-Leute da, aber nur wenige und außerhalb des Lagers, und man sieht sie verhältnismäßig selten. Doch unsere eigentlichen Herren sind die Grünen Dreiecke, die frei über uns verfügen können, dazu noch diejenigen der anderen beiden Kategorien, die ihnen an die Hand gehen. Und das sind nicht wenige.

Noch eines lernen wir, je nach Charakter mehr oder weniger schnell, nämlich mit »Jawohl!« zu antworten, nie zu fragen und immer so zu tun, als habe man verstanden. Und wir wissen den Wert der Nahrungsmittel zu schätzen; nun kratzen auch wir nach beendetem Essen den Napf sorgsam aus und halten ihn unters Kinn, wenn wir unser Brot verzehren, damit kein Krümel verlorengehe. Nun ist auch uns klargeworden, daß es nicht dasselbe ist, ob man seine Schöpfkelle mit Suppe von oben oder von unten aus dem Kübel bekommt, und wir können auf Grund des unterschiedlichen Fassungsvermögens der verschiedenen Kübel berechnen, welcher Platz in der Essensschlange am erstrebenswertesten ist.

Wir lernen, daß man alles brauchen kann: Draht, um sich die Schuhe zu binden, Lumpen, um sich Fußlappen zu machen, Papier, um sich als Kälteschutz (verbotenerweise) die Jacke auszufüttern. Wir lernen, daß andererseits alles gestohlen werden kann, ja auch unfehlbar gestohlen wird, sobald die Wachsamkeit nachläßt; und um dem vorzubeugen, müssen wir die Kunst erlernen, mit dem Kopf auf der zusammengebündelten Jacke zu schlafen, die alle unsere Habseligkeiten vom Eßgeschirr bis zu den Schuhen enthält.

Wir kennen jetzt auch schon zum guten Teil die maßlos komplizierte Lagerordnung. Unzählbar sind die Verbote: auf weniger als zwei Meter an den Stacheldraht heranzugehen; mit der Jacke, ohne Unterhosen oder mit der Kopfbedeckung zu schlafen; besondere Waschräume oder Latrinen zu benutzen, die »nur für Kapos« oder »nur für Reichsdeutsche« sind; an den vorgeschriebenen Tagen nicht zum Duschen zu gehen und dies an den nicht vorgeschriebenen Tagen zu tun; die Baracke mit aufgeknöpfter Jacke oder mit hochgestelltem Kragen zu verlassen; unter der Kleidung Papier oder Stroh als Schutz gegen die Kälte zu tragen; sich anders als mit entblößtem Oberkörper zu waschen.

Endlos und unergründlich sind die zu befolgenden Riten: Tag für Tag muß man morgens »das Bett« machen, vollkommen gerade und glatt; man muß die verdreckten und ekligen Holzpantinen mit dem dazu bestimmten Maschinenfett einschmieren und von der Kleidung die Schlammflecken abschaben (Farb-, Fett- und Rostflecken dagegen sind zulässig); abends muß man sich auf Läuse und auf gewaschene Füße untersuchen lassen; samstags muß man sich Bart und Haare scheren lassen und sich die Klamotten selber stopfen oder stopfen lassen; sonntags muß man sich der allgemeinen Krätzekontrolle und der Kontrolle der Jackenknöpfe unterziehen, und die müssen fünf an der Zahl sein.

Des weiteren gibt es eine Fülle von Dingen, die normalerweise ohne Belang sind, hier aber zu Problemen werden. Wenn die Fingernägel nachgewachsen sind, muß man sie kürzen, was nicht anders als mit den Zähnen geschehen kann (für die Fußnägel sorgt schon das stetige Reiben an den Schuhen); wenn einem der Knopf abgeht, muß man ihn sich mit Draht wieder befestigen können; wenn man in die Latrine oder in den Waschraum geht, muß man immer und überall alles mit sich nehmen, und während man sich die Augen wäscht, muß man das Kleiderbündel zwischen den Knien halten, weil es sonst in diesem nämlichen Augenblick gestohlen würde. Wenn einem ein Schuh Schmerzen verursacht, muß man abends die Zeremonie des Schuhumtausches mitmachen; hier wird die Beschlagenheit des einzelnen auf die Probe gestellt, denn man muß imstande sein, mit einem Blick einen (nicht ein Paar, einen) passenden Schuh aus dem unsagbaren Durcheinander auszusuchen, weil nach erfolgter Wahl ein zweiter Tausch nicht mehr erlaubt wird.

Man glaube nicht, daß den Schuhen im Lagerleben eine untergeordnete Bedeutung zukommt. Der Tod beginnt bei den Schuhen. Für die meisten von uns haben sie sich als wahre Marterwerkzeuge erwiesen, weil sie schon nach wenigen Stunden Marsch schmerzende Wunden verursachen, die sich unweigerlich infizieren. Wer davon heimgesucht ist, muß so laufen, als habe er ein Gewicht am Fuß hängen (daher die eigenartige Gehweise des Gespensterheeres, das allabendlich zur Parade heimkehrt); er ist überall der letzte, und überall bekommt er Schläge; er kann nicht davonlaufen, wenn man hinter ihm her ist; seine Füße schwellen an, und je mehr sie anschwellen, desto unerträglicher wird die Reibung am Holz und am Leinen der Schuhe. So bleibt dann nichts anderes als der Krankenbau. Doch mit dem Befund »dicke Füße« in den Krankenbau zu kommen, ist äußerst gefährlich, denn alle, besonders aber die SS, wissen sehr wohl, daß man dieses Leiden hier nicht loswerden kann.

Bei all dem habe ich noch nicht einmal von der Arbeit gesprochen, die ihrerseits aus einem Sammelsurium von Gesetzen, Tabus und Problemen besteht.

Wir arbeiten alle, mit Ausnahme der Kranken (sich krank schreiben zu lassen, erfordert ohnehin schon ein gerüttelt Maß an Kenntnissen und Erfahrungen). Jeden Morgen geht es in Marschkolonne vom Lager zur Buna; jeden Abend geht es in Marschkolonne wieder zurück. Für die Arbeit sind wir in rund zweihundert Kommandos unterteilt, die jeweils fünfzehn bis hundertfünfzig Mann stark sind und je von einem Kapo befehligt werden. Es gibt gute und schlechte Kommandos; zum größten Teil sind sie für Transportarbeiten eingesetzt, und das ist hart, besonders im Winter, und sei es nur darum, weil alles im Freien getan wird. Aber es gibt auch Kommandos von Spezialarbeitern (Elektrikern, Schmieden, Maurern und so weiter), die einer bestimmten Werkstatt oder einer bestimmten Abteilung der Buna zugeteilt sind und mehr den zivilen Meistern, meistens Deutschen oder Polen, unterstehen; das trifft natürlich nur für die Arbeitsstunden zu, für den Rest des Tages werden die Spezialisten (insgesamt nicht mehr als drei- oder vierhundert) nicht anders gehalten als die gewöhnlichen Arbeiter. Für die Aufteilung der einzelnen auf die verschiedenen Kommandos ist eine besondere Dienststelle des Lagers zuständig, der Arbeitsdienst, der mit der zivilen Direktion von Buna in dauerndem Kontakt steht. Die Entscheidungen des Arbeitsdienstes erfolgen nach unbekannten Gesichtspunkten, oft aber eindeutig auf Grund von Protektion und Bestechung, so daß einer, dem es gelingt, sich Essen zu beschaffen, auch praktisch die Gewähr dafür hat, einen guten Posten in der Buna zu erhalten.

Die Zahl der Arbeitsstunden ist je nach Jahreszeit verschieden. Solange es hell ist, wird gearbeitet; demnach variiert die Arbeitszeit von einem winterlichen Mindestmaß (8 Uhr bis 12 Uhr und 12.30 Uhr bis 16 Uhr) bis zu einem sommerlichen Höchstmaß (6.30 Uhr bis 12 Uhr und 13 Uhr bis 18 Uhr). Unter gar keinen Umständen dürfen die Häftlinge bei Dunkelheit oder bei dichtem Nebel arbeiten, während auch im Regen oder im Schnee oder im (recht häufigen) Karpaten-Sturmwind normal gearbeitet wird; der Grund für das Verbot liegt darin, daß Dunkelheit oder Nebel einen Fluchtversuch begünstigen könnten.

Jeder zweite Sonntag ist gewöhnlicher Arbeitstag; an den sogenannten freien Sonntagen wird meistens, statt in der Buna, an der Instandhaltung des Lagers gearbeitet, so daß es nur ganz selten wirkliche Ruhetage gibt.

So also wird unser Leben aussehen. Tag für Tag nach dem festgesetzten Rhythmus ausrücken und einrücken; arbeiten, schlafen und essen; krank werden, gesund werden oder sterben.

Und wie lange? Aber die Alten lachen nur auf diese Frage, denn an ihr erkennt man den Neuling, lachen und antworten nicht: Für sie ist seit Monaten, seit Jahren die Frage nach der fernen Zukunft gegenstandslos geworden, hat jeden Sinn vor den so viel dringlicheren und konkreteren Problemen der nahen Zukunft verloren, nämlich, was es heute zu essen gibt, ob es schneien wird, ob Kohlen auszuladen sind.

Hielten wir uns an die Vernunft, so müßten wir uns mit dieser Gegebenheit abfinden, daß unser Schicksal absolut unerforschlich ist und jede Spekulation darüber nur müßig sein kann und nicht die geringste reale Grundlage besitzt. Doch an die Vernunft halten sich die Menschen sehr selten, wenn das eigene Schicksal auf dem Spiel steht. In jedem Fall ziehen sie die extremen Positionen vor. Darum sind, je nach Veranlagung, die einen von uns augenblicklich davon überzeugt, daß alles verloren ist, daß man hier nicht leben kann und daß das Ende mit Sicherheit und bald bevorsteht; die andern, daß trotz all dem harten Leben, das uns erwartet, die Rettung wahrscheinlich ist und in gar nicht weiter Ferne liegt, und daß wir, wenn wir nur Vertrauen und Kraft aufbringen, unser Heim und unsere Lieben wiedersehen werden. Jedoch unterscheiden sich diese beiden Kategorien, die der Pessimisten und die der Optimisten, nicht so klar voneinander: nicht weil Agnostiker so zahlreich wären, sondern weil die meisten, ohne Gedächtnis und ohne Folgerichtigkeit und je nach Gesprächspartner und Augenblick, zwischen diesen extremen Positionen hin- und herpendeln.

Nun bin ich also in der Tiefe. Vergangenheit und Zukunft auszulöschen lernt man rasch, wenn die Not drängt. Vierzehn Tage nach meiner Einlieferung habe ich schon den regelrechten Hunger, den chronischen Hunger, den die freien Menschen nicht kennen, der nachts Träume hervorruft und der in allen Gliedern unseres Körpers wohnt. Schon habe ich gelernt, mich nicht bestehlen zu lassen, und sehe ich einen Löffel, einen Bindfaden, einen Knopf herumliegen, den ich mir ungestraft aneignen kann, so stecke ich ihn ein und betrachte ihn mit vollem Recht als mein Eigentum. Schon habe ich auf meinen Fußrücken die stumpfen Wunden, die nicht heilen werden. Ich schiebe Waggons, ich arbeite mit der Schaufel, ich ermatte im Regen, ich zittere im Wind. Schon ist mein eigener Körper nicht mehr mein: Der Bauch ist gedunsen, die Glieder sind verdorrt, das Gesicht ist am Morgen verschwollen und am Abend ausgehöhlt. Einige von uns haben eine gelbe Haut, andere eine graue; sehen wir uns einmal drei oder vier Tage lang nicht, erkennen wir uns kaum wieder.

Wir Italiener wollten uns jeden Sonntagabend in einem Winkel des Lagers treffen, aber das ließen wir gleich wieder bleiben, denn es war zu traurig, uns nachzuzählen und feststellen zu müssen, daß wir jedesmal weniger waren und unförmiger und elender von Gestalt. Und es war so mühsam, diese wenigen Schritte zu gehen. Und wenn wir uns trafen, so verleitete uns das dazu, daß wir uns erinnerten und nachdachten: und das tat man besser nicht.

Die Einführung

Nach den ersten Tagen willkürlicher Versetzungen von Block zu Block und von Kommando zu Kommando werde ich spätabends dem Block 30 zugeteilt, wo ich ein Bett angewiesen bekomme, in dem schon Diena schläft. Diena erwacht, macht mir bei all seiner Erschöpfung Platz, nimmt mich freundschaftlich auf.

Ich bin nicht müde, besser gesagt, meine Müdigkeit wird von einem Zustand der Angespanntheit und Furcht überdeckt, den ich noch nicht loswerden konnte, und deshalb rede ich und rede.

Allzu vieles habe ich zu fragen. Ich habe Hunger, und wenn morgen die Suppe ausgegeben wird, wie soll ich sie dann ohne Löffel essen? Und auf welche Weise kann man einen Löffel bekommen? Und wohin wird man mich zur Arbeit schicken? Diena weiß natürlich auch nicht mehr als ich und erwidert nur mit anderen Fragen. Aber von oben und von unten, aus der Nähe und aus der Ferne, aus allen Ecken der jetzt dunklen Baracke rufen mir verschlafene und ärgerliche Stimmen zu: Ruhe! Ruhe!

Ich verstehe, daß ich schweigen soll, aber dieses deutsche Wort ist mir neu, und da ich dessen Sinn und Bedeutung nicht kenne, wird meine Unruhe nur um so größer. Die Sprachverwirrung gehört zu den Hauptbestandteilen der Lebensweise hier unten; man ist von einem fortwährenden Babel umgeben, wo alle in niemals zuvor gehörten Sprachen Befehle und Drohungen schreien, und wehe dem, der nicht im Flug begreift! Keiner hat hier Zeit, und keiner hat Geduld, und keiner hört dich an. Wir, die wir zuletzt gekommen sind, drücken uns instinktiv in die Ekken, an die Wände, um ein Gefühl materieller Rückendeckung zu haben.

So gebe ich es auf, noch Fragen zu stellen, und gleite rasch in einen freudlosen, angespannten Schlaf. Aber es ist kein Ausruhen: Ich habe das Empfinden, daß man mich bedroht, daß man mir auflauert, jeden Augenblick bin ich bereit, mich zu meiner Verteidigung zusammenzukrampfen. Ich träume, und mir ist, als schliefe ich auf einer Straße, auf einer Brücke, quer in einer Tür liegend, durch die viele Menschen aus und ein gehen. Und da findet schon, ach, wie früh, das Wecken statt. Die ganze Baracke bebt in ihren Fundamenten, die Lichter gehen an, um mich herum sind alle von einer plötzlichen, frenetischen Betriebsamkeit erfaßt. Sie schütteln die Decken und wirbeln damit stinkende Staubwolken auf, ziehen sich mit fieberhafter Eile an, rennen, erst halb bekleidet, in die eisige Luft hinaus, stürzen auf die Latrinen und in den Waschraum; tierisch urinieren viele im Laufen, nur um Zeit zu schinden, denn in fünf Minuten wird Brot ausgegeben, Brot-Broit-chleb-pane-pain-lechem-kenyér, dieser heilige graue Würfel, der dir in der Hand deines Nächsten so riesig vorkommt und in deiner eigenen so klein, daß du weinen könntest. Das ist eine tägliche Halluzination, an die man sich endlich gewöhnt. Aber am Anfang ist sie so übermächtig, daß viele von uns, nachdem sie zu zweit des langen und breiten über das eigene offensichtliche und konstante Pech und über das unverschämte Glück anderer geredet haben, sich die Rationen austauschen, worauf sich das Trugbild umgekehrt wieder einstellt und alle unzufrieden und bitter enttäuscht sind. Das Brot ist auch unser einziges Zahlungsmittel; in den wenigen Minuten zwischen seiner Ausgabe und seinem Verbrauch herrscht im ganzen Block lautes Rufen, Zanken, Fluchen. Die Gläubiger von gestern wollen in den kurzen Augenblicken bezahlt werden, in denen der Schuldner überhaupt zahlungsfähig ist. Danach wird es wieder verhältnismäßig ruhig, was von vielen dazu benutzt wird, noch einmal in die Latrinen zu gehen, um eine halbe Zigarette zu rauchen, oder in den Waschraum, um sich wirklich zu waschen.

Dieser Waschraum ist nicht gerade einladend. Er ist kaum beleuchtet, überall zieht es, und der Backsteinboden ist von einer Schlammschicht überdeckt. Das Wasser ist ungenießbar, riecht abscheulich und setzt oft stundenlang aus. Die Wände sind mit sonderbaren didaktischen Fresken bemalt. Man sieht da zum Beispiel den guten Häftling mit entblößtem Oberkörper, wie er sich gerade den wohl geschorenen und rosigen Schädel gewissenhaft einseift, und den schlechten Häftling mit ausgeprägter semitischer Nase und grünlicher Haut, der, ganz eingemummt in seine auffällig beschmierte Kleidung, die Mütze auf dem Kopf, zaghaft einen Finger in das Wasser des Waschbeckens taucht. Unter dem ersten Bild steht: »So bist du rein« und unter dem zweiten: »So gehst du ein«; und weiter unten, in zweifelhaftem Französisch, doch in deutlicher Schrift: »La propreté, c'est la santé«.

An der gegenüberliegenden Wand fristet eine riesige schwarz-weiß-rote Laus ihr Dasein mit der Losung: »Eine Laus, dein Tod« und dem geistreichen Zweizeiler:

Nach dem Abort, vor dem Essen
Händewaschen nicht vergessen

Viele Wochen lang sehe ich diese Aufforderungen zur Hygiene als pure Auswüchse teutonischen Geistes an, der gleichen Art wie die Bemerkung über die Bruchbinde, mit der man uns bei unserm Eintritt ins Lager empfangen hatte. Aber dann begreife ich doch, daß die unbekannten Verfasser, vielleicht ohne sich dessen bewußt zu sein, gar nicht so weit von einigen wesentlichen Wahrheiten entfernt waren. Sich an diesem Ort Tag für Tag mit dem trüben Wasser in den verdreckten Becken zu waschen, um der Reinlichkeit und um der Gesundheit willen, ist praktisch zwecklos; ungeheuer wichtig aber ist es als Symptom verbliebener Vitalität und als Hilfsmittel für das moralische Überleben.

Ich muß zugeben: in einer Woche Gefangenschaft ist mir jedes Sauberkeitsbedürfnis abhanden gekommen. Ich schlendere gerade durch den Waschraum; da steht Steinlauf, mein fast fünfzigjähriger Freund, mit nacktem Oberkörper und reibt sich mit geringem Erfolg (er hat keine Seife), aber mit größter Energie Hals und Schultern ab. Steinlauf sieht mich, begrüßt mich, und sofort fragt er mich streng und ohne Umschweife, warum ich mich nicht wasche. Warum sollte ich mich denn waschen? Wäre mir vielleicht damit geholfen? Würde ich damit jemandem besser gefallen? Würde ich damit einen Tag, eine Stunde länger am Leben bleiben? Im Gegenteil, kürzer würde ich leben, denn Waschen ist Arbeit, ist Vergeudung von Energien und Kalorien. Weiß Steinlauf denn nicht, daß nach einer halben Stunde unter den Kohlensäcken kein Unterschied mehr zwischen ihm und mir sein wird? Je länger ich darüber nachdenke, desto mehr halte ich es für läppisch, ja sogar frivol, sich unter unseren Lebensbedingungen das Gesicht zu waschen: eine mechanische Angewohnheit oder, schlimmer noch, die triste Wiederholung eines vergangenen Ritus. Wir werden alle sterben, wir haben schon zu sterben begonnen. Und bleiben mir zwischen dem Wecken und der Arbeit noch zehn Minuten übrig, so will ich sie anders verwenden, will mich in mich selber verschließen, will Bilanz machen oder auch in den Himmel schauen und dabei denken, daß ich ihn vielleicht zum letztenmal sehe; oder ich will auch nur wissen, daß ich lebe, und mir den Luxus eines ganz kurzen Müßigganges erlauben.

Aber Steinlauf fällt mir ins Wort. Er ist mit Waschen fertig, trocknet sich nun mit seiner Leinenjacke ab, die er zwischen die Knie gepreßt hatte und nachher überziehen wird, und hält mir eine regelrechte Lektion, ohne dabei von seiner Beschäftigung abzulassen.

Es tut mir leid, daß ich inzwischen seine klaren und aufrechten Worte vergessen habe, die Worte des ehemaligen k.u.k. Unteroffiziers Steinlauf, Inhaber des Eisernen Kreuzes 1914–1918. Und es tut mir leid, daß ich sein unsicheres Italienisch und seine einfache Redeweise des guten Soldaten jetzt in meine eigene Sprache des ungläubigen Menschen übersetzen muß. Aber dies war ihr Sinn, den ich weder damals noch später vergessen sollte: Eben darum, weil das Lager ein großer Mechanismus ist, der uns zu Tieren herabwürdigen soll, dürfen wir keine Tiere werden; auch an diesem Ort kann man am Leben bleiben und muß deshalb auch den Willen dazu haben, schon um später zu berichten, Zeugnis abzulegen; und für unser Leben ist es wichtig, alles zu tun, um wenigstens das Gerippe, den Rohbau, die Form der Zivilisation zu bewahren. Wenn wir auch Sklaven sind, bar allen Rechts, jedweder Beleidigung ausgesetzt und dem sicheren Tod verschrieben, so ist uns doch noch eine Möglichkeit geblieben, und die müssen wir, weil es die letzte ist, mit unserer ganzen Energie verteidigen: die Möglichkeit nämlich, unser Einverständnis zu versagen. Wir müssen uns also selbstverständlich das Gesicht ohne Seife waschen und uns mit der Jacke abtrocknen. Wir müssen unsere Schuhe einschwärzen, nicht, weil es so vorgeschrieben ist, sondern aus Selbstachtung und Sauberkeit. Wir müssen in gerader Haltung gehen, ohne mit den Holzschuhen zu schurfen, nicht als Zugeständnis an die preußische Disziplin, sondern um am Leben zu bleiben, um nicht dahinzusterben.

Diese Dinge sagte mir Steinlauf, ein Mensch guten Willens. Sonderbare Dinge für mein ungeübtes Ohr, nur teilweise aufgenommen und gutgeheißen, abgeschwächt in eine leichtere, fügsamere, mildere Lehre, wie man sie seit Jahrhunderten diesseits der Alpen einatmet und derzufolge übrigens nichts eitler ist, als die von andern unter anderem Himmel erdachten Moralsysteme zur Gänze schlucken zu wollen. Nein, Steinlaufs Weisheit und Tüchtigkeit, die für ihn gut sein mögen, für mich reichen sie nicht aus. Dieser komplizierten Umwelt gegenüber sind meine Gedanken verworren; ob man sich wirklich ein System zurechtlegen muß, um es dann zu praktizieren, oder ob es nicht nützlicher ist, sich darauf einzustellen, daß man kein System hat?

KB

Die Tage gleichen sich alle, und es ist nicht einfach, sie zu zählen. Was weiß ich, wie viele Tage wir schon paarweise zwischen Eisenbahn und Magazin hin- und herlaufen. Ein Weg von etwa hundert Metern, auf tauendem Boden: hin unter der Last, zurück mit herabhängenden Armen, stumm.

Rings umher ist uns alles feind. Über unseren Köpfen jagen sich die bösartigen Wolken, um uns die Sonne zu nehmen; von allen Seiten bedrängt uns die Trübseligkeit des gequälten Eisens. Grenzen haben wir noch nie gesehen, aber wir spüren um uns herum die böse Gegenwart des Stacheldrahts, der uns von der Welt scheidet. Und auf den Gerüsten, den rangierenden Zügen, den Straßen, in den Ausschachtungen und Büros Menschen und wieder Menschen, Sklaven und Herren, und auch die Herren sind Sklaven; die einen treibt die Angst, die andern der Haß, darüber hinaus schweigt jede andere Macht. Alle sind sie Feinde oder Rivalen.

Aber nein, in meinem Kameraden, der heute mit mir unter demselben Joch arbeitet, sehe ich weder einen Feind noch einen Rivalen.

Es ist Null Achtzehn. Nur so heißt er: Null Achtzehn, die letzten drei Ziffern seiner Nummer; als sei sich ein jeder bewußt geworden, daß nur ein Mensch es verdient, einen Namen zu haben und daß Null Achtzehn kein Mensch mehr ist. Ich glaube, er selber hat seinen Namen vergessen, denn so benimmt er sich. Seine Sprache und sein Blick erwecken den Eindruck, als sei sein Inneres leer, als bestehe er nur noch aus der Hülle, wie die Reste mancher Insekten, die man, mit einem Faden an einem Stein hängend, an den Ufern der Teiche findet, und der Wind hat sein Spiel mit ihnen.

Null Achtzehn ist sehr jung, und das bedeutet große Gefahr. Nicht nur deshalb, weil die Halbwüchsigen schwerer als die Erwachsenen körperliche Anstrengungen und Hunger ertragen können, sondern vor allem deshalb, weil hier, um überleben zu können, eine lange Schulung für den Kampf des einzelnen gegen alle vonnöten ist, die aber so junge Menschen nur selten erfahren haben. Null Achtzehn ist nicht einmal besonders entkräftet, doch jeder vermeidet es, mit ihm zu arbeiten. Alles ist ihm so gleichgültig, daß er sich gar nicht mehr darum kümmert, Mühen und Schläge zu vermeiden oder Nahrung zu suchen. Er führt jeden Befehl aus, den er bekommt, und wenn sie ihn in den Tod schicken werden, so wird er wahrscheinlich mit derselben völligen Gleichgültigkeit hingehen.

Er besitzt nicht die elementare Gewitztheit der Karrengäule, die kurz vor der Erschöpfung anhalten; er zieht oder trägt oder schiebt, solange es seine Kräfte zulassen, dann setzt er urplötzlich aus, ohne ein Wort der Ankündigung und ohne die traurigen, matten Augen vom Boden zu heben. Er erinnert mich an die Schlittenhunde in den Büchern Jack Londons, die sich bis zum letzten Atemzug abschinden und auf der Strecke verenden.

Da wir alle aber auf jede nur mögliche Art und Weise versuchen, uns den Mühen zu entziehen, ist Null Achtzehn derjenige, der mehr als alle andern arbeitet. Deswegen und weil er als Partner gefährlich ist, will keiner mit ihm arbeiten; und weil andererseits keiner mit mir arbeiten will, da ich schwach und ungeschickt bin, geschieht es oft, daß man uns zusammenspannt.

Während wir schleppenden Fußes und mit leeren Händen wieder einmal vom Magazin zurückkommen, pfeift kurz eine Lokomotive und schneidet uns den Weg ab. Froh über diese erzwungene Unterbrechung, bleiben Null Achtzehn und ich stehen, gebeugt und zerlumpt, und warten, bis alle Waggons langsam an uns vorübergerollt sind.

...Deutsche Reichsbahn. Deutsche Reichsbahn. SNCF. Zwei riesengroße russische Waggons, Hammer und Sichel schlecht überstrichen. Deutsche Reichsbahn. Dann »Cavalli 8 Uomini 40«, »Tara«, »Portata«: ein italienischer Waggon... Einsteigen, sich in einem Winkel gut unter die Kohle verstecken, regungslos und still dort im Dunkeln bleiben, endlos dem Rhythmus der Achsen lauschen, der stärker ist als Hunger und Müdigkeit; bis irgendwann der Zug haltmachen würde. Dann würde ich die milde Luft und den Geruch von Heu spüren und könnte hinaustreten in die Sonne; ich würde mich, wie es in den Büchern heißt, auf die Erde werfen, um sie zu küssen, das Gesicht im Gras. Und eine Frau würde daherkommen und mich auf italienisch fragen: »Wer bist du?«, und ich würde ihr auf italienisch berichten, und sie würde mich verstehen und mir zu essen geben und mich schlafen lassen. Und sie würde meinem Bericht nicht glauben, und ich würde ihr die Nummer zeigen, die ich auf dem Arm trage, und da würde sie mir glauben...

...Schluß. Der letzte Waggon ist vorüber; wie beim Hochgehen eines Vorhangs bieten sich unseren Augen die aufgestapelten gußeisernen Träger und auf ihnen der Kapo mit der Gerte in der Hand und die abgezehrten Kameraden, die zu Paaren kommen und gehen.

Weh dem, der träumt! Der Augenblick des Bewußtwerdens, der das Erwachen begleitet, ist die schmerzlichste Pein. Aber dies widerfährt uns nicht oft, und es sind auch keine langen Träume: Wir sind nichts als müde Tiere.

Wieder stehen wir vor dem Stapel. Mischa und der Galizier ergreifen einen Träger und packen ihn uns derb auf die Schultern. Ihre Arbeit ist am wenigsten anstrengend, und so zeigen sie sich übereifrig, damit sie ihren Platz behalten: Sie rufen die säumigen Kameraden zur Ordnung, sie ermuntern, sie feuern an, sie erzwingen einen unerträglichen Arbeitsrhythmus. Das erfüllt mich mit Empörung, aber ich weiß ja schon, wie es zum normalen Lauf der Dinge gehört, daß die Privilegierten die Nichtprivilegierten unterdrücken; auf dieses menschliche Gesetz gründet sich die soziale Struktur des Lagers.

Diesmal muß ich vorn gehen. Der Träger ist schwer, aber sehr kurz; deshalb spüre ich bei jedem Schritt, wie hinter mir Null Achtzehns Füße gegen die meinen stoßen, weil er es nicht fertigbringt, sich meinem Schritt anzupassen oder sich einfach nicht darum kümmert.

Zwanzig Schritt, jetzt sind wir am Gleis angekommen, ein Kabel muß überstiegen werden. Die Last ist schlecht aufgelegt, irgend etwas stimmt da nicht, sie will mir von der Schulter rutschen. Fünfzig Schritt, sechzig Schritt. Das Tor zum Magazin; noch einmal die gleiche Wegstrecke, und wir können die Bürde niederlegen. Aus, es geht nicht mehr weiter, das ganze Gewicht liegt mir nun auf dem Arm. Ich kann den Schmerz und die Anstrengung nicht mehr aushalten; ich schreie auf, ich versuche, mich umzudrehen, gerade noch rechtzeitig, um zu sehen, wie Null Achtzehn stolpert und alles hinwirft.

Wäre ich so beweglich wie früher gewesen, hätte ich mit einem Satz zurückspringen können. Statt dessen liege ich jetzt auf der Erde, die Muskeln alle zusammengekrampft, den getroffenen Fuß zwischen die Hände gepreßt, blind vor Schmerz. Die gußeiserne Kante ist mir schneidend über den linken Fußrücken gefahren.

Eine Minute lang zerrinnt alles im Taumel des Schmerzes. Als ich wieder aufblicken kann, steht Null Achtzehn noch genauso da, hat sich nicht von der Stelle gerührt; die Hände in die Ärmel geschoben, ohne ein Wort zu sagen, sieht er mich ausdruckslos an. Mischa und der Galizier kommen hinzu, sie sprechen jiddisch miteinander, geben mir was weiß ich für Ratschläge. Templer und David und alle andern kommen auch; sie benutzen den Zwischenfall, um ihre Arbeit zu unterbrechen. Jetzt kommt der Kapo und spart nicht mit Fußtritten, Fausthieben und Beschimpfungen, und die Kameraden fahren auseinander wie die Spreu im Wind. Null Achtzehn greift sich an die Nase, betrachtet sprachlos seine blutbeschmierte Hand. Für mich setzt es nur zwei Schläge an den Kopf, Schläge, die nicht schmerzen, weil sie betäuben.

Der Zwischenfall ist vorüber. Es erweist sich, daß ich mich recht und schlecht auf den Füßen halten kann, der Knochen kann also nicht gebrochen sein. Aber ich wage nicht, den Schuh auszuziehen, aus Angst vor erneutem Schmerz und auch weil ich weiß, daß der Fuß dann anschwillt und ich nicht mehr hineinkomme.

Der Kapo schickt mich auf den Stapel an Stelle des Galiziers, der sieht mich scheel an und begibt sich auf seinen Platz neben Null Achtzehn; doch nun gehen schon die englischen Kriegsgefangenen vorbei, bald wird es Zeit sein, ins Lager zurückzukehren.

Während des Marschierens mache ich die größten Anstrengungen, rasch vom Fleck zu kommen, aber ich kann keinen Gleichschritt halten. Null Achtzehn und Finder werden vom Kapo dazu bestimmt, mich zu stützen, bis wir an der SS vorbeimarschiert sind; und endlich (zum Glück ist heute abend kein Appell) bin ich in der Baracke und kann mich auf mein Bett werfen und aufatmen.

Vielleicht ist die Wärme daran schuld, vielleicht die Anstrengung des Marsches, jedenfalls ist der Schmerz wieder da, verbunden mit einem eigenartigen, feuchten Gefühl am Fuß. Ich ziehe den Schuh aus: er ist voller Blut, das nunmehr geronnen ist und verklebt mit dem Schlamm und den Streifen, die ich mir vor einem Monat aus einem gefundenen Lumpen geschnitten habe, um ihn als Fußlappen zu benutzen, den einen Tag rechts, den anderen Tag links. Heute abend werde ich gleich nach der Suppe in den KB gehen.

KB ist die Abkürzung für Krankenbau: acht Baracken, die den anderen im Lager völlig gleichen, aber durch einen Drahtzaun von ihnen getrennt sind. Immer ist ein Zehntel der Lagerinsassen dort untergebracht, doch wenige bleiben länger als zwei Wochen und keiner länger als zwei Monate, denn innerhalb dieser Frist müssen wir sterben oder gesund werden. Wer Aussichten auf Heilung hat, wird im KB behandelt; bei wem eine Verschlechterung des Zustands zu erwarten ist, der wird vom KB in die Gaskammern geschickt.

Das alles nur darum, weil wir glücklicherweise zur Kategorie der »wirtschaftlich verwertbaren Juden« gehören.

Im KB bin ich noch nie gewesen, auch nicht im Ambulatorium, und hier ist alles neu für mich.

Es gibt zwei Ambulatorien, ein medizinisches und ein chirurgisches. Zwei lange Reihen von Schatten stehen in Nacht und Wind vor der Tür an. Manche brauchen nur einen Verband oder ein paar Pillen, andere wollen zur

Untersuchung; manch einem steht der Tod im Gesicht geschrieben. Die vordersten in den beiden Reihen sind schon barfuß und bereit, hineinzugehen. Die andern bemühen sich, je näher sie zum Eingang vorrücken, mitten in dem Gedränge die improvisierten Verschnürungen und Drähte von ihren Schuhen zu lösen und die kostbaren Fußlappen abzuwickeln, ohne sie zu beschädigen; nicht zu früh, um nicht unnötig mit bloßen Füßen im Schlamm zu stehen; und nicht zu spät, um den turnusmäßigen Eintritt nicht zu verpassen. Denn mit Schuhen den KB zu betreten, ist strengstens verboten. Für das Einhalten des Verbots sorgt ein hünenhafter französischer Häftling, der sich in der Wachbude zwischen den beiden Ambulatorien aufhält. Er ist einer der wenigen französischen Lagerfunktionäre; aber man braucht nicht anzunehmen, daß die Tatsache, den ganzen Tag inmitten von verdreckten und abgerissenen Schuhen zu verbringen, etwa ein kleines Privileg darstellt. Man überlege nur, wie viele mit Schuhen hierherkommen und sie dann beim Verlassen des KBs nicht mehr brauchen …

Als ich an der Reihe bin, bringe ich es wie durch ein Wunder zustande, mich der Schuhe und der Lappen zu entledigen, ohne die einen oder die anderen zu verlieren, ohne mir den Eßnapf oder die Handschuhe stehlen zu lassen und ohne das Gleichgewicht zu verlieren, obwohl ich auch noch dauernd die Mütze in der Hand habe, die man unter gar keinen Umständen auf dem Kopf behalten darf, wenn man in die Baracken hineingeht.

Ich gebe die Schuhe zur Aufbewahrung und bekomme dafür eine Marke, worauf ich, barfuß und humpelnd, die Hände behindert von all meinem armseligen Kram, den ich nirgendwo lassen kann, die Innenräume betreten und mich in einer anderen Reihe anstellen darf, die im Untersuchungsraum endet.

In dieser Reihe zieht man sich nach und nach aus, und wenn wir vorne angelangt sind, müssen wir nackt sein, weil uns dort der Pfleger ein Thermometer unter die Achsel steckt; wer noch angezogen ist, verliert seinen Platz und muß sich wieder hinten anstellen. Alle müssen sich messen lassen, auch wenn sie nur Krätze oder Zahnweh haben.

So ist dafür gesorgt, daß sich keiner, der nicht ernsthaft krank ist, aus purer Laune diesem komplizierten Ritual unterzieht.

Endlich bin ich dran. Man läßt mich zum Arzt, der Pfleger zieht mir das Thermometer heraus und verkündet: »Nummer 174 517 kein Fieber.« Eine gründliche Untersuchung ist bei mir nicht nötig, ich werde augenblicklich als »Arztvormelder« befunden; was das sein soll, weiß ich nicht, aber hier ist gewiß nicht der Ort, danach zu fragen. Man schickt mich hinaus, ich nehme meine Schuhe wieder in Empfang und kehre in die Baracke zurück.

Chajim beglückwünscht mich: Ich habe eine gute Verletzung, die anscheinend nicht gefährlich ist und mir doch eine ganz annehmbare Ruhezeit garantiert. Heute nacht werde ich mit allen andern in der Baracke schlafen, aber morgen früh brauche ich nicht zur Arbeit und muß mich wiederum den Ärzten stellen, die dann endgültig entscheiden. Das also bedeutet Arztvormelder. Chajim hat Erfahrung in diesen Dingen und glaubt, daß man mich morgen wahrscheinlich in den KB einweisen wird. Chajim ist mein Bettkamerad, und ich habe unbeschränktes Vertrauen zu ihm. Er ist ein Pole, ein frommer Jude und Schriftgelehrter. Er hat etwa mein Alter, ist von Beruf Uhrmacher, und hier in Buna ist er als Präzisionsmechaniker eingesetzt; So gehört er zu den wenigen, die ihre Selbstachtung behalten, weil sie ein Handwerk ausüben, das sie gelernt haben.

Und so sollte es geschehen. Nach dem Wecken und der Brotausgabe werde ich mit drei andern aus der Baracke gerufen. Man bringt uns in eine Ecke des Appellplatzes, wo schon eine lange Reihe steht, alle die Arztvormelder von heute. Ein Kerl kommt auf mich zu und nimmt mir Eßnapf, Löffel, Mütze und Handschuhe weg. Die andern lachen darüber. Wußte ich denn nicht, daß ich sie hätte verstecken oder jemandem in Verwahrung geben oder am besten hätte verkaufen sollen, und daß man das alles nicht mit in den KB nehmen darf? Dann betrachten sie sich meine Nummer und schütteln den Kopf: Von einem, der eine so hohe Nummer hat, kann man jede Verrücktheit erwarten.

Dann zählt man uns, wir müssen uns hier draußen in der Kälte ausziehen, man nimmt uns die Schuhe ab, man zählt uns von neuem, man rasiert uns Bart, Kopf und Scham, man zählt uns noch einmal, und wir müssen duschen; danach kommt ein SS-Mann, betrachtet uns mit unbeteiligter Miene, bleibt vor einem stehen, der einen großen Wasserbruch hat, und läßt ihn zur Seite schaffen. Danach werden wir wieder gezählt, und wir müssen wieder duschen, obwohl wir noch von der ersten Dusche naß sind und einige vor Fieber zittern.

Jetzt sind wir zur entscheidenden Visite bereit. Vor dem Fenster draußen sieht man den bleichen Himmel und ab und an auch die Sonne; in diesem Land kann man sie durch die Wolken hindurch anstarren wie durch ein berußtes Glas. Nach ihrem Stand muß es nach vierzehn Uhr sein: Nun ade, Suppe! und seit zehn Stunden sind wir auf den Beinen und seit sechs Stunden sind wir nackt.

Auch diese zweite ärztliche Untersuchung geht außerordentlich rasch vor sich. Der Arzt (er trägt wie wir den gestreiften Anzug, und darüber hat er einen weißen Kittel mit der aufgenähten Nummer, und er ist viel dicker als wir) betrachtet und befühlt meinen geschwollenen und blutenden Fuß, wobei ich vor Schmerzen schreie, und dann sagt er: »Aufgenommen. Block 23.« Ich bleibe mit offenem Mund stehen, warte auf irgendeine nähere Anweisung, aber jemand reißt mich brutal nach hinten, wirft mir einen Mantel über die nackten Schultern, gibt mir ein Paar Sandalen und scheucht mich ins Freie.

Ungefähr hundert Meter weiter ist der Block 23, und darauf steht »Schonungsblock«. Was das heißen mag? Drinnen werden mir Mantel und Sandalen abgenommen, und wieder bin ich nackt und stehe als letzter in einer Reihe nackter Skelette: die Eingewiesenen von heute.

Schon lange habe ich es völlig aufgegeben, irgend etwas begreifen zu wollen. Und was mich selbst betrifft, so bin ich jetzt dermaßen erschöpft vom dauernden Stehen auf dem verletzten und noch nicht behandelten Fuß, so ausgehungert und durchgefroren, daß mir alles gleichgültig erscheint. Mag dies mein letzter Lebenstag sein und dieser Raum die Gaskammer, von der sie alle reden. Was kann ich schon daran ändern? Da kann ich mich ebensogut an die Wand lehnen und die Augen schließen und warten.

Mein Nachbar ist anscheinend kein Jude. Er ist nicht beschnitten, und außerdem (das ist eines der wenigen Dinge, die ich bis jetzt gelernt habe) sind eine so helle Haut, ein so derbes Gesicht und eine so robuste Statur sichere Merkmale für die nichtjüdischen Polen. Er ist um einen ganzen Kopf größer als ich und sieht recht vertrauenerweckend aus, wie nur diejenigen, die keinen Hunger leiden.

Ich entschließe mich, ihn zu fragen, ob er wisse, wann sie uns hineinließen. Er aber dreht sich zum Pfleger um, der ihm ähnlich sieht wie ein Zwilling dem andern und der in einer Ecke steht und raucht; sie reden und lachen, ohne zu antworten, als sei ich gar nicht vorhanden.

Schließlich packt der eine von ihnen meinen Arm und sieht sich die Nummer an, und dann lachen sie noch lauter. Jedermann weiß, daß die Hundertvierundsiebzigtausender die italienischen Juden sind: die allgemein bekannten italienischen Juden, die vor zwei Monaten ankamen, alles Rechtsanwälte, alles Doktoren, über hundert waren es, und jetzt sind es nur noch vierzig, die nicht arbeiten können und sich ihr Brot stehlen lassen und von morgens bis abends Ohrfeigen bekommen; »zwei linke Hände« werden sie von den Deutschen genannt, und sogar von den polnischen Juden werden sie verachtet, weil sie nicht Jiddisch können.

Der Pfleger zeigt dem andern meine Rippen, als sei ich eine Leiche im Sezierraum; er deutet auf meine angeschwollenen Lider und Wangen und meinen dünnen Hals, dann bückt er sich, drückt den Zeigefinger auf mein Schienbein und weist den andern auf den tiefen Eindruck hin, den der Finger im blassen Fleisch wie in Wachs hinterlassen hat.

Hätte ich den Polen doch nie angesprochen! Ich glaube, mir ist in meinem Leben noch keine größere Schmach widerfahren. Anscheinend hat der Pfleger jetzt die Beweisführung in seiner Sprache beendet, in jener Sprache, die ich nicht verstehe und die fürchterlich in meinen Ohren klingt; mitleidig wendet er sich an mich und liefert mir in abgerissenem Deutsch die Quintessenz: »Du Jude kaputt. Du schnell Krematorium fertig.«

Einige Stunden vergehen noch, bis alle aufgenommen sind, das Hemd erhalten haben, und bis ihre Karteikarte ausgefüllt ist. Wie stets bin ich der letzte. Einer mit einem funkelnagelneuen gestreiften Anzug will von mir wissen, wo ich geboren bin, was für einen Beruf ich »als Zivilist« ausübte, ob ich Kinder hatte, welche Krankheiten ich hatte; eine Unzahl von Fragen, wozu eigentlich, das Ganze ist doch nur ein groß angelegter Mummenschanz, um uns zu verhöhnen. Und das soll die Krankenstation sein? Man läßt uns nackt dastehen und fragt uns aus.

Schließlich öffnet sich auch für mich die Tür, und ich darf in den Schlafraum gehen.

Hier, wie allenthalben, dreistöckige Betten in drei Reihen durch die ganze Baracke und dazwischen zwei überaus schmale Gänge. Hundertfünfzig Betten für etwa zweihundertfünfzig Kranke: Also ist fast jedes Bett doppelt belegt. Die Kranken in den obersten, fast die Decke berührenden Betten können kaum sitzen; prüfend beugen sie sich hinab, um die Neuen von heute zu betrachten, es ist der interessanteste Augenblick des Tages, und man findet immer ein bekanntes Gesicht. Ich bekomme das Bett 10 zugewiesen, ein Wunder, daß es leer ist. Mit Genuß strecke ich mich aus; seitdem ich im Lager bin, ist es das erste Mal, daß ich ein Bett für mich ganz allein habe. Trotz des Hungers bin ich in weniger als zehn Minuten eingeschlafen.

Leben im KB ist Leben im Limbus. Bis auf den Hunger und die Schmerzen, die von den Krankheiten herrühren, halten sich die materiellen Entbehrungen in Grenzen. Es ist nicht kalt, man braucht nicht zu arbeiten, und man wird auch nicht geschlagen, es sei denn für irgendeine grobe Verfehlung.

Auch für die Kranken ist um vier Uhr Wecken. Man muß sein Bett machen und sich waschen, aber dabei herrscht weder besondere Eile noch besondere Strenge. Um halb sechs Uhr ist Brotausgabe, man kann sich gemächlich dünne Scheiben schneiden, und man kann in aller Ruhe und liegend essen; dann kann man bis zur Verteilung der Mittagssuppe wieder schlafen. Bis ungefähr sechzehn Uhr ist Mittagsruhe; Zu dieser Zeit ist oft Arztvisite und Behandlung, man muß aus dem Bett steigen, muß sein Hemd ausziehen und sich vor dem Arzt in Reih und Glied aufstellen. Auch abends erhält man das Essen im Bett; anschließend, um einundzwanzig Uhr, gehen alle Lichter aus, mit Ausnahme des abgeblendeten Lämpchens für die Nachtwache, und es herrscht Stille.

... Und zum ersten Male, seitdem ich im Lager bin, reißt mich das Wecken aus tiefem Schlaf, und das Erwachen ist eine Wiederkehr aus dem Nichts. Als das Brot ausgegeben wird, vernimmt man von weither, irgendwo hinter den Fenstern in der dunklen Luft draußen, die Kapelle, die zu spielen anfängt: Die gesunden Kameraden rücken in Formation zur Arbeit aus.

Im KB kann man die Musik nur undeutlich hören; beharrlich und monoton dringt das Anschlagen von Pauke und Becken bis zu uns her, aber die Tonfolgen lassen sich auf diese Weise lediglich in Abständen und je nach der Laune des Windes erkennen. Von unseren Betten aus sehen wir uns gegenseitig an, denn wir spüren alle, daß diese Musik infernalisch ist.

Es sind nur wenige Motive, etwa ein Dutzend, und alle Tage, morgens und abends, dieselben: Märsche und Volkslieder, die jedem Deutschen lieb und teuer sind. Sie haben sich in unsere Köpfe eingegraben, und sie werden das letzte sein, was wir vom Lager vergessen sollen: des Lagers Stimme sind sie, der wahrnehmbare Ausdruck seines geometrisch konzipierten Irrsinns und eines fremden Willens, uns zunächst als Menschen zu vernichten, um uns dann einen langen Tod zu bereiten.

Wenn diese Musik ertönt, wissen wir, daß sich die Kameraden draußen im Nebel wie Automaten in Marsch setzen. Tot sind ihre Seelen, und die Musik treibt sie dahin wie der Wind das welke Laub und ersetzt ihren Willen. Denn ein Wille ist nicht mehr da, und jeder Pulsschlag wird zu einem Schritt, zu einer reflexbedingten Kontraktion verbrauchter Muskeln; das haben die Deutschen zuwege gebracht. Zehntausend sind sie, und doch nur eine einzige graue Maschine, willfährig bis zum Äußersten; sie denken nicht, und sie wollen nicht, sie marschieren.

Beim Ausrücken und beim Einrücken fehlt nie die SS. Wer könnte ihr auch das Recht verweigern, diesem von ihr gewollten Tanz beizuwohnen, der Sarabande der erloschenen Menschen, Kolonne um Kolonne, aus dem Nebel in den Nebel? Wo gäbe es einen augenscheinlicheren Beweis für ihren Sieg?

Auch die im KB kennen den Auszug zur Arbeit und die Wiederkehr von der Arbeit, diese Hypnose des unaufhörlichen Rhythmus, die den Gedanken tötet und den Schmerz stumpf macht; sie haben es erfahren, und sie werden es wieder erfahren. Aber man mußte aus dem Bannkreis treten, die Musik von außerhalb hören, wie das im KB geschah und wie wir sie jetzt, nach Befreiung und Auferstehung, wiedererleben, ohne ihrem Rhythmus zu gehorchen, ohne sie über sich ergehen zu lassen, um zu begreifen, was sie war; um zu begreifen, aus welchem wohlüberlegten Vorsatz heraus die Deutschen diesen grauenhaften Ritus geschaffen haben und warum uns bis heute noch, wenn uns eines jener unschuldigen Lieder wieder in den Sinn kommt, das Blut in den Adern gerinnt und uns bewußt wird, daß es wahrlich kein geringes Glück bedeutet, aus Auschwitz heimgekehrt zu sein.

Ich habe zwei Bettnachbarn. Den ganzen Tag und die ganze Nacht liegen sie Seite an Seite, Haut gegen Haut, eines jeden Füße berühren den Kopf des andern, wie die Fische im Sternbild.

Der eine heißt Walter Bonn, er ist ein freundlicher und recht gebildeter Holländer. Als er sieht, daß ich nichts habe, um mein Brot zu schneiden, leiht er mir sein Messer und bietet es mir dann für eine halbe Brotration zum Verkauf an. Ich verhandle über den Preis, lasse es aber schließlich bleiben, weil ich mir denke, daß ich hier im KB immer eines geliehen bekomme und daß sie draußen nur eine Drittelration kosten. Aber deswegen gibt Walter seine Freundlichkeit nicht auf; als er mittags seine Suppe gegessen hat, leckt er mit den Lippen den Löffel ab (was sich vor dem Verleihen gehört, um ihn zu reinigen und die Suppenrestchen nicht zu verschwenden, die noch daran haften) und bietet ihn mir spontan an.

»Was für eine Krankheit hast du, Walter?«

»Körperschwäche.«

Die schlimmste aller Krankheiten: Man kann sie nicht heilen, und es ist sehr gefährlich, mit diesem Befund in den KB zu kommen. Wäre die Wassergeschwulst an den Knöcheln nicht gewesen (er zeigt sie mir), die ihn daran hindert, arbeiten zu gehen, so hätte er sich gewiß nicht krank schreiben lassen.

Über diese Art von Gefahren habe ich noch ziemlich undeutliche Vorstellungen. Alle reden sie nur indirekt und andeutungsweise davon, und wenn ich frage, sehen sie mich an und verstummen.

Also stimmt es, was man von Selektionen, Gas und Krematorium hört?

Krematorium. Der andere, Walters Nachbar, erwacht mit einem Ruck und setzt sich auf: Wer spricht von Krematorium? Was ist hier los? Kann man nicht einmal einen Schlafenden in Ruhe lassen? Er ist ein polnischer Jude, ein Albino mit eingefallenem Gesicht, gutmütig, nicht mehr jung. Schmulek heißt er und ist Schmied. Walter klärt ihn kurz auf.

Nun, »der Italeyner« glaubt nicht an die Selektionen? Schmulek möchte Deutsch sprechen, aber was herauskommt, ist Jiddisch. Ich kann ihn mit Müh und Not verstehen und auch nur darum, weil er sich unbedingt verständlich machen will. Er bringt Walter mit einer Handbewegung zum Schweigen; er wird mich schon eines Besseren belehren: »Zeig mal deine Nummer. Du bist also 174 517. Diese Numerierung hat vor achtzehn Monaten angefangen und gilt für Auschwitz und die dazugehörigen Lager. Hier in Buna-Monowitz sind wir jetzt zehntausend; mit Auschwitz und Birkenau zusammen vielleicht dreißigtausend. Wo sind die ›Andere‹?«

»Vielleicht in andere Lager versetzt...«, wage ich vorzuschlagen.

Schmulek schüttelt den Kopf, wendet sich Walter zu: »Er will nix verstayen!«

Aber es ist mir bestimmt, daß ich bald belehrt werden soll, und das auf Schmuleks Kosten. Abends geht die Barakkentür auf, und jemand schreit »Achtung!«; und jeder Laut verstummt, und man spürt das bleierne Schweigen.

Zwei SS-Männer treten ein (der eine hat viele Rangabzeichen; vielleicht ein Offizier?); man hört, wie ihre Schritte in der Baracke hallen, als sei sie leer. Sie sprechen mit dem leitenden Arzt, der ihnen eine Liste vorweist und hierhin und dorthin deutet. Der Offizier macht sich Aufzeichnungen in sein Notizbuch. Schmulek berührt meine Knie: »Paß auf, paß auf!«

Der Offizier, vom Arzt gefolgt, geht stumm und mit unbeteiligter Miene zwischen den Betten umher. Er hat eine Reitpeitsche in der Hand, er schlägt damit auf den Zipfel einer Decke, der von einem der oberen Betten herunterhängt, und der Kranke bringt es hastig wieder in Ordnung. Der Offizier geht vorüber.

Ein anderer hat ein gelbes Gesicht. Der Offizier reißt ihm die Decke weg, jener fährt schaudernd zusammen. Der Offizier tastet ihm den Bauch ab, sagt: »Gut, gut«, und geht vorüber.

So, nun hat er seine Augen auf Schmulek gerichtet; er zieht sein Notizbuch, vergleicht die Bettnummer und die Tätowierungsnummer. Von oben kann ich alles gut sehen: Er hat neben Schmuleks Nummer ein Kreuzchen gemacht. Dann geht er vorüber.

Jetzt sehe ich Schmulek an, und ich sehe hinter ihm die Augen Walters, und da frage ich nicht mehr.

Am nächsten Tag werden statt der gewöhnlichen Gruppe der Genesenden zwei getrennte Gruppen entlassen. Die einen werden rasiert und geschoren und geduscht. Die andern gehen, wie sie sind, mit langen Stoppelbärten, ohne neuen Verband und ohne Dusche. Und denen sagt keiner auf Wiedersehen, und keiner trägt ihnen etwas für die gesunden Kameraden auf.

Zu denen gehört Schmulek.

So diskret und gelassen, ohne Aufhebens und ohne Zorn, geht in den Baracken des KB Tag für Tag das Morden um und faßt diesen und jenen. Als Schmulek ging, ließ er mir seinen Löffel und sein Messer. Walter und ich vermeiden es, einander anzusehen, und wir schweigen lange. Dann will Walter von mir wissen, wie ich meine Brotration so lange aufheben kann, und setzt mir auseinander, daß er die seine meistens der Länge nach schneidet, um breitere Scheiben zu bekommen, auf die man die Margarine leichter schmieren kann.

Viele Dinge erklärt mir Walter: Schonungsblock heißt soviel wie Erholungsbaracke, hier sind nur Leichtkranke untergebracht oder Genesende oder solche, die keine Behandlung brauchen; darunter mindestens fünfzig, die mehr oder weniger schwer an Ruhr erkrankt sind.

Sie werden jeden dritten Tag kontrolliert. Dazu stellen sie sich den Gang entlang auf; vorne zwei Blechschüsseln, daneben der Pfleger mit Liste, Uhr und Bleistift. Die Kranken präsentieren sich zu zweit und müssen an Ort und Stelle und sofort den Beweis erbringen, daß ihre Diarrhöe noch anhält; dazu wird ihnen genau eine Minute Zeit gelassen. Daraufhin zeigen sie das Ergebnis dem Pfleger, der prüft und beurteilt. Rasch waschen sie die Schüsseln in einer dazu bestimmten Wanne aus, dann kommen die beiden nächsten an die Reihe.

Unter den Wartenden winden sich verschiedene in dem qualvollen Bemühen, den kostbaren Beweis noch zwanzig, noch zehn Minuten zurückzuhalten; andere, denen im entsprechenden Augenblick nichts zur Verfügung steht, pressen Adern und Muskeln mit entgegengesetzter Anstrengung. Der Pfleger nimmt dies mit unbeteiligter Miene wahr, kaut am Bleistift, blickt auf die Uhr und blickt auf die Proben, die ihm fortlaufend unterbreitet werden; in Zweifelsfällen geht er mit der Schüssel zum Arzt.

Ich habe Besuch bekommen, Piero Sonnino, der Römer, ist es: »Hast du gesehen, wie ich das gedreht habe?« Piero hat eine ziemlich leichte Darmentzündung, er ist seit zwanzig Tagen hier, er fühlt sich hier wohl, er erholt sich und nimmt zu, er macht sich überhaupt nichts aus den Selektionen und hat beschlossen, koste es, was es wolle, bis zum Ende des Winters im KB zu bleiben. Seine Methode besteht darin, sich in der Schlange hinter einen authentischen Ruhrkranken zu stellen, der Erfolg garantiert; wenn die Reihe an ihn kommt, bittet er um dessen Beihilfe (die mit Suppe oder mit Brot zu entgelten ist), und läßt dieser sich darauf ein, und der Pfleger ist einen Augenblick unaufmerksam, dann vertauscht er in dem Durcheinander die Schüsseln, und die Sache ist perfekt.

Piero weiß, was er damit riskiert, doch bis jetzt hat er noch immer Glück gehabt.

Aber das ist nicht das Leben im KB; nicht die entscheidenden Augenblicke der Selektionen, nicht die grotesken Episoden der Diarrhöe- und Läusekontrolle, ja nicht einmal die Krankheiten selbst.

KB ist Lager ohne physische Drangsal. Darum erlangt derjenige, der noch eine Spur von Bewußtsein hat, dort sein Bewußtsein wieder; und darum redet man dort während der langen, leeren Tage von anderem als von Hunger und Arbeit, und es kann vorkommen, daß wir uns vergegenwärtigen, was man aus uns gemacht hat, was man uns alles genommen hat, was dieses Leben hier ist. In diesem KB, in dieser Parenthese relativen Friedens haben wir gelernt, daß unsere Persönlichkeit zerbrechlich ist, daß sie weit mehr in Gefahr ist als unser Leben. Statt uns zu mahnen »Bedenke, daß du sterben mußt«, hätten die alten Weisen besser daran getan, uns an diese größere Gefahr zu erinnern, die uns bedroht. Und könnte aus unserem Lager eine Botschaft hinausdringen zu den freien Menschen, so lautete sie: Sorgt, daß euch in eurem Heim nicht geschehe, was uns hier geschieht!

Wenn man arbeitet, dann leidet man und hat keine Zeit zum Denken, und unser Heim ist weniger noch als eine Erinnerung. Aber hier ist die Zeit unser: Von Bett zu Bett tauschen wir uns trotz des Verbots Besuche aus, und wir reden und reden. Die Holzbaracke, dicht belegt mit leidender Menschheit, ist der Worte, der Erinnerungen und eines anderen Schmerzes voll. »Heimweh« heißt dieser Schmerz auf deutsch; ein schönes Wort.

Woher wir kommen, wissen wir. Die Erinnerungen an die Welt draußen bevölkern unseren Schlaf und unser Wachen, und wir werden mit Erstaunen gewahr, daß wir nichts vergessen haben, und jede zurückgerufene Erinnerung steht schmerzhaft klar vor unseren Augen auf.

Doch wohin wir gehen, wissen wir nicht. Vielleicht können wir die Krankheiten überleben und den Selektionen entgehen, vielleicht können wir auch der Arbeit standhalten und dem Hunger, die uns entkräften. Aber dann? Hier, vorübergehend fern von Flüchen und von Schlägen, haben wir die Möglichkeit, wieder zu uns selbst zu finden und nachzudenken, und da wird uns klar, daß wir nie zurückkehren werden. Wir sind in plombierten Waggons hierhergekommen; wir haben gesehen, wie unsere Frauen und unsere Kinder weggegangen sind ins Nichts; wir, die Versklavten, sind hundertmal hin und her marschiert in stummer Fron, mit erloschenen Seelen schon vor dem anonymen Tod. Wir werden nicht zurückkehren. Von hier darf keiner fort, denn er könnte mit dem ins Fleisch geprägten Mal auch die böse Kunde in die Welt tragen, was in Auschwitz Menschen aus Menschen zu machen gewagt haben.

Unsere Nächte

Nach zwanzig Tagen im KB ist meine Wunde so gut wie verheilt, und ich werde zu meinem größten Leidwesen entlassen.

Die Prozedur ist einfach, sie bringt aber eine schmerzliche und gefährliche Zeit der Wiedereingewöhnung mit sich. Wer nicht über gute Beziehungen verfügt, kommt nach der Entlassung aus dem KB nicht wieder in seinen Block und zu seinem Kommando zurück, sondern wird nach mir unbekannten Gesichtspunkten irgendeiner anderen Baracke und irgendeiner anderen Arbeit zugewiesen. Überdies kommt man nackt aus dem KB; man erhält »neue« Kleidung und Schuhe (also nicht die Sachen, die man beim Eintritt abgegeben hat) und muß sich rasch und angelegentlich darum kümmern, sie sich passend zu machen, was Arbeit und Kosten bedingt. Man muß sich wiederum einen Löffel und ein Messer besorgen; schließlich, und das ist das Schlimmste, findet man sich in ein unbekanntes Milieu versetzt, mitten unter Kameraden, die man noch nie gesehen hat und die einem feind sind, und zu Kapos, deren Eigenart man nicht kennt und vor denen man sich deshalb nur schwerlich in acht nehmen kann.

Die Fähigkeit des Menschen, sich auch in offenbar verzweifelten Situationen einen Schlupfwinkel zu schaffen, sich abzukapseln, eine dünne Schutzwand rings um sich zu errichten, ist erstaunlich groß und verdiente eine eingehende Untersuchung. Es handelt sich dabei um einen sehr heiklen Anpassungsvorgang, der zum Teil passiv und unbewußt, zum Teil aktiv ist, wie: einen Nagel überm Bett einzuschlagen, um nachts die Schuhe daranzuhängen; stillschweigende Nichtangriffspakte mit den Nachbarn abzuschließen; die Gepflogenheiten und Gesetze des jeweiligen Kommandos und des jeweiligen Blocks zu erraten und zu akzeptieren. Dank dieser Arbeit ist man imstande, nach Ablauf einiger Wochen ein gewisses Gleichgewicht, einen gewissen Grad von Sicherheit dem Unvorhergesehenen gegenüber zu erlangen. Man hat sich ein Nest gebaut, das Trauma der gewaltsamen Verpflanzung ist überwunden.

Der Mensch aber, der nackt und fast nie vollkommen gesundet aus dem KB kommt, fühlt sich in Finsternis und Frost des Weltenraumes hineingeschleudert. Die Hosen rutschen ihm hinunter, die Schuhe drücken ihn, das Hemd hat keine Knöpfe. Er sucht einen menschlichen Kontakt und findet nur zugewandte Rücken. Er ist wehrlos und verletzbar wie ein Neugeborenes, und doch muß er frühmorgens zur Arbeit marschieren.

In diesem Zustand befinde ich mich, als mich der Pfleger nach pflichtgemäßem Vollzug der diversen bürokratischen Riten dem Blockältesten des Blocks 45 anvertraut. Doch sogleich bin ich voller Freude: Ich habe ja Glück gehabt, das ist Albertos Block!

Alberto ist mein bester Freund. Er ist erst zweiundzwanzig Jahre alt, also zwei Jahre jünger als ich, aber keiner von uns Italienern hat solche Anpassungsfähigkeiten gezeigt wie er. Mit erhobenem Kopf hat Alberto das Lager betreten, und unverwundet und unkorrumpiert lebt er im Lager. Er hat noch vor allen andern begriffen, daß dieses Leben Krieg ist; er hat sich keine Schonung gegönnt, hat keine Zeit damit verloren, sich und die andern zu beklagen und zu bemitleiden, sondern hat vom ersten Tag an den Kampf aufgenommen. Intelligenz und Instinkt sind ihm dabei behilflich: Er stellt die richtigen Überlegungen an, und oft stellt er auch gar keine an und hat es doch wieder richtig gemacht. Er begreift alles im Flug. Er kann nur ein bißchen Französisch, und er versteht, was Deutsche und Polen zu ihm sagen. Er antwortet auf italienisch und mit Zeichen, er macht sich verständlich und hat sogleich die Sympathien gewonnen. Er kämpft um sein Leben, aber er ist Freund mit allen. Er »weiß«, wen man bestechen und wem man ausweichen muß, bei wem man Mitleid erwecken kann und wem man widerstehen muß.

Trotzdem (und um dieser seiner Eigenart willen ist mir heute noch die Erinnerung an ihn lieb und gegenwärtig) ist er nicht zum schlechten Menschen geworden. Immer sah ich und sehe noch in ihm die seltene Verkörperung des starken und zugleich sanften Menschen, an dem die Waffen der Finsternis zerbrechen.

Aber ich kann es nicht erreichen, mit in seinem Bett zu schlafen, und auch Alberto kann es nicht, obwohl er im Block 45 jetzt schon eine gewisse Popularität besitzt. Schade, denn einen Bettkameraden zu haben, dem man Vertrauen schenken oder mit dem man sich wenigstens verstehen kann, ist ein unermeßlicher Vorteil; außerdem ist es jetzt Winter, und die Nächte sind lang, und wenn wir schon einmal gezwungen sind, Schweiß, Geruch und Wärme mit jemandem zu teilen, so ist es doch sehr wünschenswert, es möge dies ein Freund sein.

Die Winternächte sind lang, und man hat uns zum Schlafen einen recht beachtlichen Zeitabschnitt eingeräumt.

Im Block legt sich nach und nach der Tumult; vor mehr als einer Stunde ist die abendliche Essensausgabe beendet worden, und nur ein paar Unentwegte kratzen immer noch den bereits blanken Boden ihres Eßnapfes aus, den sie pedantisch unter der Lampe hin und her drehen, die Stirn vor Aufmerksamkeit gerunzelt. Ingenieur Kardos geht von Bett zu Bett, um sich verletzten Füßen und eiternden Hühneraugen zu widmen, denn das ist sein Job; es gibt keinen, der nicht gern auf eine Scheibe Brot verzichtet, wenn ihm nur dadurch die Qual seiner stumpfen Wunden gemildert wird, die bei jedem Schritt den ganzen Tag immerfort bluten. Auf diese anständige Weise hat Ingenieur Kardos das Problem gelöst, am Leben zu bleiben.

Vorsichtig um sich blickend ist durchs Hintertürchen heimlich der Rhapsode hereingekommen. Er hat sich auf Wachsmanns Bett gesetzt, und gleich ist eine kleine, aufmerksame, schweigende Menge um ihn versammelt. Er trägt eine nicht enden wollende jiddische Rhapsodie in gereimten Vierzeilern vor, immer dasselbe und erfüllt mit einer resignierten und penetranten Melancholie (oder vielleicht ist sie nur so in meiner Erinnerung geblieben, weil ich sie zu jener Zeit und an jenem Ort gehört habe?); nach den wenigen Worten zu schließen, die ich verstehe, hat er das Lied selbst gemacht und das ganze Lagerleben mit allen seinen Einzelheiten hineinkomponiert. Einige sind großzügig und entlohnen den Rhapsoden mit einer Fingerspitze Tabak oder einem Stück Faden; andere hören andächtig zu, geben aber nichts.

Wieder ertönt unvermutet die letzte Aufforderung des Tages: »Wer hat kaputte Schuhe?«; und augenblicklich bricht der Spektakel von vierzig oder fünfzig Tauschanwärtern los, die Hals über Kopf zum Tagesraum stürzen, wenn sie auch genau wissen, daß allenfalls die ersten zehn zufriedengestellt werden können.

Dann ist es still. Das Licht geht zum erstenmal aus, nur wenige Sekunden, damit die Schneider Nadel und Faden, diese so wertvollen Utensilien, wegtun; nun läutet in der Ferne die Glocke, die Nachtwache bezieht ihren Platz, und alle Lichter verlöschen endgültig. Uns bleibt nichts weiter, als uns auszuziehen und hinzulegen.

Wer mein Bettkamerad ist, weiß ich nicht. Ich bin nicht einmal sicher, daß es immer ein und derselbe ist, denn ich habe ihn nie von Angesicht gesehen, es sei denn für kurze Augenblicke mitten im Aufruhr des Weckens, so daß ich seinen Rücken und seine Füße weit besser als sein Gesicht kenne. Er arbeitet nicht in meinem Kommando und kommt erst ins Bett, wenn Stillschweigen befohlen ist; er rollt sich in die Decke, schubst mich mit seinen knochigen Hüften beiseite, dreht mir den Rücken zu und fängt augenblicklich zu schnarchen an. Rücken gegen Rücken versuche ich, mir einen angemessenen Platz auf dem Strohsack zu erkämpfen; mit meinem Kreuz drücke ich immer stärker gegen sein Kreuz, dann drehe ich mich anders herum und nehme die Knie zu Hilfe, ergreife seine Füße und bemühe mich, sie etwas von meinem Gesicht wegzuschieben. Aber alles ist vergeblich, denn er ist bedeutend schwerer als ich, und der Schlaf scheint ihn versteinert zu haben.

Da bleibe ich eben so liegen, zur Regungslosigkeit verdammt und halb auf der Holzkante. Immerhin bin ich dermaßen müde, daß auch ich bald einschlafe, und mir ist, als läge ich auf Bahnschienen.

Die Eisenbahn kommt gleich, man hört schon die Lokomotive schnauben, und das ist mein Nachbar. So fest schlafe ich noch nicht, um die doppelte Natur der Lokomotive nicht wahrzunehmen. Es ist dieselbe Lokomotive, die heute in Buna die Waggons brachte, die wir entladen mußten: Und daran erkenne ich sie, daß man auch jetzt, genauso wie zuvor, als sie an uns vorbei kam, die Wärme spürt, die von ihren schwarzen Flanken ausgeht. Sie prustet, nähert sich immer mehr, ist stets drauf und dran, mich zu überfahren, ist aber doch nie ganz da. Mein Schlaf ist sehr leicht, wie ein Schleier, und wenn ich will, zerreiße ich ihn. Ich tu's, ich will ihn zerreißen, dann kann ich von den Schienen herunter. So, nun habe ich's gewollt, und nun bin ich wach: Aber nicht eigentlich wach, nur ein bißchen wacher, auf der obersten Sprosse der Leiter vom Unbewußten zum Bewußten. Meine Augen sind geschlossen, und ich will sie auch nicht öffnen, um mir den Schlaf nicht entgleiten zu lassen, doch ich kann die Geräusche wahrnehmen. Ich bin sicher, daß dieses Pfeifen aus der Ferne echt ist, daß es nicht von der geträumten Lokomotive stammt, daß es objektiv ertönt ist: Das ist das Pfeifen des Bauzugs, es kommt vom Bau, wo auch nachts gearbeitet wird. Ein langer, anhaltender Ton, danach ein tieferer Halbton und dann wieder der erste, aber diesmal kurz und abgerissen. Dieser Pfiff ist etwas Bedeutsames und irgendwie Wesentliches. So oft haben wir ihn in Verbindung mit der Drangsal der Arbeit und des Lagers vernommen, daß er zu deren Symbol geworden ist und eine unmittelbare Vorstellung in uns erweckt, wie dies auch für gewisse Melodien und Gerüche zutrifft.

Meine Schwester, einige nicht genau erkennbare Freunde von mir und viele andere Menschen sind da. Sie hören mir alle zu, und eben das erzähle ich: von dem Pfeifen auf drei Tönen, von dem harten Bett, von meinem Nachbar, den ich wegschieben möchte und den zu wekken ich Angst habe, weil er kräftiger ist als ich. Ich erzähle auch ausführlich von unserem Hunger, von der Läusekontrolle und von dem Kapo, der mich auf die Nase geschlagen und dann zum Waschen geschickt hat, weil ich blutete. Ein intensives, körperliches, unbeschreibliches

Wonnegefühl ist es, in meinem Zuhause und mitten unter befreundeten Menschen zu sein und über so vieles berichten zu können. Und doch, es ist nicht zu übersehen, meine Zuhörer folgen mir nicht, ja sie sind überhaupt nicht bei der Sache: Sie unterhalten sich undeutlich über andere Dinge, als sei ich gar nicht vorhanden. Meine Schwester schaut mich an, steht auf und geht, ohne ein Wort zu sagen.

Da erhebt sich in mir eine verzweifelte Pein, gleich wie mancher kaum noch bewußte Schmerz aus frühester Kindheit: Schmerz in seinem reinen Zustand, nicht abgemildert vom Sinn der Wirklichkeit und vom Eindringen fremder Umstände; um solcher Schmerzen willen weinen die Kinder. Und für mich ist es besser, noch mal an die Oberfläche zu steigen, doch jetzt mache ich ganz bewußt die Augen auf, damit ich die Sicherheit habe, auch wirklich wach zu sein.

Noch warm steht der Traum vor mir, und obschon ich wach bin, erfüllt er mich noch mit Angst. Und nun entsinne ich mich, daß dies ja kein beliebiger Traum ist, daß ich ihn schon geträumt habe seit meinem Hiersein, nicht nur einmal, sondern viele Male, mit geringen Abweichungen in Milieu und Einzelheiten. Nun bin ich vollkommen bei Bewußtsein und erinnere mich ebenfalls, daß ich ihn schon Alberto erzählt habe; und er hat mir zu meinem Erstaunen gestanden, daß dies auch sein Traum sei und daß ihn viele andere, vielleicht alle, träumten. Warum ist das so? Warum übersetzt sich der Schmerz aller Tage so beharrlich in unsere Träume, in die immer wiederkehrende Szene des gegebenen und nicht angehörten Berichts?

... Während ich diesen Überlegungen nachhänge, will ich mein Wachsein dazu benutzen, die Angstreste des vorangegangenen Schlummers abzuschütteln, um den nachfolgenden Schlaf nicht zu beeinträchtigen. Zusammengekrümmt setze ich mich im Dunkeln auf, blicke um mich und horche.

Man hört das Atmen und Schnarchen der Schläfer, manche wimmern und reden. Viele schmatzen und bewegen ihre Kiefer. Sie träumen, daß sie essen: Auch das ist ein kollektiver Traum. Ein erbarmungsloser Traum, und wer die Tantalus-Sage geschaffen hat, mußte ihn kennen. Man sieht nicht nur die Speisen, man spürt sie mit Händen, ganz genau und konkret, man nimmt ihren reichen, eindringlichen Geruch wahr; jemand nähert sie uns bis an die Lippen, und dann bewirkt irgendein Umstand, der stets verschieden ist, daß der Akt nicht zu Ende gebracht wird. Daraufhin löst sich der Traum auf, zerfällt in seine Bestandteile; doch gleich fügt er sich wieder zusammen und beginnt von neuem in ähnlicher, abgewandelter Form: das alles ohne Unterlaß, bei jedem von uns, in jeder Nacht und für die ganze Dauer des Schlafs.

Es muß nach dreiundzwanzig Uhr sein, denn schon herrscht ein reges Gelaufe zum Eimer neben der Nachtwache. Eine obszöne Plage und eine unauslöschliche Schande ist das: Alle zwei bis drei Stunden müssen wir aufstehen, um die große Wassermenge auszuscheiden, die wir uns tagsüber in Form von Suppe einverleiben mußten, dem Hunger Genüge zu tun; dieses nämliche Wasser, das uns abends geschwollene Fußknöchel und geschwollene Augenhöhlen verursacht, so daß alle Gesichter eine ungestalte Ähnlichkeit erlangen, und dessen Eliminierung unerhörte Anforderungen an die Nieren stellt.

Aber es geht nicht nur um die Prozession zum Eimer; es ist Gesetz, daß der letzte Benutzer den Eimer zur Latrine bringt und ausleert, ebenso wie es Gesetz ist, daß man nachts nur in Nachtkluft (Hemd und Unterhose) aus der

Baracke gehen darf und seine Nummer der Nachtwache hinterlassen muß. Daraus folgt, wie man sich leicht vorstellen kann, daß die Nachtwache versuchen wird, Freunde, Landsleute und Prominente von dieser Pflicht zu befreien; und es kommt noch hinzu, daß die Lagerveteranen mit ihrem nunmehr so verfeinerten Sinnesempfinden wunderbarerweise imstande sind, lediglich an der Resonanz der Eimerwand zu erkennen, ob der Wasserspiegel die Gefahrengrenze erreicht hat oder nicht, weshalb sie sich fast immer vom Ausleeren drücken können. Deshalb gibt es in jeder Baracke nur eine sehr beschränkte Zahl von Anwärtern auf den Eimerdienst, während alles in allem mindestens zweihundert Liter fortzuschaffen sind und daher der Eimer ungefähr zwanzigmal geleert werden muß.

So sind also wir Unerfahrenen und Nichtprivilegierten Nacht für Nacht einem ziemlich großen Risiko ausgesetzt, wenn uns die Notdurft zum Eimer treibt. Unversehens kommt die Nachtwache aus ihrer Ecke geschossen und packt uns, schmiert sich unsere Nummer auf einen Zettel, übergibt uns ein Paar Holzsohlen und den Eimer und jagt uns, zitternd und schlaftrunken, mitten in den Schnee hinaus. Immer wir müssen uns zur Latrine hinquälen mit diesem Eimer, der uns widerlich warm an die nackten Waden schlägt; über jedes vernünftige Maß ist er voll, und durch die Erschütterungen schwappt uns unvermeidlich etwas über die Füße, so daß es bei aller Ekelhaftigkeit dieses Dienstes immer noch besser ist, wir selbst werden dazu abkommandiert und nicht unser Bettkamerad.

Auf diese Weise ziehen sich unsere Nächte hin. Der Tantalustraum und der Erzählertraum fügen sich in das Gewebe undeutlicherer Gebilde mit ein. Die aus Hunger,

Schlägen, Kälte, Mühsal, Angst und drangvoller Enge zusammengesetzte Not des Tages verwandelt sich nachts in unförmige Mahre von unglaublicher Vehemenz, wie sie im freien Leben nur in Fiebernächten erscheinen. Eiskalt vor Grauen und mit einem Zusammenzucken aller Glieder wacht man alle Augenblicke auf, die wutentbrannte Stimme und den in unverstandener Sprache gebrüllten Befehl noch im Ohr. Die Prozession zum Eimer und das dumpfe Tapsen der nackten Fersen auf dem hölzernen Fußboden werden zu einer anderen, symbolischen Prozession: Wir sind das, grau und identisch, klein wie Ameisen und groß bis zu den Sternen, einer an den anderen gepreßt, ungezählte über die ganze Ebene bis an den Horizont; manchmal zu einer einzigen Substanz gefügt, zu einem entsetzlichen Mengsel, in dem wir uns verklebt und erstickt fühlen, manchmal im Kreis marschierend, ohne Anfang und Ende, in rasendem Taumel und einer Aufwallung von Übelkeit, die uns von der Herzgegend zum Halse aufsteigt; bis der Hunger, die Kälte oder die volle Blase unsere Träume in die üblichen Bahnen lenken. Weckt uns der Alptraum selbst oder die Pein, dann suchen wir vergeblich, die einzelnen Elemente herauszuschälen und sie aus unserem gegenwärtigen Bewußtsein zu verbannen, damit unser Schlaf von ihrem Eindringen bewahrt bleibe. Doch kaum fallen die Augen wieder zu, so merken wir auch schon, wie unser Hirn, ungeachtet jeder Willensanstrengung, nochmals in Bewegung gerät: keiner Ruhe fähig, klopft und saust es, formt Gespenster und fürchterliche Zeichen, versetzt sie in Aktion und projiziert sie ohne Unterbrechung, grau und nebelhaft, auf den Bildschirm unserer Träume.

Doch über der ganzen Nacht, über allen Wechselfällen des Schlafs, ob Wachsein oder Alptraum, droht wartend das Grauen vor dem Augenblick des Weckens. Kraft jener geheimnisvollen Fähigkeit, die vielen bekannt ist, sind wir in der Lage, auch ohne Uhr ziemlich genau vorauszusehen, wann es soweit ist; zur Stunde des Weckens, die sich von Jahreszeit zu Jahreszeit verschiebt, jedenfalls immer eine ganze Weile vor dem Morgengrauen angesetzt ist, bimmelt anhaltend die kleine Glocke im Lager, und dann beendet in jeder Baracke die Nachtwache ihren Dienst. Sie macht Licht, steht auf, reckt sich und verkündet die tagtägliche Verdammung: »Aufstehen!« oder häufiger noch, auf polnisch: »Wstavać!«

Nur ganz wenige erwarten schlafend das »Wstavać«: Es ist ein Augenblick allzu heftigen Schmerzes, und selbst der tiefste Schlaf muß sich bei seinem Herankommen verflüchtigen. Der Nachtwache ist das wohl bekannt, und deshalb spricht sie es nicht im Befehlston, sondern leise und verhalten aus, wissend, daß die Verkündigung offene Ohren findet und augenblicklich vernommen und befolgt wird.

Das fremde Wort stürzt wie ein Stein in den Grund aller Seelen hinab. »Aufstehen!«: Und das trügerische Bollwerk der warmen Decken, der dünne Panzer des Schlafs, die wenn auch qualvolle nächtliche Ausflucht, alles geht um uns herum in die Brüche, und unerbittlich wach, jeder Unbill ausgeliefert, grausam nackt und verwundbar finden wir uns wieder. Ein Tag wie jeder andere fängt an, so lang, daß man sich vernünftigerweise sein Ende gar nicht vorstellen kann, bei aller Kälte, all dem Hunger, all der Plackerei, die uns davon trennen. Darum ist es besser, man konzentriert sein Augenmerk und seine Erwartung auf das kantige Stück Brot, das zwar klein ist, doch in einer Stunde gewiß uns gehören und fünf Minuten lang, bis wir es verdrückt haben, alles vorstellen wird, was uns das Gesetz dieses Ortes zu besitzen erlaubt.

Beim »Wstavać« bricht der Aufruhr wieder los: Die

ganze Baracke verfällt jäh in eine frenetische Geschäftigkeit: Jedermann klettert auf und ab, macht sein Bett und versucht, sich zur gleichen Zeit anzuziehen, so daß nichts von seinen Dingen unbewacht bleibt; die Luft füllt sich bis zur Undurchsichtigkeit mit Staub; und die raschesten drängen sich mit Ellenbogen durch das Gewühle, um zum Waschraum und zur Latrine zu kommen, ehe sich dort eine Schlange gebildet hat. Sofort erscheinen die Ausfeger und jagen, dreinschlagend und schreiend, alle hinaus.

Sowie ich mein Bett gemacht und mich angezogen habe, steige ich auf den Fußboden hinunter und fahre in die Schuhe. Dann öffnen sich wieder die Wunden an meinen Füßen, ein neuer Tag beginnt.

Die Arbeit

Vor Resnyk schlief ein Pole mit mir, dessen Namen keiner wußte. Er war still und sanft, er hatte zwei alte Wunden am Schienbein, und nachts ging ein erbärmlicher Krankheitsgeruch von ihm aus; außerdem hatte er eine schwache Blase, und darum wachten wir beide acht- oder zehnmal in jeder Nacht auf.

Eines Abends gab er mir seine Handschuhe in Verwahrung und zog in den Krankenbau. Eine halbe Stunde lang hoffte ich, der Blockschreiber würde vergessen, daß ich nun allein im Bett lag. Aber als es schon geläutet hatte und Ruhe war, erzitterte das Bett, und ein langer rothaariger Mensch mit der Nummer der Franzosen von Drancy stieg zu mir herauf.

Einen langen Bettkameraden zu haben, ist ein Unheil, bedeutet, daß man Stunden von seinem Schlaf verliert; und gerade mich treffen immer die Langen, weil ich klein bin und weil zwei Lange nicht zusammen schlafen können. Doch es erweist sich sofort, daß Resnyk trotzdem kein schlechter Kamerad ist. Er spricht wenig und freundlich, ist sauber, schnarcht nicht, steht nachts nur zwei- bis dreimal auf und immer mit großer Behutsamkeit. Am Morgen bietet er an, das Bett allein zu machen (ein kompliziertes und mühsames Unternehmen, das noch dazu sehr verantwortungsvoll ist, denn die »schlechten Bettenbauer« werden unweigerlich bestraft), und er macht es rasch und gut; so empfinde ich eine gewisse flüchtige Genugtuung, als er nachher auf dem Appellplatz meinem Kommando zugeteilt wird.

Während wir in unseren groben Holzschuhen über den gefrorenen Schnee schwankend zur Arbeit marschieren, wechseln wir ein paar Worte, und ich erfahre, daß Resnyk Pole ist; er hat zwanzig Jahre lang in Paris gelebt, aber sein Französisch ist unglaublich. Jetzt ist er dreißig Jahre alt, und wie jeden von uns könnte man ihn ebensogut auf siebzehn oder auf fünfzig schätzen. Er hat mir auch seine Geschichte erzählt. Heute weiß ich sie nicht mehr, aber gewiß war es eine schmerzliche, grausame, bewegende Geschichte; denn das sind alle unsere Geschichten, hunderttausende an der Zahl, und eine jede ist anders, und eine jede ist angefüllt mit tragischer, bestürzender Zwangsläufigkeit. Abends erzählen wir sie uns gegenseitig; sie geschahen in Norwegen, in Italien, in der Ukraine, sie sind einfach und unfaßlich wie die Geschichten aus der Bibel. Doch sind sie nicht auch Geschichten aus einer neuen Bibel?

Am Bau angekommen, bringt man uns zum Eisenröhrenplatz, wo die eisernen Rohre abgeladen werden, und nun geschieht, was immer und jeden Tag geschieht. Der Kapo hält noch einmal Appell, nimmt kurz die Neueinstellung zur Kenntnis und spricht mit dem zivilen Meister die heutige Arbeit ab. Dann vertraut er uns dem Vorarbeiter an und begibt sich in den Geräteschuppen, um sich neben den Ofen zu legen und zu schlafen; dieser Kapo macht uns keine Schwierigkeiten, denn er ist kein Jude und bangt nicht um seinen Posten. Der Vorarbeiter verteilt an uns die Brechstangen, seinen Freunden aber gibt er die Winden. Wie üblich entsteht ein kleiner Kampf um die leichtesten Brechstangen, und heute habe ich Pech, ich bekomme die krumme, die vielleicht fünfzehn Kilo wiegt; selbst wenn ich sie leer betätigen sollte, weiß ich doch, daß ich schon nach einer halben Stunde völlig erschöpft sein werde.

Dann hinken wir, jeder mit seiner Brechstange, über den tauenden Schnee. Bei jedem Schritt bleibt etwas Schnee und Kot an den hölzernen Sohlen haften, bis man hilflos auf zwei schweren, unförmigen Klumpen läuft, von denen man sich nicht befreien kann; plötzlich rutscht der eine von ihnen weg, und dann ist es, als sei dieses Bein um einen Spann kürzer als das andere.

Heute muß ein riesiger gußeiserner Zylinder vom Waggon abgeladen werden; ich glaube, es ist ein Synthese-Rohr, und es wird wohl einige Tonnen schwer sein. Für uns ist das besser, denn bekanntlich hat man mit den großen Lasten weniger Mühe als mit den kleinen, weil sich die Arbeit mehr verteilt und weil man uns das geeignete Werkzeug zubilligt; doch es ist gefährlich, wir dürfen keinen Augenblick unaufmerksam sein, ein einziges Versehen genügt, um unter der Last erdrückt zu werden.

Steif, ernst und schweigsam hat der polnische Meister Nogalla persönlich die Ausladearbeit überwacht. Jetzt liegt der Zylinder auf der Erde, und Meister Nogalla sagt: »Bohlen holen!«

Uns bleibt das Herz stehen. Im weichen Morast soll die Bahn für den Zylinder bereitet werden, der dann mit den Brechstangen bis in die Fabrik hinein gestoßen wird. Doch die benötigten Bohlen stecken fest im Erdreich und wiegen achtzig Kilo, und das ist etwa das äußerste unserer Leistungsfähigkeit. Die Robustesten von uns können jeweils zu zweit einige Stunden lang Bohlen schleppen; für mich ist es eine wahre Tortur, die Last zerschindet mir den Schulterknochen, nach dem ersten Weg bin ich taub und beinahe blind vor Überanstrengung, und ich würde jede Gemeinheit begehen, nur um den zweiten Weg nicht mehr machen zu müssen.

Ich will versuchen, mich mit Resnyk zusammenzutun, der allem Anschein nach ein guter Arbeiter ist und außerdem wegen seiner Länge die Hauptlast tragen muß. Ich weiß, es ist ganz in der Ordnung, wenn mich Resnyk voller Verachtung abweist und sich einen anderen, kräftigen Menschen aussucht; so werde ich eben um Erlaubnis bitten, zur Latrine zu gehen, werde mich möglichst lange dort aufhalten und dann den Versuch machen, mich zu verstecken, bei aller Gewißheit, sofort gefunden, verlacht und verprügelt zu werden. Aber das ist immer noch besser als diese Art von Arbeit.

Doch nein, Resnyk ist nicht nur mit mir einverstanden, sondern nimmt auch ganz allein die Bohle hoch und legt sie mir vorsichtig auf die rechte Schulter; dann packt er das andere Ende, schiebt seine linke Schulter darunter, und wir ziehen los.

Die Bohle ist mit Schnee und Schlamm verkrustet; bei jedem Schritt schlägt sie mir ans Ohr, und der Schnee rutscht mir den Hals hinunter. Nach ungefähr fünfzig Schritten habe ich die Grenze dessen erreicht, was als gerade noch erträglich bezeichnet werden kann: Meine Knie knicken ein, meine Schulter schmerzt mich so, als befände sie sich in einem Schraubstock, mein Gleichgewicht ist in Gefahr. Und bei jedem Schritt spüre ich, wie mir die Schuhe vom gierigen Schlamm angesogen werden, von diesem allgegenwärtigen polnischen Schlamm, dessen monotone Scheußlichkeit unsere Tage füllt.

Ich beiße mir fest auf die Lippen. Wir wissen ja, daß man seine letzten Energiereserven mobilisieren kann, wenn man sich einen anderen, geringeren Schmerz zufügt. Auch die Kapos wissen es; manche schlagen uns aus reiner Bestialität und Gewalttätigkeit, doch andere wieder schlagen uns, wenn wir unter dem Joch sind, beinahe liebevoll und begleiten die Schläge mit aufmunternden Zurufen, wie es die Fuhrleute bei willigen Pferden tun.

Am Zylinder angelangt, legen wir die Bohle nieder, und ich bleibe stocksteif, mit leerem Blick, geöffnetem Mund und herabhängenden Armen stehen, völlig versunken in der flüchtigen, negativen Ekstase, die das Nachlassen des Schmerzes mit sich bringt. In einem Dämmerzustand von Erschöpfung erwarte ich den Stoß, der mich zur Wiederaufnahme der Arbeit zwingen wird, und will jede Sekunde dieses Wartens dazu benutzen, wieder ein wenig Kräfte zu sammeln.

Aber der Stoß bleibt aus; Resnyk berührt meinen Ellenbogen, wir kehren so langsam wie möglich zu den Bohlen zurück. Dort stehen die andern paarweise herum, und sie versuchen alle, den Augenblick hinauszuzögern, da sie ihre Bürde wieder aufnehmen müssen.

»Allons, petit, attrape.« Diese Bohle ist trocken und ein wenig leichter, aber nach dem zweiten Weg bitte ich doch den Vorarbeiter, zur Latrine gehen zu dürfen.

Wir haben den Vorteil, daß unsere Latrine ziemlich weit weg ist. So können wir einmal am Tag etwas über die Norm hinaus wegbleiben; und da es außerdem verboten ist, allein hinzugehen, wurde Wachsmann, der Schwächste und Ungeschickteste in unserem Kommando, als »Scheißbegleiter« nominiert. Auf Grund dieser seiner Ernennung trägt Wachsmann die Verantwortung für einen hypothetischen Fluchtversuch von uns (lächerliche Hypothese!) und, was realistischer ist, für jedes Zuspätkommen.

Da meiner Bitte stattgegeben wird, mache ich mich auf den Weg, durch Schlamm und grauen Schnee, durch Schrott hindurch, eskortiert von dem kleinen Wachsmann. Mit ihm kann ich mich nicht verständigen, denn wir haben keine gemeinsame Sprache; doch seine Kameraden haben mir erzählt, daß er ein Rabbiner, sogar ein Melamed und Thora-Gelehrter sei und daß er in seinem Lande, in Galizien, im Rufe gestanden habe, heilkräftig und wundertätig zu sein. Beinahe glaube ich es auch, wenn ich daran denke, daß er es fertiggebracht hat, schmächtig, zart und milde, wie er ist, seit zwei Jahren zu arbeiten, ohne krank zu werden und ohne zu sterben, und daß er darüber hinaus eine so erstaunliche Lebendigkeit in Blick und Worten besitzt, daß er lange Abende damit verbringt, unverständlich auf jiddisch oder hebräisch mit Mendi, dem modernistischen Rabbiner, über Talmud-Probleme zu diskutieren.

Die Latrine ist eine Oase des Friedens. Es ist eine provisorische Latrine, und die Deutschen haben noch nicht die üblichen hölzernen Trennwände für die verschiedenen Abteilungen angebracht, die da heißen: »Nur für Engländer«, »Nur für Polen«, »Nur für ukrainische Frauen« und so weiter, und ein wenig abseits: »Nur für Häftlinge«. Drinnen hocken, Schulter an Schulter, vier ausgehungerte Häftlinge, ein bärtiger alter russischer Arbeiter mit der blauen Binde OST am linken Arm, ein polnischer Junge mit einem großen weißen P auf Rücken und Brust, ein englischer Kriegsgefangener mit tadellos rasiertem und rosigem Gesicht und in gebügelter, sauberer und einwandfreier Khaki-Uniform, wenn man freilich von dem großen, gestempelten KG (Kriegsgefangener) auf dem Rücken absieht. Ein fünfter Häftling steht an der Tür und fragt jeden Zivilisten, der, seinen Gürtel lösend, hineingeht, geduldig und monoton: »Êtes-vous français?«

Als ich dann zur Arbeit zurückkomme, sieht man die Lastautos mit dem Essen vorbeifahren. Demnach ist es zehn Uhr, und das ist eine annehmbare Zeit, denn die

Mittagspause zeichnet sich schon im fernen Nebel der Zukunft ab, und wir können nun Energien aus der Erwartung schöpfen.

Ich mache mit Resnyk noch zwei oder drei Gänge, wobei wir uns die größte Mühe geben, leichtere Bohlen aufzutreiben und deshalb bis zu entlegenen Stapeln vordringen; aber die besten sind jetzt schon alle fortgetragen, und uns bleiben nur noch die anderen, die fürchterlichen, scharfkantigen, die schwer sind von Schlamm und Eis, die mit den aufgenagelten Metallscheiben zum Anbringen der Schienen.

Schließlich kommt Franz, damit Wachsmann mit ihm das Essen holt, also ist es elf Uhr, und der Morgen ist fast vorbei, und an den Nachmittag denkt keiner. Um halb zwölf sind sie wieder da, und sofort beginnt das ständig wiederkehrende Fragen, wieviel Suppe es heute gibt, was für eine es ist, und ob sie von oben oder von unten aus dem Kübel geschöpft wurde. Ich zwinge mich, das alles nicht zu fragen, kann mich aber doch nicht enthalten, gierig auf die Antworten zu horchen und den Dunst einzuatmen, der von der Küche herweht.

Und endlich, gleich einer Verkündigung des Himmels, übermenschlich und überpersönlich wie ein göttliches Zeichen, erschallt die Mittagssirene und erhört all unsere Müdigkeit und all den anonymen und einhelligen Hunger. Und wieder geschehen die sich ständig wiederholenden Dinge: Wir laufen alle zur Baracke und stellen uns mit vorgestreckten Eßnäpfen in Schlange auf, und wir haben alle eine animalische Eile, uns die Bäuche mit dem heißen Geschlamp vollzuschlagen, doch keiner will der erste sein, weil die erste Ration die dünnste ist. Wie stets verhöhnt und beschimpft uns der Kapo wegen unserer Gefräßigkeit, aber er hütet sich wohl, den Topf umzurühren, denn der Grund steht bekanntlich ihm zu. Dann kommt die (diesmal konkrete, leibliche) Seligkeit der Entspannung und der Wärme im Bauch und in der Baracke am prasselnden Ofen. Die Raucher drehen sich mit knausernder und frommer Gebärde eine dünne Zigarette, und unsere von Kot und Schnee durchnäßten Klamotten strömen bei der Ofenhitze Schwaden von Dampf und einen Geruch nach Hundezwinger und Herde aus.

Es besteht die stillschweigende Übereinkunft, daß keiner spricht. Binnen einer Minute sind alle eingeschlafen, dicht gedrängt, Ellenbogen an Ellenbogen, fallen plötzlich nach vorn und fangen sich wieder mit einer Straffung des Rückens. Hinter den kaum geschlossenen Lidern erheben sich die Träume mit Vehemenz, auch sie sind immer die gleichen: Man ist zu Hause und nimmt ein wundervolles warmes Bad; man ist zu Hause und sitzt bei Tisch; man ist zu Hause und berichtet von dieser unserer Arbeit ohne Hoffnung, von diesem unserm dauernden Hungern, von diesem unserm Sklavenschlaf.

Dann, mitten im Nebel der trägen Verdauungen, verdichtet sich ein schmerzhaftes Etwas und quält uns, vergrößert sich, bis es die Schwelle des Bewußtseins übertreten und uns die Freude am Schlaf genommen hat. »Es wird bald ein Uhr sein!« Wie ein sich rasch ausbreitender, verderblicher Krebs zerstört dies unseren Schlaf und läßt uns im vorhinein erschaudern. Wir horchen auf den Wind, der draußen pfeift, und auf das Rieseln des Schnees an der Fensterscheibe. »Es wird gleich ein Uhr sein!« Während sich jeder an den Schlaf klammert, damit er nicht von ihm lasse, sind doch alle Sinne auf das entsetzliche Signal gespannt, das kommen muß, das vor der Türe steht, hier ist...

Da. Ein Schlag gegen die Scheibe. Meister Nogalla hat einen Schneeball an das kleine Fenster geworfen, und nun steht er draußen, kerzengerade, und hält uns das Zifferblatt seiner Uhr entgegen. Der Kapo steht auf, reckt sich und sagt leise wie einer, der nicht daran zweifelt, daß man ihm gehorchen wird: »Alles raus!«

Ach, könnte man weinen! Ach, könnte man dem Wind wie dereinst von gleich zu gleich entgegentreten und nicht wie hier als seelenloser Wurm!

Wir sind draußen, und jeder nimmt seine Brechstange wieder auf. Resnyk klemmt den Kopf zwischen die Schultern, zieht sich die Mütze über die Ohren und schaut hinauf in den niedrigen grauen Himmel, von dem unerbittlich der Schnee herunterwirbelt: »Si j'avey une chien, je ne le chasse pas dehors.«

Ein guter Tag

Der Glaube an den Sinn des Lebens ist in jeder Faser des Menschen verwurzelt, ist ein Wesenszug der menschlichen Natur. Die Menschen in der Freiheit geben diesem Sinn viele Namen, so manche grübeln und debattieren auch darüber. Für uns liegt das Problem einfacher.

Heute und hier besteht der Sinn darin, das Frühjahr zu erleben. Ein anderes Ziel gibt es jetzt nicht für uns. Morgens auf dem Appellplatz, wenn wir in Reih und Glied endlos der Stunde harren, da es zur Arbeit geht, und wenn uns jeder Luftzug unter die Klamotten dringt und Schauer über unsere ungeschützten Leiber jagt, wenn alles grau ist ringsumher, grau wie wir selber; morgens, wenn es noch dunkel ist, suchen wir alle den Himmel im Osten ab, um die ersten Anzeichen der milden Jahreszeit zu erspähen. Der Aufgang der Sonne ist täglicher Gesprächsstoff: Heute kommt sie etwas früher als gestern; heute ist es ein bißchen wärmer als gestern; in zwei Monaten, in einem Monat wird die Kälte von uns ablassen, und wir werden einen Feind weniger haben.

Heute hat sich die Sonne zum erstenmal lebendig und klar aus dem sumpfigen Horizont erhoben. Eine kalte, weiße, ferne polnische Sonne, die gerade nur die Haut wärmt; aber kaum, daß sie sich aus den letzten Nebelschleiern löst, geht ein Murmeln durch unsere farblose

Menge, und wie auch ich die wohlige Wärme durch meine Sachen hindurch spüre, da weiß ich, warum Menschen die Sonne anbeten können.

»Das Schlimmste ist vorbei«, meint Ziegler und reckt seine spitzen Schultern der Sonne entgegen. Neben uns steht eine Gruppe von Griechen, jene bewundernswerten und furchtbaren Saloniki-Juden, zäh, diebisch, weise, wild und solidarisch, so entschlossen zu leben und so unerbittlich als Gegner im Kampf ums Leben; jene Griechen, die in den Küchen und auf den Baustellen tonangebend sind, die sogar von den Deutschen respektiert und von den Polen gefürchtet werden. Sie sind schon das dritte Jahr im Lager, niemand weiß besser als sie, was Lager ist. Jetzt stehen sie Schulter an Schulter dicht gedrängt im Kreis und singen eine ihrer endlosen Kantilenen.

Felicio, der Grieche, kennt mich. »L'année prochaine à la maison«, ruft er mir zu. Und ergänzt dann: »... à la maison par la cheminée!« Felicio ist in Birkenau gewesen. Sie aber singen weiter, stampfen dazu im Takt, berauschen sich an ihren Liedern.

Als wir endlich zum Lagertor hinaus sind, steht die Sonne schon recht hoch am klaren Himmel. Im Süden erkennt man die Berge, im Westen, vertraut und widersinnig, den Glockenturm von Auschwitz (hier ein Glockenturm!) und um uns herum die Sperrballons. Die Rauchschwaden von Buna hängen unbeweglich in der klaren Luft. Auch eine Reihe niedriger, von grünen Wäldern bestandener Hügel sehen wir. Das Herz krampft sich uns zusammen, denn wir wissen alle, dort liegt Birkenau, wo unsere Frauen endeten und auch wir bald enden werden; der Anblick ist uns ungewohnt.

Zum erstenmal werden wir gewahr, daß auch hier auf beiden Seiten der Straße die Wiesen grün sind; denn ohne Sonne ist eine Wiese gar nicht richtig grün.

Ganz anders Buna. Buna ist hoffnungslos, durch und durch trübe und grau. Diese ausgedehnte Wirrnis von Eisen, Zement, Schlamm und Qualm ist die Verneinung der Schönheit schlechthin. Ihre Straßen und Bauten werden mit Zahlen oder Buchstaben benannt wie wir, wenn sie nicht unmenschliche und unheilvolle Namen tragen. In diesem Bereich wächst kein Grashalm, und die Erde ist getränkt mit den giftigen Säften von Kohle und Petroleum. Nichts lebt hier, nur Maschinen und Sklaven: und jene mehr als diese.

Buna ist so groß wie eine Stadt. Außer dem leitenden und technischen deutschen Personal arbeiten hier vierzigtausend Ausländer, fünfzehn oder zwanzig Sprachen werden hier gesprochen. Alle Ausländer sind in gesonderten Lagern rings um Buna untergebracht: Das Lager der englischen Kriegsgefangenen, das der ukrainischen Frauen, das der französischen Freiwilligen und noch andere Lager, die wir nicht kennen. Unser Lager (Judenlager, Vernichtungslager, KZ) liefert allein zehntausend Arbeitskräfte, die aus allen europäischen Nationen kommen. Wir sind die Sklaven der Sklaven, denen jedermann befehlen kann; unser Name ist die Nummer, die wir auf den Arm tätowiert und auf die Brust genäht haben.

Den Karbidturm, der sich mitten in Buna erhebt und dessen Spitze im Nebel nur selten sichtbar wird, haben wir errichtet. Seine Bausteine werden Ziegel, mattoni, briques, tegula, cegli, kamenny, bricks, téglak genannt, Haß hat sie gefügt, Haß und Zwietracht, wie den Turm zu Babel; und so nennen wir ihn auch: Babelturm, Bobelturm. Und hassen in ihm unserer Herren wahnwitzigen Traum von Größe, ihre Verachtung gegenüber Gott und den Menschen, uns Menschen.

Heute noch, wie in der alten Geschichte, fühlen wir alle, sogar die Deutschen, daß ein Fluch, kein transzendentaler und göttlicher, sondern ein immanenter und historischer Fluch auf dem vermessenen Bauwerk liegt, gegründet auf der Sprachverwirrung und aufgeführt zur Herausforderung des Himmels gleich einer steingewordenen Lästerung.

Wie noch zu berichten sein wird, kam niemals auch nur ein einziges Kilogramm synthetischen Gummis aus der Fabrik von Buna, um die sich die Deutschen vier Jahre lang mühten und in der wir, unzählbar, litten und starben.

Aber heute spiegeln die ewigen Lachen, auf denen, spektralfarben, eine dünne Haut aus Petroleum erzittert, den klaren Himmel wider. Rohre, Träger und Kessel, noch kalt vom Nachtfrost, triefen vor Tauwasser. Das ausgehobene Erdreich, die Kohlenhalden und Zementblöcke dünsten in leichtem Nebel die Winterfeuchtigkeit aus.

Heute ist ein guter Tag. Wir sehen uns um wie Blinde, die das Augenlicht wiedererhalten haben, sehen uns gegenseitig an. Noch nie haben wir uns in der Sonne gesehen. Einige lächeln. Wenn nur der Hunger nicht wäre!

Denn so ist die menschliche Natur, daß sich zu gleicher Zeit ertragene Leiden und Schmerzen für unser Empfinden nicht zu einem Ganzen zusammenfügen; sie verbergen sich, die kleineren hinter den größeren, nach feststehendem Gesetz. Das ist eine Gnade, die es uns erst möglich macht, im Lager zu existieren; aber auch der Grund dafür, daß man im freien Leben so oft sagen hört, der Mensch sei nie zufrieden: Handelt es sich doch weniger um die menschliche Unfähigkeit, einen Zustand vollkommenen Glücks zu erreichen, als vielmehr um das stets unzulängliche Wissen von der Vielschichtigkeit der Natur des Unglücks. Darum gibt man seinen zahlreichen und hierarchisch angeordneten Ursachen nur einen einzigen Namen, den der größten Ursache. Bis diese vielleicht einmal fortfällt. Und dann ist man schmerzlich erstaunt, wenn man merkt, daß dahinter noch eine andere steht, in Wahrheit eine Kette von anderen.

Kaum ist es mit der Kälte, die uns den Winter über als einziger Feind erschien, vorbei, da spüren wir, daß wir Hunger haben. Und machen den gleichen Fehler und sagen heute: Wenn nur der Hunger nicht wäre!

Aber wer könnte sich vorstellen, einmal keinen Hunger zu haben? Das Lager *ist* der Hunger. Wir selber sind der Hunger, der lebende Hunger.

Abseits der Straße ist ein Bagger am Werk. Der an Seilen schwebende Greifer reißt seine zahnbewehrten Kiefer auf, verharrt einen Augenblick, wie unschlüssig über seine Wahl, stürzt sich in die lehmige, weiche Erde und packt gierig zu, während von der Bedienungskabine mit zufriedenem Schnauben dicker, weißer Dampf emporsteigt. Dann fährt er wieder hoch, macht eine halbe Drehung, erbricht hinter sich den Bissen, den er trug, und alles beginnt von neuem.

Auf unsere Spaten gestützt sehen wir gebannt zu. Bei jedem Biß des Greifers bewegen sich die Münder, und die Adamsäpfel gleiten hinauf und hinab, erbärmlich anzusehen unter der schlaffen Haut. Wir können uns nicht losreißen vom Schauspiel des fressenden Baggers.

Sigi ist siebzehn Jahre alt und hungriger als alle andern, wenn er auch jeden Abend von einem offenbar nicht desinteressierten Beschützer ein wenig Suppe erhält. Er begann von seinem Zuhause in Wien und von seiner Mutter zu erzählen, schweift dann aber auf das Essen ab; nun erzählt er endlos von was weiß ich für einem Hochzeitsschmaus und erinnert sich mit ehrlichem Bedauern, daß er damals den dritten Teller Bohnensuppe nicht aufgegessen hat. Alle heißen ihn schweigen, doch es vergehen keine zehn Minuten und Béla beschreibt uns sein Land in

Ungarn und die Maisfelder und ein Rezept, wie man süßen Maisbrei zubereitet mit gerösteter Mohrenhirse und Speck und Gewürzen und ... und er wird verwünscht und geschmäht, und ein dritter fängt an zu erzählen ...

So schwach ist unser Fleisch! Ich weiß sehr wohl um die Nichtigkeit dieser Hungerphantastereien, kann mich aber dem Allgemeingesetz nicht entziehen, und so tanzen mir die Makkaroni vor den Augen, die Vanda, Luciana, Franco und ich im Sammellager in Italien eben zubereitet hatten, als plötzlich die Nachricht eintraf, daß wir am nächsten Tag hierher fahren würden; und wir waren gerade dabei, die Makkaroni zu essen (sie waren so gut und gelb und fest) und ließen sie dann stehen, wir Dummköpfe, wir Trottel: hätten wir das geahnt! Und sollte uns das noch einmal passieren ... Was für eine Absurdität; ist irgendetwas sicher auf der ganzen Welt, dann dieses: Es wird uns nicht noch einmal passieren.

Fischer, der zuletzt gekommen ist, kramt aus seiner Tasche ein mit der peinlichen Sorgfalt der Ungarn eingewickeltes Päckchen; darin eine halbe Brotration, die Hälfte des Brotes von heute morgen. Jedermann weiß, daß nur die »hohen Nummern« ihr Brot in der Tasche behalten; von uns Alten ist keiner imstande, sein Brot auch nur eine Stunde lang aufzubewahren. Um dieses unser Unvermögen zu rechtfertigen, sind alle möglichen Theorien in Umlauf, wie: Das in Abständen gegessene Brot werde nicht völlig verarbeitet; die nervöse Anspannung, die dazu gehört, sein Brot unangetastet aufzuheben, wenn man hungert, sei schädlich und in höchstem Maße entkräftend; alt werdendes Brot verliere rasch seinen Nährwert, und es sei um so nahrhafter, je eher es gegessen werde; Alberto behauptet, daß Hunger mit Brot in der Tasche zwei automatisch einander aufhebende Addenden mit entgegengesetzten Vorzeichen seien, die in ein und demselben Wesen nicht zusammen existieren könnten; die meisten schließlich meinen ganz richtig, daß der Magen der sicherste Tresor gegen Diebstahl und Erpressung sei. »Moi, on m'a jamais volé mon pain«, grinst Joseph und schlägt sich auf seinen eingefallenen Magen; aber er kann seine Augen nicht von Fischer lassen, der langsam und methodisch kaut, von diesem »Glücklichen«, der um zehn Uhr morgens noch eine halbe Ration besitzt: »... sacré veinard, va!«

Doch nicht nur der Sonne wegen ist heute ein Freudentag. Mittags wartet eine Überraschung auf uns. Außer dem normalen Essen finden wir in der Baracke einen herrlichen, aus der Werkküche stammenden, fünfzig Liter fassenden, beinahe vollen Kübel vor. Templer sieht uns triumphierend an: Diese »Organisierung« ist sein Werk.

Templer ist der offizielle Organisierer unseres Kommandos. Für die Suppe der Zivilisten hat er einen ebenso feinen Spürsinn wie die Bienen für die Blumen. Unser Kapo, der ja kein schlimmer Kapo ist, läßt ihm dabei völlig freie Hand, und er tut recht daran: Templer verfolgt wie ein Spürhund unsichtbare Fährten und kehrt dann mit der wertvollen Nachricht zurück, daß die polnischen Arbeiter vom Methanol, zwei Kilometer von uns entfernt, vierzig Liter Suppe übriggelassen haben, weil sie ranzig schmeckte, oder daß ein Waggon mit Rüben unbewacht auf dem Abstellgleis neben der Werksküche steht.

Heute sind es fünfzig Liter, und wir sind fünfzehn, Kapo und Vorarbeiter mit inbegriffen. Das sind also drei Liter pro Kopf; einen Liter bekommen wir mittags als Zugabe zum normalen Essen, und für die anderen beiden werden uns dann nachmittags ausnahmsweise fünf Minuten Arbeitspause zugestanden, damit wir abwechselnd in die Baracke gehen und uns vollschlagen können.

Was kann man sich Besseres wünschen? Sogar die Arbeit erscheint uns leicht bei dieser Aussicht auf zwei dicke, warme Liter, die in der Baracke auf uns warten. In regelmäßigen Abständen kommt der Kapo zu uns und ruft: »Wer hat noch zu fressen?«

Das sagt er nicht aus Spott und Hohn, sondern weil das, was wir da in größter Hast stehend tun, wobei wir uns Mund und Kehle verbrennen und nicht einmal Zeit haben, Atem zu holen, ein »Fressen« von Tieren und wahrlich kein »Essen« von Menschen ist, die gesammelt bei Tisch sitzen. »Fressen« ist der angebrachte und von uns allgemein gebrauchte Ausdruck.

Meister Nogalla ist dabei, und er sagt nichts zu unserem Wegbleiben von der Arbeit. Auch Meister Nogalla hat anscheinend Hunger, und wären die sozialen Konventionen nicht, würde er einen Liter unserer heißen Brühe kaum verschmähen.

Templer ist dran, dem durch einstimmigen Beschluß fünf Liter vom Grund des Kübels zugesprochen wurden. Templer ist nicht nur ein guter Organisierer, sondern auch ein außergewöhnlicher Suppenesser, und er kann, was einzigartig ist, mit Willen und Vorbedacht seinen Darm entleeren, sowie ein ausgiebiges Essen in Aussicht steht; eine Fähigkeit, die dem erstaunlichen Fassungsvermögen seines Magens nur zustatten kommt.

Auf dieses sein Talent ist er mit Fug und Recht stolz, und jeder, auch Meister Nogalla, hat davon Kenntnis. Begleitet von der Dankbarkeit aller, schließt sich Templer, der Wohltäter, für wenige Augenblicke in der Latrine ein, tritt dann in strahlender Bereitschaft wieder heraus und schreitet unter allgemeinem Wohlwollen zum Genuß der Früchte seiner Arbeit: »Nu, Templer, hast du Platz genug für die Suppe gemacht?«

Bei Sonnenuntergang pfeift die Sirene zum Feierabend.

Und da wir alle wenigstens für ein paar Stunden satt sind, gibt es keinen Streit, wir fühlen uns seelengut, dem Kapo ist nicht danach, uns zu schlagen, und wir bringen es fertig, an unsere Mütter und Frauen zu denken, was im allgemeinen nicht vorkommt; einige Stunden lang können wir unglücklich sein in der Weise der freien Menschen.

Diesseits von Gut und Böse

Wir haben den unkorrigierbaren Hang, in jeder Begebenheit ein Symbol und ein Zeichen zu sehen. Seit siebzig Tagen bereits ließ die Zeremonie des »Wäschetauschens« auf sich warten, und schon behauptete sich hartnäckig das Gerücht, daß es an Wäsche dazu fehle, weil die Deutschen wegen der näherrückenden Front keine Möglichkeit mehr hätten, neue Transporte nach Auschwitz zu führen, und daß *deshalb* die Befreiung nahe sei; daneben gab es auch die entgegengesetzte Auslegung, daß nämlich die Verzögerung des Tauschs ein sicheres Anzeichen für die baldige und vollständige Liquidierung des Lagers sei. Aber der Tausch findet schließlich doch statt, und wie stets verwendet die Lagerleitung alle nur erdenkliche Sorgfalt darauf, ihn unvermutet und gleichzeitig in allen Baracken einsetzen zu lassen.

Man muß nämlich wissen, daß es im Lager an Stoff mangelt, der eine Kostbarkeit ist. Und die einzige Art und Weise, uns einen Fetzen zum Naseputzen oder einen Fußlappen zu beschaffen, besteht darin, zur Zeit des Tauschs ein Stück Hemd abzuschneiden. Besitzt das Hemd lange Ärmel, so werden die Ärmel abgeschnitten; besitzt es keine, so begnügt man sich damit, unten ein rechteckiges Stück herauszuschneiden oder einen der zahlreichen Flicken abzutrennen. In jedem Fall braucht man eine gewisse Zeit, um sich Nadel und Faden zu besorgen und das Werk einigermaßen sauber zu vollbringen, damit der Schaden im Augenblick des Tauschs nicht allzu sichtbar sei. Die schmutzige und zerschlissene Wäsche kommt völlig durcheinander in die Lagerschneiderei, wo sie recht und schlecht zusammengeflickt wird, und danach in die Dampfdesinfektion (nicht etwa in die Waschanstalt!); daraufhin gelangt sie wieder zur Ausgabe. Um also die Wäsche vor den genannten Beschädigungen zu bewahren, muß der Tausch immer so plötzlich wie nur irgend möglich vorgenommen werden.

Aber wie stets konnte man es nicht verhindern, daß einige Späherblicke unter die Leinwand des Lastwagens drangen, der aus der Desinfektion kam, so daß man innerhalb weniger Minuten im Lager nicht nur über den bevorstehenden Wäschetausch, sondern auch darüber informiert ist, daß es sich dieses Mal um neue Hemden von einem Ungarntransport handelt, der vor drei Tagen hier eingetroffen ist.

Und augenblicklich erfolgt die Reaktion auf diese Nachricht. Alle unrechtmäßigen Besitzer eines zweiten Hemdes, das gestohlen, organisiert, vielleicht auch ehrlich mit Brot gekauft wurde, um sich vor der Kälte zu schützen oder in einem Augenblick der Prosperität Kapital zu investieren, stürzen zur Börse hin und hoffen, ihr Reservehemd noch beizeiten in andere Verbrauchsgüter konvertieren zu können, ehe die Schwemme der neuen Hemden, ja selbst schon die Bestimmtheit ihres Eintreffens, den Preis dieses Artikels unweigerlich ruiniert.

An der Börse herrscht ununterbrochen Hochbetrieb. Obwohl jedes Tauschgeschäft (sogar jede Art von Besitz) ausdrücklich verboten ist und obwohl häufige, von Kapos oder Blockältesten durchgeführte Razzien die Verkäufer, Käufer und Neugierigen immer wieder in eine einzige heillose Flucht treiben, so tagt doch, kaum sind die Kolonnen von der Arbeit zurück, immerfort in der nordöstlichen Lagerecke (die von den SS-Baracken am weitesten entfernt ist) eine erregte Versammlung; im Sommer draußen, im Winter in einem Waschraum.

Mit halb geöffneten Lippen und leuchtenden Augen treiben sich hier zu Dutzenden die Desperados des Hungers herum, die ein trügerischer Instinkt dahin zieht, wo die angebotene Ware das Magenknurren noch heftiger und die Speichelbildung noch intensiver werden läßt. Im besten Fall verfügen sie über die kümmerliche halbe Ration Brot, die sie sich vom Morgen her mit schmerzlicher Überwindung und in der sinnlosen Hoffnung aufgespart haben, es könnte sich vielleicht ein vorteilhafter Tausch mit irgendeinem Dummen bewerkstelligen lassen, der die Notierungen des Augenblicks nicht kennt. Manche von ihnen kaufen mit verbissener Ausdauer für ihre halbe Ration einen Liter Suppe, ziehen sich damit irgendwohin zurück und holen mit aller Sorgfalt die paar Kartoffelstückchen heraus, die auf dem Grund liegen; dann wird diese Suppe wieder in Brot umgetauscht und das Brot in einen neuen, noch auszuwertenden Liter, so lange, bis die Nerven am Ende sind oder bis einer der Geschädigten sie auf frischer Tat ertappt, ihnen eine gehörige Lektion verpaßt und sie somit dem allgemeinen Gespött ausliefert. In die nämliche Gattung gehören diejenigen, die zur Börse kommen, um ihr einziges Hemd zu verkaufen. Sie wissen genau, was geschieht, wenn der Kapo bei nächster Gelegenheit feststellen wird, daß sie unter der Jacke nichts anhaben. Der Kapo wird sie fragen, was sie mit ihrem Hemd gemacht haben; das ist eine rein rhetorische Frage, nur eine Formalität, um zur Sache zu kommen. Darauf werden sie antworten, daß man ihnen das Hemd im Waschraum gestohlen hat; auch das ist eine übliche Antwort, und sie stellt keinen Anspruch auf Glaubwürdigkeit; denn sogar die Steine im Lager wissen es, daß diejenigen, die kein Hemd besitzen, es in neunundneunzig Prozent aller Fälle aus Hunger verkauft haben und daß man im übrigen für sein Hemd verantwortlich ist, weil es dem Lager gehört. Daraufhin wird sie der Kapo verprügeln, sie werden ein neues Hemd zugeteilt bekommen, und sie werden über kurz oder lang wieder dasselbe tun.

Die Kaufleute von Beruf haben alle in der Börse ihren bestimmten Winkel; mit Vorrang die Griechen, die regungslos und stumm wie Sphinxe auf dem Boden hinter ihren Näpfen voller dicker Suppe hocken, der Frucht ihrer Arbeit, ihrer Kombinationen und ihrer nationalen Solidarität. Von den Griechen sind jetzt nur noch ganz wenige übrig, doch sie haben die Physiognomie des Lagers und dessen internationalen Jargon entscheidend beeinflußt. Jedermann weiß, daß »caravana« Eßnapf bedeutet und »la comedera es buena«, daß die Suppe gut ist; »klepsi-klepsi«, das Sammelwort für stehlen, ist ganz offenbar griechischen Ursprungs. Diese wenigen Überlebenden der jüdischen Kolonie von Saloniki, mit ihren zwei Sprachen, Spanisch und Griechisch, und mit ihren vielfältigen Jobs, sind die Bewahrer einer konkreten, irdischen, wohl bedachten Weisheit, in der sich die Überlieferungen aller Mittelmeerkulturen treffen. Mag auch im Lagerleben diese Weisheit als systematisch und wissenschaftlich betriebener Diebstahl, als Sturm auf die Ämter und als Monopolisierung der Tauschbörse in Erscheinung treten, so darf man dabei nicht vergessen, daß der Abscheu vor sinnloser Brutalität und das erstaunlich ausgeprägte Bewußtsein vom Fortbestand einer zumindest potentiellen menschlichen Würde die Griechen zur geschlossensten und in diesem Sinne auch zivilisiertesten Gruppe des Lagers machen.

An der Börse findet man die Spezialisten für Küchendiebstähle, deren Jacken geheimnisvolle Wölbungen aufweisen. Während die Suppe einen ziemlich stabilen Preis hat (pro Liter eine halbe Brotration), sind die Notierungen für Rüben, Karotten und Kartoffeln äußerst sprunghaft und unter anderem sehr stark vom Pflichteifer und von der Bestechlichkeit der jeweiligen Magazinwachen abhängig.

Es wird Machorka verkauft: ein Ausschußtabak, die reinen Holzsplitter; in der Kantine wird er in 50-Gramm-Päckchen offiziell gegen Prämienscheine abgegeben, die das Buna-Werk eigentlich an die besten Arbeiter verteilen müßte. Die Verteilung wird aber nur in unregelmäßigen Abständen, sehr sparsam und mit offenkundiger Ungerechtigkeit vorgenommen, so daß der größte Teil der Scheine entweder unmittelbar oder durch Amtsmißbrauch in die Hände der Kapos und Prominenten gelangt; immerhin kursieren die Prämienscheine der Buna auf dem Lagermarkt an Geldes Statt, und ihre Wertschwankungen richten sich genau nach den Gesetzen der klassischen Ökonomie.

Es gab Zeiten, wo der Prämienschein mit einer, dann mit eineinviertel, ja sogar mit eineindrittel Brotration bezahlt wurde; eines Tages stand der Kurs auf einer und einer halben Ration, aber dann setzte die Machorkaversorgung der Kantine aus, und so fiel das Geld in Ermangelung einer Deckung ganz plötzlich auf eine Viertelration herunter. Es gab noch eine andere Periode der Aufwertung, die eine eigenartige Ursache hatte; das war die Ablösung im Frauenblock, bedingt durch das Eintreffen eines Kontingents robuster polnischer Mädchen. Da nämlich der Prämienschein (für Kriminelle und Politische, nicht aber für Juden, die im übrigen unter der Enthaltsamkeit nicht leiden) zu einem Besuch im Frauenblock berechtigt, tätigten die Interessierten aktive und rasche Ankäufe; daher die Wiederaufwertung, die allerdings nicht lange anhielt.

Von den gewöhnlichen Häftlingen wollen nur wenige den Machorka, um ihn selbst zu rauchen; meistens geht er zum Lager hinaus und endet bei den Zivilarbeitern der Buna. Dies hier ist eine recht verbreitete Methode von »kombinacja«: Der Häftling, der irgendwie eine Ration Brot aufgespart hat, investiert es in Machorka, worauf er sich vorsichtig mit einem zivilen »Amateur« in Verbindung setzt, der den Machorka gegen Bezahlung, nämlich gegen eine Menge Brot kauft, die größer ist als die zu Beginn investierte. Nun verzehrt der Häftling die Verdienstspanne und bringt die verbliebene Ration wieder in Umlauf. Spekulationen dieser Art schaffen eine Verbindung zwischen der internen Ökonomie des Lagers und dem Wirtschaftsleben der Außenwelt. Als einmal zufällig in Krakau die Tabakversorgung der Zivilbevölkerung aussetzte, wirkte sich dies, ungeachtet der uns von der menschlichen Gemeinschaft trennenden Stacheldrahtbarriere, im Lager augenblicklich durch ein krasses Anziehen der Machorka-Notierungen und somit auch der Prämienschein-Notierungen aus.

Der oben geschilderte Fall ist nur der schematischste, während der folgende schon komplizierter ist: Der Häftling kauft mit Machorka oder Brot von einem Zivilisten irgendeinen greulichen, zerfetzten und dreckigen Lappen von Hemd (wenn er es nicht von ihm geschenkt bekommt), das immerhin drei Löcher aufweisen muß, durch die man recht und schlecht Arme und Kopf durchstecken kann. Sind nur Zeichen von Verschleiß zu erkennen und keine absichtlich vorgenommenen Beschädigungen, so gilt ein solches Ding beim Wäschetausch als tauschberechtigtes Hemd; schlimmstenfalls bekommt derjenige, der es vorweist, eine angemessene Zahl von Hieben, weil er die lagereigenen Kleidungsstücke so schlecht behandelt.

Darum wird auch innerhalb des Lagers kein großer Wertunterschied zwischen einem Hemd gemacht, das diesen Namen verdient, und einem Lumpen voller Flikken. Der genannte Häftling kann also ohne Schwierigkeiten einen Kameraden ausfindig machen, der ein Hemd in verkäuflichem Zustand besitzt und nicht imstande ist, es an den Mann zu bringen, weil er wegen der ungünstigen Lage seiner Arbeitsstelle oder wegen seiner Sprache oder wegen eigener Unfähigkeit keine Verbindung zu Zivilarbeitern hat. Er wird sich für ein bescheidenes Quantum Brot zum Tausch bereitfinden; das nächste Wäschetauschen stellt ja doch in gewissem Maße die Gleichheit wieder her, da die Ausgabe von guter oder schlechter Wäsche absolut vom Zufall abhängt. Jedenfalls kann nun der erste Häftling das gute Hemd in die Buna hineinschmuggeln und es dort dem Zivilisten von vorhin (oder irgendeinem andern) für vier, sechs, ja auch für zehn Brotrationen verkaufen. Diese so ausgedehnte Verdienstspanne entspricht dem hohen Risiko, mit mehr als einem Hemd auf dem Leib das Lager zu verlassen oder auch ohne Hemd wieder zurückzukommen.

Es gibt viele Abwandlungen zu diesem Thema. Manche zögern nicht, sich ihre Goldkronen herausnehmen zu lassen, um sie in Buna für Brot oder Tabak zu verkaufen; meistens aber werden derartige Geschäfte durch Zwischenpersonen getätigt. Eine »hohe Nummer«, also ein Neuer, der noch nicht lange da ist, den aber der Hunger und die unerhörte Anspannung des Lagerlebens schon hinreichend abgestumpft haben, wird von einer »niedrigen Nummer« wegen seiner reichen Zahnprothese bemerkt; der »Niedrige« bietet dem »Hohen« für die Extraktion drei oder vier Brotrationen in bar. Geht der Hohe auf das Angebot ein, zahlt der Niedrige, nimmt das Gold mit nach Buna, und falls er dort einen zuverlässigen Zivilisten an der Hand hat, von dem keine Denunzierung und keine Gaunerei zu befürchten ist, kann er ohne weiteres einen Verdienst von zehn bis zwanzig und noch mehr Rationen realisieren, die ihm in Raten, eine oder zwei pro Tag, entrichtet werden. Dazu muß gesagt werden, daß im Gegensatz zu Buna vier Brotrationen den Höchstbetrag für die Geschäfte darstellen, die innerhalb des Lagers getätigt werden, denn hier wäre es praktisch undurchführbar, sowohl Kreditverträge abzuschließen als auch eine größere Menge Brot vor der Habgier der andern und vor dem eigenen Hunger zu bewahren.

Der Handel mit den Zivilisten ist ein charakteristisches Merkmal des Arbeitslagers und bestimmt, wie schon gesagt, dessen Wirtschaftsleben. Im übrigen ist es ein Vergehen, das in der Lagerordnung ausdrücklich angeführt und den »politischen« Vergehen gleichgesetzt wird; die Bestrafung ist daher besonders streng. Wird ein Häftling des Handels mit Zivilisten überführt und hat keine einflußreichen Verbindungen, so kommt er nach Gleichwitz III, nach Janina oder nach Heidebreck in die Kohlenbergwerke; das aber bedeutet Tod durch Erschöpfung innerhalb weniger Wochen. Außerdem kann der betreffende Zivilarbeiter als Mitschuldiger bei der zuständigen deutschen Behörde angezeigt und dazu verurteilt werden, im Vernichtungslager unter den gleichen Bedingungen wie wir eine bestimmte Zeit zu verbringen, die meines Wissens von vierzehn Tagen bis zu acht Monaten geht. Die so bestraften Arbeiter werden wie wir bei der Aufnahme entkleidet, aber ihre persönliche Habe wird in einem besonderen Lagerraum aufbewahrt. Sie werden nicht tätowiert und behalten auch ihre Haare, woran man sie leicht erkennen kann; doch für die ganze Dauer der Strafzeit sind sie der gleichen Arbeit und der gleichen Disziplin unterworfen wie wir: natürlich ohne Selektionen.

Sie arbeiten in Sonderkommandos und haben keinerlei Verbindung zu den gewöhnlichen Häftlingen. Für sie ist ja das Lager eine Strafe, und sterben sie nicht durch Anstrengung oder Krankheit, dann haben sie große Chancen, wieder unter die Menschen zurückzukommen; hätten sie aber die Möglichkeit, mit uns zu verkehren, so bedeutete dies eine Bresche in der Mauer, die uns der Welt gegenüber zu Toten macht, und einen Riß im Schleier des Geheimnisses, das für die freien Menschen über unserm Dasein liegt. Denn für uns ist das Lager keine Strafe; für uns ist kein Termin gesetzt, und das Lager ist weiter nichts als die uns zugedachte, unbefristete Existenzart innerhalb des deutschen Sozialgefüges.

Ein Abschnitt unseres Lagers ist demnach für die Zivilarbeiter aller Nationalitäten bestimmt, die dort eine mehr oder weniger lange Strafzeit für ihre unerlaubten Beziehungen zu Häftlingen verbringen müssen. Dieser Abschnitt ist durch Stacheldraht vom übrigen Lager getrennt und heißt E-Lager, und seine Insassen heißen E-Häftlinge. »E« ist der Anfangsbuchstabe von »Erziehung«.

Alle bisher erwähnten Kombinationen gründen sich auf den Schmuggel von Lagereigentum. Darum geht auch die SS so streng dagegen vor; sogar das Gold an unseren Zähnen gehört ihnen: ob aus den Kiefern der Lebenden oder Toten geholt, gelangt doch früher oder später alles in ihre Hände. Es ist nur natürlich, daß sie das Gold nicht aus dem Lager lassen wollen.

Aber gegen das Stehlen als solches hat die Lagerleitung nichts einzuwenden. Ein Beweis dafür ist das großzügige stille Einverständnis der SS mit dem Schmuggel in umgekehrter Richtung.

Hier liegen im allgemeinen die Dinge einfacher. Es geht um Diebstahl oder Hehlerei der verschiedensten Gebrauchsgegenstände, Utensilien, Materialien, Produkte und so weiter, mit denen wir bei der Arbeit in Buna täglich in Berührung kommen; man muß sie abends ins Lager schaffen, einen Abnehmer finden und den Tausch gegen Brot oder Suppe bewerkstelligen. Diese Art von Geschäft ist gang und gäbe. Und für gewisse Dinge, die zum normalen Leben im Lager gebraucht werden, stellt der Diebstahl in Buna die einzige und reguläre Versorgungsmöglichkeit dar. Typische Beispiele sind Besen, Farbe, Elektrolitze und Schuhfett. Zur Erläuterung diene der Handel mit diesem letzten Artikel.

Wie schon berichtet wurde, müssen laut Lagerordnung die Schuhe jeden Morgen gefettet und gewichst werden, und jeder Blockälteste ist der SS gegenüber dafür verantwortlich, daß die gesamte Belegschaft seiner Baracke diese Vorschrift befolgt. Demnach sollte man annehmen, daß jede Baracke von Zeit zu Zeit Schuhfett zugeteilt bekommt. Das ist jedoch nicht der Fall; der Mechanismus ist ein ganz anderer. Nun muß vorausgeschickt werden, daß jede Baracke abends ein Quantum Suppe erhält, das bedeutend mehr ist als die Summe der regulären Rationen; der Überhang wird nach dem Ermessen des Blockältesten verteilt, der ihm zunächst die Gaben für seine Freunde und Schützlinge entnimmt und sodann die geschuldeten Diäten für die Ausfeger, die Nachtwachen, die Läusekontrolleure und alle andern Prominentenfunktionäre der Baracke. Was dann noch übrig ist (und jeder gewissenhafte Blockälteste richtet es so ein, daß immer etwas übrig ist), dient eben für den Einkauf.

Alles andere versteht sich von selbst: Diejenigen Häftlinge, denen sich in Buna die Gelegenheit bietet, ihren Eßnapf mit Fett oder Maschinenöl zu füllen (oder auch mit anderem; jede schwärzliche und fettige Substanz wird als geeignet empfunden), klappern abends nach der Rückkehr die Baracken ab, bis sie einen Blockältesten gefunden haben, dem dieser Artikel ausgegangen ist oder der sich einen Vorrat anlegen will. Im übrigen hat fast jede Baracke ihren eigenen Lieferanten, mit dem ein Tagessold unter der Voraussetzung vereinbart wurde, daß er das Fett immer dann liefert, wenn der Vorrat zur Neige geht.

Abend für Abend warten Grüppchen von Lieferanten geduldig an den Türen der Tagesräume; stundenlang stehen sie in Regen oder Schnee, unterhalten sich leise und erregt über die Preisschwankungen und die Notierungen der Prämienscheine. Hie und da löst sich einer von der Gruppe, läuft rasch zur Börse hinüber und kommt mit den neuesten Informationen wieder zurück.

Neben den schon genannten Buna-Artikeln gibt es noch unzählige andere, die der Block brauchen kann, die dem Blockältesten genehm sind und die das Interesse oder die Neugierde der Prominenten erwecken können, wie: elektrische Birnen, Bürsten, Handseife und Rasierseife, Feilen, Zangen, Säcke, Nägel; man verkauft auch Methylalkohol, aus dem man Getränke herstellen kann, und Benzin für die primitiven Feuerzeuge, wahre Wunderprodukte aus der Geheimindustrie der Lagerhandwerker.

Innerhalb dieses ganzen komplizierten Gefüges von Diebstählen und Gegendiebstählen, die durch die stumme Feindschaft zwischen den SS-Kommandos und den zivilen Behörden von Buna nur gefördert werden, übt der KB eine Funktion ersten Grades aus. Der KB ist der Ort des geringeren Widerstands, das Ventil, das es leichter macht, die Vorschriften zu übertreten und der Wachsamkeit der Kapos zu entgehen. Jedermann weiß, daß gerade von den Pflegern Kleidung und Schuhe der Toten oder der nackt nach Birkenau geschafften Selektionierten wieder billig in den Handel gebracht werden. Pfleger und Ärzte führen die Sulfonamid-Zuteilungen nach Buna aus und verschachern sie dort gegen Lebensmittel an die Zivilisten.

Einen enormen Gewinn holen die Pfleger auch noch aus dem Handel mit Löffeln. Das Lager liefert an die Neuankömmlinge keine Löffel, obwohl die halbflüssige Suppe nicht anders gegessen werden kann. Die Löffel werden in Buna heimlich und nebenbei von den Häftlingen fabriziert, die als Spezialisten in den Kommandos der Schlosser und Blechschmiede arbeiten: unförmige und grobe Dinger aus gehämmertem Blech, oft mit geschliffenem Stiel, so daß sie gleichzeitig als Messer zum Brotschneiden benutzt werden können. Die Hersteller verkaufen sie direkt an die Neuankömmlinge; ein gewöhnlicher Löffel kostet eine halbe Brotration, ein Löffelmesser eine dreiviertel Brotration. Nun darf man wohl mit dem Löffel in den KB hinein, nicht aber hinaus. Im Augenblick der Entlassung, noch vor der Einkleidung, wird dem Genesenen der Löffel vom Pfleger beschlagnahmt und in der Börse wieder zum Verkauf gestellt. Zählt man zu den Löffeln der Genesenen noch diejenigen der Toten und Selektionierten, so ergibt das für die Pfleger tagtäglich einen Erlös von rund fünfzig Löffeln. Die Entlassenen aber, die ja wieder zu arbeiten haben, müssen gleich zu Beginn die Einbuße einer halben Brotration zum Ankauf eines neuen Löffels auf sich nehmen.

Schließlich ist der KB der wichtigste Umschlagplatz für die in der Buna verübten Diebstähle. Von der Suppe, die der KB bekommt, werden täglich für den Ankauf der verschiedensten Artikel von den Spezialisten im vorhinein gute zwanzig Liter als Diebstahlfonds bereitgestellt. Man stiehlt dünnen Gummischlauch, der im KB für die Enteroklysen und Magensonden verwendet wird; man bietet Bleistifte und farbige Tinten an, die für die komplizierte Rechnungsführung der KB-Furierstelle gebraucht werden; und ebenso Thermometer und Glasartikel und chemische Reagenzien, die aus den Depots der Buna in die Taschen der Häftlinge wandern und als sanitäre Artikel im KB Verwendung finden.

Und es sei nicht unbescheiden, wenn ich hinzufüge, daß von uns, nämlich von Alberto und mir, die Idee stammt, Millimeterpapier-Rollen von den Thermographen der Trocknungsabteilung zu entwenden und dem leitenden Arzt des KB mit dem Vorschlag anzubieten, sie für die Puls- und Temperaturdiagramme zu benutzen.

Alles in allem: Der Diebstahl in Buna wird von der zivilen Direktion geahndet, aber von der SS autorisiert und begünstigt; der Diebstahl im Lager wird von der SS strengstens bestraft, aber von den Zivilisten als gewöhnlicher Tauschakt betrachtet; das Bestehlen der Häftlinge untereinander wird im allgemeinen bestraft, aber die Strafe trifft den Dieb ebenso hart wie den Bestohlenen.

Nun möge der Leser darüber nachdenken, was für eine Bedeutung unsere Worte »gut« und »böse« oder »Recht« und »Unrecht« im Lager haben konnten; auf Grund des Bildes, das wir vermittelt, und auf Grund der Beispiele, die wir angeführt, ermesse nun ein jeder, was alles von der Moral unserer Welt diesseits des Stacheldrahtes noch Bestand haben konnte.

Die Untergegangenen und die Geretteten

Was bisher berichtet wurde und was noch zu berichten sein wird, ist das zwielichtige Leben im Lager. Unter so harten Bedingungen, zu Boden gedrückt, lebten viele Menschen unserer Tage, doch jeder nur für eine verhältnismäßig kurze Zeit. Darum könnte man sich vielleicht die Frage stellen, ob es denn recht sei, daß von diesem ungewöhnlichen Menschendasein überhaupt ein Andenken bleibe. Auf diese Frage möchte ich doch mit Ja antworten. Denn ich bin überzeugt, daß kein menschliches Erleben ohne Sinn ist und eine Analyse nicht verdient, ja, daß man sogar dieser besonderen Welt, von der ich berichte, Grundlegendes abgewinnen kann, mag es auch nicht immer positiv sein. Man erwäge einmal, daß das Lager, und zwar in beachtlichem Maße, auch eine riesige biologische und soziale Erfahrung gewesen ist.

Tausende von Individuen, voneinander verschieden nach Alter, Stand, Herkunft, Sprache, Kultur und Sitten, sperre man hinter Stacheldraht und unterziehe sie dort einer Lebensweise, die konstant, kontrollierbar, für alle identisch ist und unterhalb aller Bedürfnisse liegt: Kein Experimentator könnte sich etwas Rigoroseres ausdenken, um zu ermitteln, was vom Verhalten des Lebewesens Mensch im Kampf ums Leben wesensbedingt und was erworben ist.

Ich glaube nicht an den so augenfälligen und einfachen Schluß, daß der Mensch von Natur aus so brutal, egoistisch und töricht sei, wie er sich zeigt, wenn ihm jeder zivilisatorische Überbau entzogen wird, und daß der Häftling demzufolge nichts anderes sei als der Mensch ohne Hemmungen. Ich glaube lediglich, man kann hier schlußfolgern, daß Entbehrung und größtes körperliches Leiden viele Gewohnheiten und viele soziale Regungen zum Verstummen bringen.

Bemerkenswert scheint mir allerdings dies zu sein: Es erweist sich, daß es zwei ganz besonders klar voneinander geschiedene Kategorien von Menschen gibt, Gerettete und Untergegangene. Andere gegensätzliche Arten (Gute und Böse, Weise und Törichte, Feige und Tapfere, Unglückliche und Glückliche) sind bei weitem nicht so klar voneinander geschieden, machen nicht den Eindruck, so angeboren zu sein, und lassen vor allen Dingen zahlreiche und komplexere Zwischenwertungen zu.

Diese Unterscheidung ist im normalen Leben längst nicht so augenfällig; hier kommt es nicht oft vor, daß ein Mensch sich verliert, denn für gewöhnlich ist er nicht allein, und sein Aufstieg wie sein Abstieg ist mit dem Schicksal seiner Mitmenschen verknüpft. So stellt es eine Ausnahme dar, wenn jemand grenzenlos an Macht zunimmt und in einem fort von Niederlage zu Niederlage bis zum Ruin hinabsinkt. Auch verfügt jeder für gewöhnlich über soviel geistige, körperliche und auch finanzielle Reserven, daß ein Schiffbruch, ein Versagen vor dem Leben noch weniger wahrscheinlich ist. Dazu kommt noch, daß durch Gesetz und moralisches Bewußtsein, durch das innere Gesetz also, ein merklicher Ausgleich geschaffen wird; in der Tat gilt ein Land als um so zivilisierter, je umsichtiger und wirksamer seine Gesetze sind, die den Elenden daran hindern, allzu elend zu sein, und den Mächtigen, allzu mächtig. Doch im Lager verhält sich das anders: Hier wird der Kampf um das Überleben ohne Erbarmen geführt, denn jeder ist verzweifelt und grausam allein. Wenn irgendein Null Achtzehn strauchelt, findet er keinen, der ihm die Hand reicht; wohl aber findet er einen, der ihn aus dem Wege schafft, weil niemand daran interessiert ist, daß sich noch ein »Muselmann«* mehr jeden Tag zur Arbeit schleppt. Und kommt jemand durch ein Wunder an grimmig entschlossener Ausdauer und Durchtriebenheit auf eine neue Kombination, um sich vor der härtesten Arbeit zu drücken, auf ein neues Verfahren, das ihm einige Gramm Brot einbringt, dann wird er das nach Möglichkeit geheimhalten, er wird darum bewundert und respektiert werden und seinen ausschließlichen persönlichen Nutzen davon haben; er wird stärker werden, und daher wird man ihn fürchten, und wer gefürchtet wird, ist schon dadurch ein Anwärter fürs Überleben.

In der Geschichte wie im Leben scheint bisweilen ein grausames Gesetz erkennbar zu sein, das heißt: »Wer da hat, dem wird gegeben, wer aber nicht hat, dem wird alles genommen.« Im Lager, wo der Mensch allein auf sich gestellt und der Lebenskampf auf seine Urform reduziert ist, gilt dieses ungerechte Gesetz in aller Offenheit und wird allgemein anerkannt. Mit den Erprobten, also den starken und gerissenen Individuen, unterhalten selbst die Kapos gern Beziehungen, die sogar manchmal beinahe kameradschaftlich sind, weil sie hoffen, vielleicht später einmal irgendwelchen Nutzen daraus ziehen zu können. An die Muselmänner hingegen, die Menschen in Auflösung, verlohnt sich nicht, ein Wort zu richten, weiß man doch schon im voraus, daß sie lamentieren würden und aufzäh-

* Mit »Muselmann« bezeichneten die Lagerveteranen aus mir unerfindlichen Gründen die schwachen, untauglichen und selektionsreifen Häftlinge.

len, was sie daheim zu essen pflegten. Ebenso unnütz ist es, sich mit ihnen anzufreunden, denn sie haben keine illustren Bekanntschaften im Lager, sie essen keine Extrarationen, sie arbeiten nicht in vorteilhaften Kommandos, und sie sind nicht fähig, heimlich zu organisieren. Und vor allem weiß man, daß sie nur vorübergehend hier sind und daß in ein paar Wochen nichts weiter von ihnen übrig sein wird als eine Handvoll Asche in einem benachbarten Acker und eine durchgestrichene Nummer in der Kartei. Mögen sie auch eingereiht sein in die zahllose Menge von ihresgleichen, die sie rastlos mit sich zieht, sie leiden doch und schleppen sich dahin in grauer, innerer Einsamkeit; und sterben oder verschwinden in Einsamkeit, ohne eine Spur von Erinnerung zu hinterlassen.

Das Resultat aus diesem erbarmungslosen, natürlichen Selektierungsprozeß hätte man den Lagerstatistiken entnehmen können. 1944 lebten in Auschwitz von den alten jüdischen Häftlingen (von den übrigen Häftlingen spreche ich hier nicht, denn ihre Bedingungen waren andere), von den »kleinen Nummern« unter Hundertfünfzigtausend nur noch ein paar hundert; *keiner* von diesen war ein gewöhnlicher Häftling in einem gewöhnlichen Kommando und mit gewöhnlicher Ration. Es blieben nur die Ärzte übrig, die Schneider, Flickschuster, Musiker und Köche, attraktive junge Homosexuelle und Freunde oder Landsleute irgendwelcher Lagerautoritäten; darüber hinaus besonders rücksichtslose, kräftige und unmenschliche Individuen, die sich (vom SS-Kommando dazu ausersehen, das in dieser Wahl eine satanische Menschenkenntnis an den Tag legte) als Kapos, Blockälteste und noch in anderen Ämtern behaupteten; und endlich diejenigen, die zwar keine besonderen Ämter bekleideten, aber vermöge ihrer Durchtriebenheit und Tatkraft stets imstande waren, mit Erfolg zu organisieren und demzufolge außer dem materiellen Nutzen und dem Ansehen auch noch Nachsicht und Achtung der Lagergewaltigen für sich buchen konnten. Wer es nicht fertigbringt, Organisator, Kombinator, Prominenter zu werden (welch grauenvolle Beredsamkeit der Ausdrücke!), der endet bald als Muselmann. Einen dritten Weg gibt es im Leben, und da ist er sogar die Regel; aber im Konzentrationslager gibt es ihn nicht.

Unterliegen ist am leichtesten: dazu braucht man nur alles auszuführen, was befohlen wird, nichts zu essen als die Ration und die Arbeits- und Lagerdisziplin zu befolgen. Die Erfahrung hat gezeigt, daß man solcherart nur in Ausnahmefällen länger als drei Monate durchhalten kann. Alle Muselmänner, die im Gas enden, haben die gleiche Geschichte, besser gesagt, sie haben gar keine Geschichte; sie sind dem Gefälle gefolgt bis in die Tiefe, ganz natürlich, wie die Bäche, die schließlich im Meer enden. Im Lager kamen sie auf Grund der ihnen eigenen Untüchtigkeit oder durch Unglück oder durch irgendeinen banalen Umstand zu Fall, noch bevor sie sich hätten anpassen können; sie können mit der Zeit nicht Schritt halten und fangen erst dann an, Deutsch zu lernen und sich ein wenig in dem infernalischen Durcheinander von Geboten und Verboten zurechtzufinden, wenn ihr Körper schon in Auflösung begriffen ist und sie nichts mehr vor der Selektion oder dem Erschöpfungstod bewahren könnte. Ihr Leben ist kurz, doch ihre Zahl ist unendlich. Sie, die Muselmänner, die Untergegangenen, sind der Kern des Lagers: sie, die anonyme, die stets erneuerte und immer identische Masse schweigend marschierender und sich abschuftender Nichtmenschen, in denen der göttliche Funke erloschen ist und die schon zu ausgehöhlt sind, um wirklich zu leiden. Man zögert, sie als Lebende zu bezeichnen; man zögert, ihren Tod, vor dem sie keine Angst haben, als Tod zu bezeichnen, weil sie zu müde sind, ihn zu begreifen.

Sie bevölkern meine Erinnerung mit ihrer Gegenwart ohne Antlitz; und könnte ich in einem einzigen Bild das ganze Leid unserer Zeit einschließen, würde ich dieses nehmen, das mir vertraut ist: ein verhärmter Mann mit gebeugter Stirn und gekrümmten Schultern, von dessen Gesicht und Augen man nicht die Spur eines Gedankens zu lesen vermag.

Haben die Untergegangenen keine Geschichte, und gibt es nur einen einzigen, breiten Weg des Verderbens, so gibt es doch auch viele mühselige und unvermutete Wege der Rettung.

Der wichtigste Weg geht, wie schon erwähnt, über die Prominenz. »Prominente« heißen die Lagerfunktionäre, vom Lagerältesten über die Kapos, Köche, Pfleger, Nachtwachen bis zu den Ausfegern, Scheißministern und Bademeistern. Hier sei besonders von den jüdischen Prominenten die Rede; während die andern nämlich allein auf Grund ihres natürlichen Vorrechts bei ihrem Lagereintritt automatisch mit Ämtern betraut wurden, gelang dies den Juden nur durch Intrigen und verbissenen Kampf.

Die jüdischen Prominenten stellen ein trauriges und bemerkenswertes menschliches Phänomen dar. In ihnen vereinigt sich das gegenwärtige und das vergangene, altüberkommene Leid, der überlieferte und der anerzogene Fremdenhaß, und das alles macht sie zu asozialen, gefühlsrohen Ungeheuern.

Sie sind das typische Ergebnis der Struktur des deutschen Lagers: Man biete einigen Individuen, die ein Sklavendasein führen, eine privilegierte Stellung, gewisse Annehmlichkeiten und die Aussicht, zu überleben, man fordere dafür den Verrat an der natürlichen Solidarität mit ihren Kameraden, und einer von ihnen wird sich gewiß dazu bereitfinden. Er wird dem allgemeinen Gesetz nicht mehr unterstehen und unantastbar werden; darum wird er um so gehässiger und gehaßter sein, je mehr Macht er erhält. Bekommt er die Befehlsgewalt über eine Handvoll Unglückseliger und das Verfügungsrecht über deren Leben und Tod, dann wird er grausam und tyrannisch, denn er weiß, daß sonst ein anderer an seine Stelle treten wird, den man für geeigneter ansieht. Ferner wird die ganze Gewalt seines Hasses, die sich den Unterdrükkern gegenüber nicht Luft machen konnte, nun unsinnigerweise auf die Unterdrückten niedergehen: Und er wird erst dann genug haben, wenn er die von oben erlittene Unbill auf seine Untergebenen abgewälzt hat.

Ich weiß sehr wohl, daß dies alles recht wenig zu dem Bild paßt, das man sich im allgemeinen von Unterdrückten macht, die sich, wenn schon nicht in Widerstand, so doch im Erdulden zusammenschließen. Ich bestreite nicht, daß dies der Fall sein kann, wenn die Unterdrükkung ein bestimmtes Ausmaß nicht übersteigt, oder wenn der Unterdrücker es aus Unerfahrenheit oder Großmut duldet oder begünstigt. Aber man sieht ja, daß heutzutage in allen Ländern, die von einem fremden Volk besetzt sind, ein durchaus ähnliches Verhältnis von Rivalität und Haß bei den Unterworfenen entstanden ist; und dies trat, wie viele andere menschliche Dinge, im Lager besonders kraß zutage.

Über die nichtjüdischen Prominenten ist nicht soviel zu sagen, obwohl sie bei weitem die Mehrzahl bildeten (kein »arischer« Häftling war ohne Amt, mag es noch so bescheiden gewesen sein). Daß sie stur und bestialisch waren, ist nur natürlich, wenn man bedenkt, daß es sich meistens um gewöhnliche Verbrecher handelte, die man eigens aus den deutschen Gefängnissen geholt hatte, um sie als Aufseher in den Judenlagern zu verwenden; und mir scheint, daß diese Auswahl sehr sorgfältig getroffen wurde, denn ich kann einfach nicht glauben, daß diese schmutzigen menschlichen Subjekte, die wir da am Werk sahen, den Durchschnitt, nicht etwa der Deutschen im allgemeinen, sondern lediglich der deutschen Gefängnisinsassen darstellten. Schwieriger ist es schon, eine Erklärung dafür zu finden, wieso in Auschwitz die politischen Prominenten, Deutsche, Polen und Russen, mit den gewöhnlichen Verbrechern an Brutalität wetteiferten. Doch es ist ja bekannt, daß in Deutschland die Bezeichnung »politisches Verbrechen« auch auf Vergehen wie Schwarzhandel, unerlaubte Beziehungen zu Jüdinnen und Bestehlen von Parteifunktionären angewandt wurde. Die »echten« Politischen lebten und starben in anderen Lagern, die inzwischen traurigen Ruhm erlangt haben, bekanntlich unter außerordentlich harten Bedingungen, die sich aber in vieler Hinsicht von den hier geschilderten unterschieden.

Doch neben den eigentlichen Funktionären gibt es eine breite Schicht von Häftlingen, die nicht von vornherein vom Schicksal begünstigt sind und nur mit eigener Kraft um ihr Weiterleben kämpfen. Es gilt, gegen den Strom zu schwimmen; es gilt, Tag um Tag und Stunde um Stunde gegen die Mühe anzugehen, gegen den Hunger und gegen die Kälte und gegen das Sichgehenlassen, die Folge von all dem; es gilt, den Feinden standzuhalten und kein Erbarmen für seine Rivalen zu kennen; es gilt, seinen Geist zu schärfen, sich mit Geduld zu wappnen und seinen Willen zu stählen. Oder man muß jede Würde in sich zerstören und jede Gewissensregung abtöten, muß als Rohling gegen die Rohlinge zu Felde ziehen und sich von den ungeahnten unterirdischen Kräften leiten lassen, die den Geschlechtern und den einzelnen in grausamer Zeit Beistand gewähren. Viele Wege haben wir ersonnen und befolgt, um nicht sterben zu müssen, so viele, wie es menschliche Charaktere gibt. Jeder von ihnen war ein aufreibender Kampf des einzelnen gegen alle, und sie stellten oft eine nicht geringe Summe von Verirrungen und Kompromissen dar. Denn überleben zu können, ohne etwas von seiner eigenen, moralischen Welt aufzugeben oder ohne ein machtvolles oder unmittelbares Eingreifen des Glücks, ist nur ganz wenigen Überragenden vorbehalten, die das Zeug zum Märtyrer oder Heiligen haben.

Auf wie unterschiedliche Art man zur Rettung gelangen kann, will ich versuchen, anhand der Geschichten von Schepschel, Alfred L., Elias und Henri zu beschreiben.

Schepschel lebt seit vier Jahren im Lager. Zehntausende von seinesgleichen hat er um sich her sterben sehen seit dem Pogrom, der ihn aus seinem galizischen Dorf vertrieb. Er hatte eine Frau und fünf Kinder und ein gutgehendes Sattlergeschäft, aber schon lange hat er sich abgewöhnt, sich selbst als etwas anderes zu betrachten als einen Sack, der periodisch gefüllt werden muß. Schepschel ist nicht sehr kräftig, nicht sehr mutig und nicht sehr niederträchtig; er ist nicht einmal besonders gerissen und hat auch nie einen Dreh gefunden, der es ihm erlauben würde, ein bißchen zu verschnaufen, sondern er muß sich mit den kleinen und gelegentlichen Manipulationen, den »Kombinacje« wie man sie hier nennt, begnügen.

Hie und da stiehlt er einen Besen in Buna und verkauft ihn an den Blockältesten; und kann er etwas Brotkapital zurücklegen, so pachtet er das Handwerkszeug vom Flickschuster des Blocks, seinem Landsmann, und arbeitet ein paar Stunden auf eigene Rechnung; er versteht es, Hosenträger aus geflochtener Elektrolitze zu fabrizieren; Sigi hat mir erzählt, daß er ihn auch schon in der Mittagspause vor der Bude der slowakischen Arbeiter singen und tanzen sah, die ihn manchmal mit den Resten ihrer Suppe belohnten.

Demnach könnte man sich Schepschel mit nachsichtiger Sympathie als einfältigen Kerl vorstellen, in dessen Geist nur noch ein armseliger und triebhafter Lebenswille Raum hat, und der tapfer seinen kleinen Kampf besteht, um nicht zu unterliegen. Aber Schepschel bildete keine Ausnahme, und als die Gelegenheit kam, zögerte er nicht, Moischl, seinen Kumpanen, bei einem Küchendiebstahl der Auspeitschung auszuliefern; dies nur in der schäbigen Hoffnung, sich beim Blockältesten Verdienste zu erwerben und seine Kandidatur auf den Posten eines Kesselwäschers anzumelden.

Die Geschichte des Ingenieurs Alfred L. zeigt unter anderem, wie haltlos der Mythos von der ursprünglichen Gleichheit der Menschen ist.

L. leitete in seinem Land eine bedeutende Fabrik chemischer Produkte, und sein Name war (und ist) in den Industriekreisen ganz Europas bekannt. Ein kräftiger Mann um die Fünfzig; wie er verhaftet wurde, weiß ich nicht, jedenfalls kam er ins Lager wie alle andern: nackt, allein und unbekannt. Als ich ihn kennenlernte, sah er recht elend aus, aber sein Gesicht bewahrte noch alle Anzeichen disziplinierter, methodischer Energie. Damals beschränkten sich seine Privilegien auf das tägliche Kesselwaschen für die polnischen Arbeiter; diese Handreichung, für die er auf mir unbekannte Art und Weise das Monopol erhalten hatte, brachte ihm einen halben Napf Suppe pro Tag ein. Natürlich reichte ihm das nicht, um seinen Hunger zu stillen; doch keiner hörte je ein Wort der Klage von ihm. Im Gegenteil, die wenigen Worte, die er sprach, ließen auf fabelhafte geheime Reserven schließen, auf eine solide und ertragreiche »Organisation«.

Sein Aussehen bestätigte das. L. hatte »eine Linie«: Hände und Gesicht immer vollkommen sauber, brachte er die ungewöhnliche Selbstüberwindung auf, alle vierzehn Tage sein Hemd zu waschen, ohne auf den zweimonatlichen Tausch zu warten (es sei darauf hingewiesen, daß man zum Hemdwaschen Seife, Zeit und Platz im überfüllten Waschraum finden muß, daß man imstande sein muß, das nasse Hemd peinlichst zu bewachen, ohne es auch nur einen Augenblick aus den Augen zu lassen, und daß man es, natürlich noch naß, zur Nachtruhe anziehen muß, wenn die Lichter ausgehen); er besaß auch ein Paar Holzsohlen, um damit zur Dusche zu gehen, und selbst der gestreifte Anzug paßte eigenartigerweise zu seiner Figur, war sauber und neu. Alles in allem, L. hatte sich, schon lange bevor er es tatsächlich wurde, das Aussehen eines Prominenten zugelegt. Ich erfuhr auch erst viel später, daß L. es zuwege gebracht hatte, sich diesen Nimbus von Wohlstand mit unglaublicher Zähigkeit dadurch zu erwerben, daß er die dazu notwendigen Käufe und Dienstleistungen ausschließlich mit dem Brot seiner Ration bezahlte und sich solchermaßen eine noch härtere Lebensweise auferlegte.

Sein Plan war auf lange Sicht berechnet, was um so bemerkenswerter ist, als er in einem Milieu konzipiert wurde, in dem die Mentalität des Provisoriums herrschte; L. führte ihn mit eiserner Selbstdisziplin durch, ohne Erbarmen für sich und natürlich noch viel weniger für seine Kameraden, die ihm dabei in die Quere kamen. L. wußte, daß es vom Mächtig-Scheinen zum Mächtig-Sein nur eines kleinen Schrittes bedarf und daß überall, besonders aber inmitten der allgemeinen Gleichmacherei des Lagers, ein achtbares Aussehen die sicherste Gewähr dafür bietet, geachtet zu werden. Er verwandte alle Mühe darauf, nicht mit der Herde verwechselt zu werden; er arbeitete mit demonstrativer Hingabe und trieb nach Möglichkeit auch die faulen Kameraden mit überzeugendem und beschwörendem Ton an; er beteiligte sich nicht am täglichen Kampf um den besten Platz in der Essensschlange und begnügte sich damit, Tag für Tag die erste, bekanntlich dünnste Ration zu erhalten, um wegen seiner Disziplin vom Blockältesten bemerkt zu werden. Damit die Unterscheidung vollkommen sei, befleißigte er sich im Umgang mit den Kameraden stets der größten Höflichkeit, die sich mit seinem Egoismus vereinbaren ließ; und der war absolut.

Als schließlich, wie noch zu berichten sein wird, das Chemie-Kommando zusammengestellt wurde, wußte L., daß seine Stunde gekommen war: Es genügten seine saubere Kleidung und sein zwar eingefallenes, doch rasiertes Gesicht inmitten der Herde seiner abgestumpften und abgerissenen Gefährten, um Kapo und Arbeitsdienst augenblicklich davon zu überzeugen, daß dieser hier ein wahrhaft Geretteter, ein potentieller Prominenter war; so wurde er (wer hat, dem wird gegeben) unverzüglich zum Spezialisten befördert, zum technischen Leiter des Kommandos ernannt und von der Buna-Direktion als Analytiker im Labor der Styrol-Abteilung eingesetzt. Später erhielt er den Auftrag, die jeweiligen Zugänge des Chemie-Kommandos auf ihre berufliche Eignung zu prüfen: was er immer, besonders aber bei denen mit äußerster Strenge handhabte, in denen er mögliche zukünftige Konkurrenten witterte.

Seine weitere Geschichte ist mir unbekannt; aber ich halte es für sehr wahrscheinlich, daß er dem Tod entgangen ist und heute sein kaltes Leben eines entschlossenen, freudlosen Herrschers lebt.

Elias Lindzin, Nummer 141 565, platzte eines Tages auf unerklärliche Weise ins Chemie-Kommando herein. Er war ein Zwerg, nicht größer als eineinhalb Meter, aber eine Muskulatur wie die seine habe ich noch nie zu Gesicht bekommen. Wenn er nackt ist, kann man die Muskeln unter seiner Haut arbeiten sehen, jeder einzelne ist stark und beweglich wie ein Tier. Vergrößert, bei unveränderten Proportionen, wäre sein Körper ein gutes Modell für einen Herkules: nur den Kopf darf man dabei nicht betrachten.

Unter der Kopfhaut treten die Schädelnähte in maßloser Weise hervor. Der Schädel selbst ist wuchtig und scheint aus Metall oder Stein zu sein; knapp einen Fingerbreit über den Augenbrauen sieht man den schwarzen Ansatz der geschorenen Haare. Nase, Kinn, Stirn und Backenknochen sind hart und massig, das ganze Gesicht gleicht einem Sturmbock, einem Rammwerkzeug. Bestialische Kraft geht von seiner Gestalt aus.

Elias arbeiten zu sehen ist ein verblüffendes Schauspiel; die polnischen Meister, ja selbst die Deutschen bleiben zuweilen stehen, um ihn bei seiner Arbeit zu bewundern. Für ihn scheint nichts unmöglich zu sein. Während wir nur mit Mühe einen Sack Zement schleppen, trägt Elias zwei, dann drei, dann vier Säcke auf einmal und balanciert sie man weiß nicht wie; und während er mit seinen kurzen, stämmigen Beinen in kleinen Schritten stapft, schneidet er Grimassen unter der Last, lacht, flucht, brüllt und singt ohne Pause, als hätte er Lungen aus Erz. Trotz der Holzsohlen klettert Elias wie ein Affe die Gerüste hinauf und eilt sicher über die Balken in der Luft; sechs Ziegel trägt er im Gleichgewicht auf seinem Kopf; er kann sich einen Löffel aus einem Blechstück anfertigen und ein Messer aus einem Stück Stahlschrott; allenthalben findet er trocknes Papier, Holz und Kohle und bringt es fertig, selbst im Regen in wenigen Augenblicken ein Feuer zu machen. Er kann das Handwerk eines Schneiders, Schreiners, Flickschusters und Barbiers ausüben; er kann unglaublich weit spucken; er singt mit einem nicht unangenehmen Baß nie zuvor gehörte polnische und jiddische Lieder; er kann sechs, acht, zehn Liter Suppe auf einmal vertilgen, ohne sich zu übergeben oder Durchfall zu bekommen, und er kann gleich danach wieder arbeiten. Er bringt es zuwege, zwischen seinen Schultern einen großen Buckel hervortreten zu lassen, und dann spaziert er, krumm und entstellt, kreischend und Unverständliches deklamierend durch die Baracke, während die Lagergewaltigen ihren Spaß daran haben. Ich habe gesehen, wie er mit einem Polen kämpfte, der ihn um Haupteslänge überragte, und wie er ihn mit einem Schädelstoß in die Magengrube zu Boden streckte, gewaltig und präzis wie ein Katapult. Aber ich habe nie gesehen, daß er sich ausgeruht hätte, ich habe nie gesehen, daß er sich schweigsam oder ruhig verhalten hätte, ich habe nie beobachtet, daß er verletzt oder krank gewesen wäre.

Niemand weiß etwas über sein Leben als freier Mensch; im übrigen gehört schon eine tüchtige Portion Phantasie und Kombinationsvermögen dazu, sich Elias im Gewand eines freien Menschen vorzustellen. Er spricht nur Polnisch und das finstere, mißgebildete Warschauer Jiddisch; im übrigen bekommt man nichts Zusammenhängendes aus ihm heraus. Zwanzig oder vierzig Jahre könnte er alt sein; meistens behauptet er, dreiunddreißig zu sein und siebzehn Kinder gezeugt zu haben, was nicht unwahrscheinlich ist. Er redet unausgesetzt über die disparatesten Dinge; immer in voller Lautstärke, mit der Emphase eines Redners und der heftigen Mimik eines Gestörten. Stets gebärdet er sich, als stünde er vor einer großen Zuhörerschaft. Und natürlich fehlt es ihm nie an Publikum.

Wer seine Sprechweise versteht, nimmt seine Deklamationen gierig auf, krümmt sich vor Lachen, klopft ihm begeistert auf die harten Schultern, fordert ihn auf, weiterzumachen; und grimmig und die Stirn runzelnd wandert er wie ein Raubtier im Kreis seiner Zuschauer umher, redet einmal diesen, einmal jenen an. Plötzlich packt er mit seiner kleinen, gekrümmten Klaue einen an der Brust, zieht ihn, ohne daß dieser sich wehren könnte, zu sich heran, speit ihm eine unverständliche Schmähung ins verdatterte Gesicht, schleudert ihn wie einen Federball wieder zurück und fährt unter Beifall und Gelächter, die Arme zum Himmel gereckt wie ein kleines prophezeiendes Monstrum, in seinem wütenden und wirren Gerede fort.

Sein Ruf als ungewöhnliches Arbeitstier verbreitete sich sehr rasch, und dem absurden Gesetz des Lagers zufolge hörte er von da an praktisch zu arbeiten auf. Seine Mithilfe wurde unmittelbar von den Meistern angefordert, und zwar nur für diejenigen Arbeiten, wo besonderes Geschick und besondere Kraft vonnöten waren. Abgesehen von derartigen Dienstleistungen überwachte er, unverschämt und gewalttätig, unsere tägliche, stumpfsinnige Fron, wobei er sich oft zu mysteriösen Besuchen und Abenteuern in wer weiß welche Abgeschiedenheiten der Baustelle verzog und mit vollgestopften Taschen und häufig auch mit sichtbar vollem Magen wiederkehrte.

Elias ist ein natürlicher, unschuldiger Dieb, er hat die triebhafte Schläue wilder Tiere. Nie wird er auf frischer Tat ertappt, weil er nur dann stiehlt, wenn sich ihm eine sichere Gelegenheit dazu bietet; ist dies aber der Fall, stiehlt er ebenso unbedingt und unausbleiblich, wie ein Stein nach dem Gesetz der Schwerkraft fallen muß. Und abgesehen davon, daß man ihn kaum dabei erwischen kann, wäre es selbstverständlich zwecklos, ihn wegen seiner Diebstähle zu bestrafen; sie sind für ihn eine Lebensäußerung wie jede andere, wie das Atmen und wie das Schlafen.

Man kann sich nun fragen, wer dieser Mensch Elias ist. Ob er ein Verrückter ist, unfaßbar und unmenschlich, der durch Zufall ins Lager kam; ob er die Verkörperung eines Urzustands ist, ein Fremdling in unserer modernen Welt, der daher in die Urbedingungen des Lagerlebens besser hineinpaßt; oder ob er nicht eben ein Produkt des Lagers ist, nämlich das, wozu wir alle einmal werden, falls wir nicht im Lager sterben und das Lager selbst nicht vorher zu existieren aufhört.

Alle drei Vermutungen enthalten etwas Richtiges. Die Zerstörung von außen hat Elias überlebt, weil er physisch unzerstörbar ist; die Zerstörung von innen hat ihn nicht berührt, weil er schwachsinnig ist. Demnach ist er vor allem ein Überlebender: der geeignetste für diese Lebensweise, das tauglichste Menschenexemplar.

Bekommt Elias seine Freiheit wieder, wird er an die Grenze der menschlichen Gemeinschaft verwiesen, in ein Gefängnis oder ein Irrenhaus. Aber hier im Lager gibt es keine Verbrecher und keine Verrückten. Keine Verbrecher, weil kein moralisches Gesetz da ist, das man brechen könnte, und keine Verrückten, weil wir bloße Werkzeuge sind und jede unserer Handlungen unter den Gegebenheiten von Zeit und Ort die einzig mögliche ist.

Im Lager gedeiht Elias und triumphiert. Er ist ein guter Arbeiter und kann gut »organisieren«, und aus diesem doppelten Grunde bleibt er von den Selektionen bewahrt und wird von Kapos und Kameraden geachtet. Für denjenigen, der keinen festen inneren Rückhalt hat, der nicht aus seinem Selbstbewußtsein genügend Kraft holen kann, um sich im Leben zu verankern, führt der einzige Weg der Rettung zu Elias: zu Schwachsinn und durchtriebener Bestialität. Jeder andere Weg ist nur eine Sackgasse.

Nach all dem Gesagten könnte vielleicht der eine oder andere versucht sein, Schlußfolgerungen für unser tägliches Leben zu ziehen oder gar Normen aufzustellen. Gibt es denn nicht auch um uns herum solche Typen, die mehr oder weniger ein Abbild dieses Elias sind? Sehen wir denn nicht, wie sie leben, ohne ein Ziel zu kennen, wie ihnen jedwedes Maß von Selbstkontrolle und Bewußtsein versagt ist? Wie sie, nicht anders als Elias, nicht etwa trotz, sondern gerade wegen dieser Mängel leben?

Das Problem ist ernst, aber es soll nicht weiterverfolgt werden, denn dies hier sind Berichte aus dem Lager, und über den Menschen außerhalb des Lagers wurde schon viel geschrieben. Doch eines möchte ich noch sagen: Soweit man es von außen zu beurteilen vermag und soweit dieses Wort hier überhaupt Gültigkeit haben kann, war Elias wahrscheinlich ein glückliches Wesen.

Henri dagegen ist in eminenter Weise zivilisiert und bewußt, und über die Arten, im Lager am Leben zu bleiben, hat er eine vollständige und organische Theorie entwikkelt. Er ist nicht älter als zweiundzwanzig, hochintelligent, er spricht Französisch, Deutsch, Englisch und Russisch und besitzt eine hervorragende wissenschaftliche und klassische Bildung.

Sein Bruder starb im letzten Winter in Buna, und von dem Tag an hat Henri jegliche gefühlsmäßige Bindung zerschnitten. Wie in einen Panzer verschloß er sich in sich selbst, und er kämpft unbeirrbar um sein Leben, mit allen Chancen, die ihm sein wacher Verstand und seine überlegte Erziehung bieten. Henris Theorie zufolge gibt es drei Methoden, der Vernichtung zu entgehen, die der Mensch anwenden und dabei des Namens Mensch würdig bleiben kann: organisieren, Mitleid erwecken und stehlen.

Er selbst praktiziert alle drei. Niemand ist in der Strategie, die englischen Kriegsgefangenen einzuwickeln (er sagt »kultivieren«), besser bewandert als er. Unter seinen Händen verwandeln sie sich zu Hennen, die goldene Eier legen: Es sei bemerkt, daß man aus dem Tausch einer einzigen englischen Zigarette im Lager so viel erhält, um sich einen Tag davon sattessen zu können. Einmal ist Henri beobachtet worden, wie er ein wahrhaftiges gekochtes Ei verspeiste.

Der Handel mit Waren englischer Herkunft ist Henris Monopol, und soweit ist das eine Angelegenheit des Organisierens; aber was ihn bei den Engländern und bei den andern zum Ziel führt, ist das Mitleid. Henri ist von Gestalt und Gesicht zart und auf eine subtile Art pervers wie der heilige Sebastian des Sodoma: Er hat schwarze, tiefgründige Augen, ist noch bartlos und bewegt sich mit natürlich tändelnder Eleganz (wenn er auch notfalls wie eine Katze laufen und springen kann und wenn auch die Kapazität seines Magens derjenigen Elias' kaum nachsteht). Henri ist sich dieser seiner natürlichen Talente völlig bewußt und verwendet sie mit der kalten Kompetenz dessen, der ein wissenschaftliches Instrument betätigt; die Ergebnisse sind verblüffend. Im Grunde genommen handelt es sich um eine Entdeckung. Henri hat herausgefunden, daß das Mitleid als primäres, unbedachtes Gefühl, wenn es geschickt eingeträufelt wird, gerade bei den primitiven Gemütern jener Rohlinge gut anschlägt, die uns kommandieren, derselben Rohlinge, die sich nichts daraus machen, uns grundlos mit Fäusten zusammenzuprügeln und uns noch mit Füßen treten, wenn sie uns am Boden haben; und so ist ihm auch die große, praktische Tragweite dieser Entdeckung nicht entgangen, die er sich für seine persönlichen Geschäfte zunutze macht.

Ebenso wie die Schlupfwespen die großen, pelzigen Raupen mit einem Stich in das einzige verwundbare Ganglion lähmen, schätzt Henri seinen Mann, »son type«, mit einem Blick ein; er spricht – mit jedem in der auf ihn zugeschnittenen Redeweise – kurz mit ihm, und schon ist der »type« erobert: Mit wachsender Sympathie hört er zu, ist über das Schicksal des unglücklichen jungen Mannes gerührt, und es dauert gar nicht lange, bis er anfängt, rentabel zu werden.

Es gibt kein noch so verhärtetes Gemüt, das Henri nicht erweichen könnte, wenn er es ernstlich darauf anlegt. Im Lager und auch in Buna ist die Zahl seiner Beschützer außerordentlich groß: englische Soldaten, französische Zivilarbeiter, Ukrainer, Polen, deutsche »Politische«, dazu mindestens vier Blockälteste, ein Koch und sogar ein SS-Mann. Doch sein bevorzugtes Betätigungsfeld ist der KB. In den KB hat Henri freien Zutritt; Doktor Citron und Doktor Weiss sind mehr als nur seine Beschützer, sie sind seine Freunde, sie nehmen ihn auf, wann immer er will und mit der Diagnose, die er will. Dies geschieht besonders, wenn Selektionen bevorstehen und in Perioden härtester Arbeit: um zu »überwintern«, wie er sich ausdrückt.

Da Henri über so bedeutende Freundschaften verfügt, ist es klar, daß er nur selten den dritten Weg, den des Diebstahls, gehen muß; im übrigen ist es verständlich, daß er sich über diesen Punkt nicht gern ausläßt.

Es ist sehr reizvoll, sich in ruhigen Augenblicken mit Henri zu unterhalten. Und förderlich dazu; denn es gibt nichts im Lager, was er nicht kennt und worüber er nicht schon in seiner scharfsinnigen und kohärenten Art nachgedacht hätte. Seine Eroberungen bezeichnet er mit vornehmer Bescheidenheit als belanglose Jagdbeute, doch er spricht gern und ausführlich über die Berechnungen, die ihn dazu geführt haben, sich an Hans heranzumachen, indem er ihn nach seinem Sohn an der Front fragte, und an Otto, indem er ihm die Narben wies, die er an den Schienbeinen hat.

Mit Henri zu sprechen, ist förderlich und reizvoll. Manchmal meint man sogar, bei ihm etwas von Wärme und Nähe zu spüren, und es scheint eine Gemeinsamkeit, vielleicht sogar eine Zuneigung möglich zu sein; man glaubt, den menschlichen, leidenden und bewußten Untergrund seiner nicht alltäglichen Persönlichkeit wahrzunehmen. Aber schon im nächsten Augenblick gefriert sein trauriges Lächeln zu einer eisigen, wie vor dem Spiegel einstudierten Grimasse. Dann empfiehlt er sich höflich (»...j'ai quelque chose à faire«, »...j'ai quelqu'un à voir«), und schon hat er sich wieder ganz seiner Jagd und seinem Kampf verschrieben: hart und unnahbar, verschlossen in seinem Panzer, ein Feind aller, unmenschlich schlau und unbegreiflich wie die Schlange in der Genesis.

Nach allen Unterhaltungen mit Henri, auch nach den herzlichsten, empfand ich stets einen leichten Nachgeschmack von Niederlage; und den ungewissen Verdacht, daß auch ich in irgendeiner Weise und unbemerkt nicht ein Mensch vor ihm gewesen sei, sondern ein Werkzeug in seiner Hand.

Heute weiß ich, daß Henri am Leben ist. Mir wäre viel daran gelegen, zu wissen, wie er als freier Mensch lebt, aber wiedersehen möchte ich ihn nicht.

Chemieprüfung

Das Kommando 98, das »Chemie-Kommando« hätte eine Abteilung von Spezialisten sein sollen.

Am Tag, da dessen Gründung offiziell bekanntgegeben wurde, sammelte sich auf dem Appellplatz ein elender Haufen von fünfzehn Häftlingen in der Morgendämmerung um den neuen Kapo. Die erste Enttäuschung: Schon wieder ein »Grünes Dreieck«, ein Berufsverbrecher; der »Arbeitsdienst« hatte es nicht für nötig befunden, zum Kapo des Chemie-Kommandos einen Chemiker zu bestimmen. Unsinnig, Worte an ihn zu verschwenden und Fragen zu stellen, er würde doch nicht antworten oder nur mit Gebrüll und mit Fußtritten. Andererseits wirkten sein nicht allzu robustes Aussehen und seine unterdurchschnittliche Körpergröße einigermaßen beruhigend.

Er hielt eine kurze Ansprache in ungereimtem Kasernendeutsch, was die Enttäuschung nur noch vertiefte. Das wären also die Chemiker: Schön, und er sei Alex, und wenn sie glaubten, sie seien jetzt im Paradies, dann hätten sie sich aber gewaltig geirrt. Zunächst werde das Kommando 98 bis zum Tag der Produktionsaufnahme nichts anderes sein als ein gewöhnliches Transportkommando für das Magnesiumchlorid-Magazin. Und schließlich, wenn sie dächten, »Intelligente« zu sein und ihn, Alex, einen Reichsdeutschen, auf die Schippe nehmen zu können, na, Herrgottsakrament, dann würde er es ihnen schon zeigen, er... (und mit geschlossener Faust und ausgestrecktem Zeigefinger fuhr er durch die Luft mit der typischen Drohgebärde der Deutschen); und überhaupt sollten sie sich ja nicht einbilden, jemand für dumm verkaufen zu können, falls sich da einer als Chemiker ausgegeben hätte und gar keiner sei; es gäbe eine Prüfung, jawohl, und zwar in den nächsten Tagen, eine Chemieprüfung vor einer Dreierkommission in der Polymerisations-Abteilung: Doktor Hagen, Doktor Probst und Doktor-Ingenieur Pannwitz.

Und damit, meine Herren, sei schon genug Zeit draufgegangen, die Kommandos 96 und 97 seien schon abmarschiert; vorwärts, marsch, und um keinen Zweifel zu lassen: wer nicht im Gleichschritt und in der Reihe marschiere, bekäme es mit ihm zu tun.

Er war ein Kapo wie jeder andere Kapo.

Beim Verlassen des Lagers marschiert man an der Musikkapelle und am SS-Zählposten in Fünferreihen vorbei, die Mütze in der Hand, die Arme regungslos herunterhängend und mit steifem Nacken, sprechen darf man nicht. Dann formiert man sich in Dreierreihen und kann auch versuchen, beim Geklapper der zehntausend Paar Holzpantinen einige Worte miteinander zu wechseln.

Wer sind diese meine Kameraden Chemiker? Neben mir geht Alberto, drittes Studienjahr, auch diesmal ist es uns gelungen, nicht getrennt zu werden. Den dritten zu meiner Linken habe ich noch nie gesehen, er scheint sehr jung zu sein, ist wachsbleich, hat die Nummer der Holländer. Auch die drei Rücken vor mir kenne ich nicht. Mich umzudrehen, ist gefährlich, ich könnte den Gleichschritt verlieren und stolpern; trotzdem versuche ich es ganz kurz, ich erkenne das Gesicht von Iss Clausner.

Solange man läuft, hat man keine Zeit zum Denken. Man muß aufpassen, daß man demjenigen, der vor einem humpelt, die Pantinen nicht wegtritt; und man muß ebenso aufpassen, daß man sie nicht selber von seinem Hintermann weggetreten bekommt. Ab und an gilt es, ein Kabel zu übersteigen oder eine glitschige Pfütze zu umgehen. Ich weiß, wo wir jetzt sind, hier bin ich schon mit meinem vorigen Kommando durchgekommen, das ist die H-Straße, die Straße der Magazine. Und ich sage es Alberto: Hier geht's wirklich zum Magnesiumchlorid, in der Beziehung wenigstens hat man uns kein Märchen erzählt.

Wir steigen in einen großen, feuchten, zugigen Keller hinab; das ist der Kommando-Raum, den man hier »Bude« nennt. Der Kapo teilt uns in drei Gruppen auf; vier von uns müssen die Säcke vom Waggon abladen, sieben müssen sie herunterschaffen und vier müssen sie im Magazin übereinanderschichten, nämlich Alberto, Iss, der Holländer und ich.

Endlich kann man reden, und jedem von uns kommt das, was Alex gesagt hat, wie der Traum eines Wahnsinnigen vor.

Mit diesen unseren hohlen Gesichtern, mit diesen unseren geschorenen Schädeln, in diesem unserm schändlichen Aufzug sollen wir eine Chemieprüfung machen! Selbstverständlich wird sie auf deutsch sein; und wir werden uns irgendeinem blonden, arischen Doktor zu stellen haben, in der Hoffnung, uns nicht schneuzen zu müssen, denn ihm wird kaum bekannt sein, daß wir kein Taschentuch besitzen, und wir werden es ihm gewiß nicht klarmachen können. Mit unserem ständigen Gefährten Hunger werden wir vor ihm erscheinen, und es wird schwer sein, mit unseren unsicheren Knien ruhig zu stehen, und bestimmt wird er diesen Geruch an uns wahrnehmen, der uns inzwischen vertraut ist, aber in den ersten Tagen dauernd verfolgte: Den Geruch von Rüben und Kohl, roh, gekocht und verdaut.

Das stimmt, meint Clausner. Demnach fehlt es den Deutschen so sehr an Chemikern? Oder ist es nur ein neuer Trick, eine neue Machenschaft, »pour faire chier les Juifs«? Ist ihnen denn überhaupt bewußt, was für eine groteske und absurde Bewährung da von uns gefordert wird, von uns, die wir schon nicht mehr am Leben sind, die wir in der elenden Erwartung des Nichts schon halb wahnsinnig sind?

Clausner zeigt mir den Boden seines Eßnapfs. Wo die andern ihre Nummern, Alberto und ich unsere Namen eingeritzt haben, steht bei ihm: »Ne pas chercher à comprendre«.

Obwohl wir täglich nicht länger als ein paar Minuten, und auch dann nur in merkwürdig unbeteiligter und oberflächlicher Art und Weise daran denken, wissen wir doch genau, daß wir am Ende in die Selektion kommen. Und ich weiß, daß ich nicht aus dem gleichen Holz bin wie diejenigen, die durchhalten, ich bin zu zivilisiert, denke noch zuviel, verbrauche mich bei der Arbeit. Doch jetzt weiß ich, daß ich mich retten kann, wenn ich Facharbeiter werde, und ich werde Facharbeiter, wenn ich eine Chemieprüfung bestehe.

Heute, an diesem wirklichen Heute, da ich an einem Tisch sitze und schreibe, bin ich mir selbst nicht sicher, ob das alles stattgefunden hat.

Drei Tage sind vergangen, drei der üblichen, vergessenen Tage, so lang, wenn sie vorübergehen, und so kurz, wenn sie vorbei sind; und alle haben es schon satt, noch an die Chemieprüfung zu glauben.

Das Kommando ist auf zwölf Mann zusammengeschmolzen. Drei sind in der dort gewohnten Weise verschwunden, vielleicht sind sie in der Baracke nebenan, vielleicht sind sie ausgelöscht aus der Welt. Von den zwölf sind fünf keine Chemiker; alle fünf haben Alex gleich darum ersucht, zu ihren früheren Kommandos zurückkehren zu dürfen. Natürlich bekamen sie Schläge, aber ganz unvermutet wurde von wer weiß was für einer Dienststelle entschieden, daß sie doch als Hilfskräfte beim Chemie-Kommando zu verbleiben hätten.

Dann ist Alex in den Chlormagnesium-Keller gekommen und hat uns sieben zur Prüfung abgeholt. Und nun gehen wir hinter ihm her wie sieben unbeholfene Küken hinter der Glucke, die Stiege zum Polymerisations-Büro hinauf. Da stehen wir auf dem Treppenabsatz, an der Tür ist ein Schild mit den drei wohlbekannten Namen. Alex klopft ehrfurchtsvoll, zieht die Mütze und tritt ein; man hört eine gelassene Stimme. Alex kommt wieder heraus: »Ruhe jetzt! Warten!«

Das freut uns. Wenn man wartet, vergeht die Zeit reibungslos, ohne daß man etwas tun muß, um sie voranzutreiben; aber wenn man arbeitet, empfindet man jede einzelne Minute als mühselig und muß sie mit Anstrengung hinter sich bringen. Wir sind immer froh, wenn wir warten können, und haben die Fähigkeit, stundenlang mit der gleichen vollkommenen, stumpfen Untätigkeit zu warten wie Spinnen in alten Netzen.

Alex ist nervös, er geht hin und her, und wir treten jedesmal zurück, wenn er vorbeikommt. Jeder auf seine Art, sind auch wir unruhig; ausgenommen Mendi. Mendi ist Rabbiner, er kommt aus der Karpato-Ukraine, jenem Völkergewirr, wo jeder mindestens drei Sprachen spricht, und Mendi spricht sieben. Er besitzt ein außerordentliches Wissen, ist nicht nur Rabbiner, sondern auch militanter Zionist und Sprachwissenschaftler, er war Partisan und hat den Doktor der Rechtswissenschaft; wenn er auch kein Chemiker ist, so will er es trotzdem versuchen. Ein kleiner, zäher, mutiger und kluger Mensch.

Bálla hat einen Bleistift, und alle belagern ihn. Wir wissen nicht recht, ob wir überhaupt noch imstande sind zu schreiben und möchten es gern versuchen.

Kohlenwasserstoffe, Massenwirkungsgesetz. Die deutschen Namen der Verbindungen und Gesetze tauchen wieder vor mir auf: Ich bin meinem Gedächtnis dankbar dafür, denn ich habe mich nicht mehr viel mit ihm abgegeben, und doch leistet es mir noch so gute Dienste.

Da kommt dieser Alex. Ich bin Chemiker: Was habe ich schon mit diesem Alex zu schaffen? Er pflanzt sich vor mir auf, zieht mir grob den Jackenkragen zurecht, holt mir die Mütze vom Kopf, stülpt sie wieder auf, tritt dann einen Schritt zurück, betrachtet das Resultat mit angewidertem Gesicht, wendet sich knurrend ab: »Was für ein verdammter Muselmann-Zugang!«

Nun ist die Tür aufgegangen. Die drei Doktoren haben beschlossen, daß am Vormittag sechs Kandidaten geprüft werden. Der siebente nicht. Ich bin der siebente, ich habe die höchste Nummer, ich muß zur Arbeit zurück. Erst am Nachmittag erscheint Alex und holt mich; so ein Pech, ich kann mich nicht einmal bei den andern erkundigen, »was für Fragen sie stellen«.

Jetzt ist es wirklich soweit. Auf der Stiege sieht mich Alex scheel an, er fühlt sich irgendwie für mein jämmerliches Aussehen verantwortlich. Er kann mich nicht leiden, weil ich Italiener bin, weil ich Jude bin und weil ich seinem feldwebelhaften Männlichkeitsideal am wenigsten von allen entspreche. Folglich, mag er auch nichts davon verstehen und auf diese seine Unwissenheit stolz sein, gibt er doch zu erkennen, welch abgrundtiefes Mißtrauen er zu meinen Fähigkeiten hat, die Prüfung zu bestehen.

Wir sind eingetreten. Nur Doktor Pannwitz ist anwesend. Alex, die Mütze in der Hand, informiert ihn halblaut: »... ein Italiener, erst drei Monate im Lager, schon halb kaputt... Er sagt, daß er Chemiker ist...« Er, Alex, scheint allerdings wenig darauf zu geben.

Alex wird kurz abgefertigt und zur Seite verwiesen, ich aber fühle mich wie Ödipus vor der Sphinx. Meine Gedanken sind klar, und ich bin mir auch bewußt, was in diesem Moment auf dem Spiel steht; trotzdem habe ich den unsinnigen Drang, zu verschwinden, mich vor der Bewährung zu drücken.

Pannwitz ist hochgewachsen, mager und blond; er hat Augen, Haare und Nase, wie alle Deutschen sie haben müssen, und er thront fürchterlich hinter einem wuchtigen Schreibtisch. Ich, Häftling 174 517, stehe in seinem Arbeitszimmer, einem richtigen Arbeitszimmer, klar, sauber und ordentlich, und mir ist, als müßte ich überall, wo ich hinkomme, Schmutzflecken hinterlassen.

Wie er mit Schreiben fertig ist, hebt er die Augen und sieht mich an.

Von Stund an habe ich oft und unter verschiedenen Aspekten an diesen Doktor Pannwitz denken müssen. Ich habe mich gefragt, was wohl im Innern dieses Menschen vorgegangen sein mag und womit er neben der Polymerisation und dem germanischen Bewußtsein seine Zeit ausfüllte; seit ich wieder ein freier Mensch bin, wünsche ich mir besonders, ihm noch einmal zu begegnen, nicht aus Rachsucht, sondern aus Neugierde auf die menschliche Seele. Denn dieser Blick wurde nicht zwischen zwei Menschen ausgetauscht. Könnte ich mir aber bis ins letzte die Eigenart jenes Blickes erklären, der wie durch die Glaswand des Aquariums zwischen zwei Lebewesen getauscht wurde, die verschiedene Elemente bewohnen, so hätte ich damit auch das Wesen des großen Wahnsinns im Dritten Reich erklärt.

Was wir alle über die Deutschen dachten und sagten, war in dem Augenblick unvermittelt zu spüren. Der jene blauen Augen und gepflegten Hände beherrschende Verstand sprach: »Dieses Dingsda von mir gehört einer Spezies an, die auszurotten selbstverständlich zweckmäßig ist. In diesem besonderen Fall gilt es, festzustellen, ob nicht ein verwertbarer Faktor in ihm vorhanden ist.« Und in meinem Kopf, gleich Kernen in einem hohlen Kürbis: »Die blauen Augen und blonden Haare sind von Grund auf böse. Jede Verständigung ist ausgeschlossen. Ich bin spezialisiert in Bergbau-Chemie. Ich bin spezialisiert in organischen Synthesen. Ich bin spezialisiert ...«

Und es begann das Verhör, während Alex, das dritte zoologische Exemplar, in seiner Ecke gähnend die Zähne bleckte.

»Wo sind Sie geboren?« Er redet mich mit Sie an; Doktor Ingenieur Pannwitz hat keinen Sinn für Humor. Ich verfluche ihn innerlich, denn er macht nicht die geringste Anstrengung, ein einigermaßen verständliches Deutsch zu sprechen.

»Ich habe 1941 in Turin meinen Doktor mit summa cum laude gemacht.« Während ich dies sage, habe ich das sichere Empfinden, daß man mir nicht glaubt; eigentlich glaube ich es selber nicht, man braucht nur meine schmutzigen, wunden Hände und meine dreckstarrenden Hosen zu betrachten, die Hosen eines Zwangsarbeiters. Und doch kann gerade in diesem Moment über meine Identität mit demjenigen, der in Turin promoviert hat, kein Zweifel bestehen, denn der Gedächtnisvorrat an organischer Chemie ist trotz des langen Brachliegens unerwartet prompt verfügbar; außerdem kenne ich ja so gut diesen Wachrausch, diese Erregung, die ich heiß in allen Adern spüre, es ist das Examensfieber, mein Examensfieber, die spontane Mobilisierung aller logischen Fähigkeiten und Kenntnisse, um die mich meine Kameraden immer beneideten.

Die Prüfung geht gut voran. Je mehr ich es merke, desto mehr scheine ich zu wachsen. Jetzt fragt er mich nach meiner Dissertation. Ich muß eine heftige Anstrengung machen, um diese Kette so weit zurückliegender Erinnerungen wachzurufen: als versuchte ich, mich an Dinge aus einem früheren Leben zu erinnern.

Ein guter Geist beschützt mich. Dieser blonde Arier mit gesicherter Existenz interessiert sich ganz besonders für meine armen alten »Messungen dielektrischer Konstanten«. Er fragt mich, ob ich Englisch verstünde, zeigt mir den Text von Gattermann; auch das ist absurd und unwahrscheinlich, daß hier unten, auf der anderen Seite des Stacheldrahts, ein Gattermann existiert, der genauso aussieht wie derjenige, den ich in Italien im vierten Studienjahr zu Hause studiert habe.

Jetzt ist es zu Ende. Die Erregung, die mich während der ganzen Prüfung aufrechtgehalten hatte, ist mit einem Schlag vorüber, und benommen, wortlos starre ich auf die hellhäutige Hand, die in unverständlichen Zeichen mein Schicksal auf ein weißes Blatt niederschreibt.

»Los, ab!« Alex erscheint wieder auf der Bildfläche, ich bin von neuem in seiner Gewalt. Er verabschiedet sich mit Hackenknallen von Pannwitz und erntet dafür kaum ein Senken der Wimpern. Ich suche noch nach einer geeigneten Abschiedsformel. Vergeblich. Auf deutsch kann ich essen, arbeiten, stehlen und sterben sagen; ich kann auch Schwefelsäure, Luftdruck und Kurzwellensender sagen, aber ich habe keine Ahnung, wie man sich von einer Respektsperson zu verabschieden hat.

Jetzt sind wir wieder auf der Treppe. Alex saust die Stufen hinunter; er hat Lederschuhe, weil er kein Jude ist, und er ist schnellfüßig wie die Teufel von Malebolge. Unten dreht er sich um und sieht mich düster an, während ich unbeholfen und lärmend in meinen ungleichen, übergroßen Pantinen hinabsteige und mich dabei wie ein alter Mann am Geländer festhalte.

Allem Anschein nach ist es gutgegangen, aber es wäre sinnlos, sich darauf zu verlassen. Ich kenne das Lager schon gut genug, um zu wissen, daß man nie Prognosen stellen darf, insbesondere keine optimistischen. Fest steht lediglich, daß ich einen Tag ohne Arbeit hinter mich gebracht habe und deshalb heute abend etwas weniger Hunger spüren werde; und das ist ein konkreter Vorteil, den mir keiner nehmen kann.

Um zur »Bude« zurückzukehren, muß man einen Platz voller Stapel von Balken und Eisengestänge überqueren. Das Stahlkabel einer Hebewinde versperrt den Weg, Alex faßt es an, um darüberzusteigen. Donnerwetter!, jetzt sieht er seine Hand an, die ganz schwarz ist von klebrigem Schmierfett. Inzwischen habe ich ihn eingeholt: Ohne Haß und ohne Hohn wischt er seine Hand, innen und außen, an meiner Schulter ab. Und er wäre sehr erstaunt, der unschuldige Rohling Alex, wenn ihm jemand sagen würde, daß ich ihn heute nach dieser seiner Geste einschätze, ihn und Pannwitz und all die Unzähligen, die ihm gleichen, die Großen und Kleinen, in Auschwitz und überall.

Der Gesang des Odysseus

Zu sechst scheuerten und putzen wir das Innere eines in die Erde eingelassenen Tanks; nur durch die kleine Eintrittsöffnung erreicht uns das Tageslicht. Eine wahre Luxusarbeit, denn wir werden von niemandem kontrolliert. Aber kalt ist es und feucht. Der Roststaub brennt unter den Lidern, verkleistert Hals und Mund, schmeckt beinahe wie Blut.

Die von der Luke herunterhängende Strickleiter bewegt sich; es kommt jemand. Deutsch drückt die Zigarette aus, Goldner weckt Sivadjan und wir alle kratzen wieder heftig an der tönenden Blechwand.

Es ist nicht der Vorarbeiter, nur Jean, der Pikkolo unseres Kommandos. Ein Elsässer ist er, ein Student; und obwohl schon vierundzwanzig Jahre alt, ist er doch der jüngste Häftling vom Chemie-Kommando. Darum erhielt er das Amt des Pikkolo, des Boten und Schreibers, der die Baracke reinigen, das Arbeitsgerät ausgeben, die Eßnäpfe auswaschen und über die Arbeitsstunden des Kommandos Buch führen muß.

Jean spricht fließend Französisch und Deutsch. Sowie seine Schuhe auf der obersten Leitersprosse zu erkennen sind, hören alle auf zu scheuern: »Na, Pikkolo, was gibt's Neues?« »Qu'est-ce qu'il y a comme soupe aujourd'hui?« ... Wie der Kapo gelaunt ist? Ob Stern die fünfundzwanzig Peitschenhiebe bekommen hat? Was für ein Wetter draußen ist? Ob er die Zeitung gelesen hat? Wonach es in der Zivilistenküche riecht? Wie spät es ist?

Jean ist beim Kommando sehr beliebt. Nun stellt das Amt eines Pikkolo schon einen ziemlich hohen Grad in der Rangordnung der Prominenzen dar; der Pikkolo (für gewöhnlich nicht älter als siebzehn) leistet keine körperlichen Arbeiten, darf über den Grund des Essenkübels verfügen und kann den ganzen Tag neben dem Ofen zubringen: »darum« hat er Anspruch auf eine zusätzliche halbe Ration und alle Aussichten, Freund und Vertrauter des Kapos zu werden, dessen abgelegte Klamotten und Schuhe ihm offiziell zustehen. Und Jean ist ein außergewöhnlicher Pikkolo, schlau und robust, doch von guter und freundlicher Gemütsart. Obwohl er zäh und mutig seinen eigenen, geheimen Kampf gegen Lager und Tod führt, unterläßt er es darum nicht, auch mit weniger privilegierten Kameraden wie mit Menschen zu verkehren; andererseits hat er sich durch seine Geschicklichkeit und Zielstrebigkeit das Vertrauen des Kapos Alex sichern können.

Alex hat alle Erwartungen erfüllt. Er hat sich als brutales, perfides und mit lückenloser Ignoranz und Dummheit gepanzertes Subjekt erwiesen, unbeschadet seines Spürsinns und seiner erprobten Technik eines erfahrenen Schinders. Er benutzt jede Gelegenheit, um sich seines reinrassigen Bluts und seines grünen Dreiecks zu brüsten. Den zerlumpten, ausgehungerten Chemikern begegnet er mit betont hochnäsiger Verachtung: »Ihr Doktoren! Ihr Intelligenten!« feixt er jeden Tag, wenn er sie mit vorgestreckten Näpfen zur Essensausgabe drängen sieht. Den zivilen Meistern gegenüber ist er äußerst gefügig und servil, und mit der SS verbindet ihn innige Freundschaft.

Offensichtliche Verlegenheit bereitet ihm die Kommandoliste und der tägliche kleine Bericht über die Arbeitsleistungen; das hat Jean ausgenutzt, um sich ihm unentbehrlich zu machen. Es ist ein langsames, behutsames und listiges Werk gewesen, das vom ganzen Kommando einen Monat lang mit angehaltenem Atem verfolgt wurde; schließlich ergab sich die Festung, und der Pikkolo wurde zur Zufriedenheit aller Beteiligten in seinem Amt bestätigt. Jean hat seine Stellung nie mißbraucht, und wir haben sogar die Erfahrung gemacht, daß sein Wort, im rechten Ton und Augenblick gesprochen, sehr viel vermag; verschiedene Male schon hat er einen von uns vor der Peitsche oder einer Meldung bei der SS bewahren können. Seit einer Woche sind wir Freunde; wir haben uns während eines Fliegeralarms gefunden, aber dann, im grausamen Rhythmus des Lagerlebens, reichte es nur immer zu einem flüchtigen Gruß in den Latrinen oder im Waschraum.

Er hält sich mit einer Hand an der schwankenden Leiter und weist mit der anderen auf mich: »Aujourd'hui c'est Primo qui viendra avec moi chercher la soupe.«

Bis gestern war Stern damit betraut, der schielende Siebenbürger; aber wegen eines Besendiebstahls im Magazin steht er jetzt in Ungnade, und der Pikkolo konnte mich als Gehilfen fürs Essenholen vorschlagen.

Er klettert wieder hinaus; ich folge ihm und muß, von der Helle des Tageslichts geblendet, die Augen zukneifen. Es ist mild draußen, die Sonne löst vom fettigen Boden einen schwachen Geruch nach Farbe und Teer, der mich irgendwie an einen sommerlichen Strand meiner Kindheit erinnert. Jean übergibt mir eine der beiden Stangen, und unter einem wolkenlosen Junihimmel machen wir uns auf den Weg.

Ich will mich bei ihm bedanken, aber er wehrt ab, nicht

nötig. Man sieht die schneebedeckten Karpaten. Ich atme die frische Luft, fühle mich ungewohnt leicht.

»Tu es fou de marcher si vite. On a le temps, tu sais.«

Wir haben einen Kilometer zu laufen und müssen dann, mit dem fünfzig Kilo schweren Kessel an den Stangen, wieder zurück. Eine recht beschwerliche Angelegenheit; aber der Hinweg ohne Last ist angenehm und die Gelegenheit, zu den Küchen zu kommen, stets begehrt.

Wir gehen langsamer. Der Pikkolo kennt sich aus und hat es vorsorglich so eingerichtet, daß wir einen langen Umweg machen und mindestens eine Stunde zu laufen haben, ohne Verdacht zu erregen. Wir reden von zu Hause, von Straßburg und Turin, von unseren Büchern, unseren Studien; unseren Müttern: Wie sich alle Mütter gleichen! Auch seine Mutter machte ihm dauernd Vorhaltungen, weil er nie wußte, wieviel Geld er in der Tasche hatte; auch seine Mutter könnte es kaum fassen, wenn sie erführe, daß er es überstanden hat, tagtäglich von neuem übersteht.

Ein SS-Mann kommt auf dem Fahrrad an. Es ist Rudi, der Blockführer. Halt, strammstehen, Mütze ab. »Sale brute, celui-là. Ein ganz gemeiner Hund!« Ist es für ihn denn einerlei, ob er französisch spricht oder deutsch? Ja, es ist einerlei, er denkt auch in beiden Sprachen. Er war einmal einen Monat in Ligurien; Italien gefällt ihm, er möchte Italienisch lernen. Ich würde es ihm gern beibringen. Können wir das nicht machen? Natürlich können wir. Am besten gleich; was auch immer getan wird, es kommt jetzt darauf an, keine Zeit zu verlieren, diese Stunde nicht zu vergeuden.

Limentani, der Römer, schlurft auf uns zu, einen Eßnapf unter der Jacke versteckt. Jean hört angespannt zu, merkt sich ein paar Wörter aus unserm Gespräch, wiederholt sie lachend: »Zup-pa, cam-po, ac-qua.«

Frenkel, der Spion, kommt daher. Rascher gehen, man kann nie wissen, der tut Böses um des Bösen willen.

... Der Gesang des Odysseus. Wer weiß, wie und weshalb er mir in den Sinn gekommen ist. Aber wir haben jetzt keine Zeit, lange zu suchen, diese Stunde ist schon keine Stunde mehr. Wenn Jean intelligent ist, wird er begreifen. Bestimmt wird er begreifen: Heute traue ich mir alles zu.

... Wer Dante ist, was die Göttliche Komödie ist.... Wie seltsam neu einem dies alles erscheint, wenn man sich bemüht, die Göttliche Komödie kurz zu erklären; wie die Hölle aufgeteilt ist, was es mit der Vergeltung auf sich hat. Virgil ist die Vernunft, Beatrice die Theologie. Jean paßt genau auf; und ich beginne, langsam und deutlich:

Der uralten Flamme größte Lohe
Begann nun, sich zu schütteln und zu rauschen,
Als ob der Wind mit ihr sein Wesen triebe;
Dann ließ sie hin und her die Spitze gehen,
Wie eine Zung, die sich zum Reden schickt,
Erhob die Stimme nun und sprach: Dieweilen
Lo maggior corno della fiamma antica
Cominciò a crollarsi mormorando,
Pur come quella cui vento affatica.
Indi, la cima in qua e in lá menando
Come fosse la lingua che parlasse
Mise fuori la voce, e disse: Quando

Hier halte ich ein und versuche zu übersetzen. Fürchterlich: Armer Dante und armes Französisch! Aber das Unterfangen scheint aussichtsreich zu sein; Jean bewundert die merkwürdige Gleichartigkeit von Flamme und Zunge und nennt mir den angemessenen französischen Ausdruck für »antica«.

Und nach »Quando«? Nichts. Eine Lücke im Gedächtnis. »Bevor Aeneas den Namen ihr gesetzt. – *Prima che si Enea la nominasse.*« Wieder eine Lücke. Einige unbrauchbare Fragmente tauchen auf: »... Erbarmen für den alten Vater, noch die Liebe zu Penelope, die glücklich sollt' sie machen. – ... *la piéta Del vecchio padre, né 'l debito amore Che doveva Penelope far lieta ...*« Ob es auch stimmt?

Auf die hohe, offne See ich mich begab.
Ma misi me per l'alto mare aperto.

Ja, hier bin ich ganz sicher, das kann ich Jean erklären, kann ihm auseinandersetzen, warum »misi me« nicht dasselbe ist wie »je me mis«, daß es viel stärker und viel wagemutiger ist, eine zersprengte Fessel, ein Sichhinüberwerfen auf die andere Seite der Barriere, wie gut wir doch diesen Drang kennen. Die hohe, offne See: der Pikkolo ist auf dem Meer gefahren und weiß, was es bedeutet, wenn sich der Horizont in sich selber schließt, frei, gradlinig und einfach, und dann nichts mehr als Meeresgeruch da ist; süße, grausam entrückte Dinge.

Wir haben das Kraftwerk erreicht, wo das Kommando der Kabelleger arbeitet. Hier muß Ingenieur Levi sein. Jetzt sieht man seinen Kopf über dem Grabenrand. Er winkt mir zu, ein prächtiger Kerl ist er, ich habe ihn noch nie mutlos gesehen, nie spricht er vom Essen.

»Offne See. – Mare aperto.« Ich weiß, daß es sich mit »diserto« reimt: »... wenigen Gefährten, Doch von denen nimmer ich verlassen ward – *quella compagna Picciola, dalla qual non fui diserto*«, aber ich weiß nicht mehr, ob es vorher oder nachher kommt. Und auch die Fahrt, die verwegne Fahrt über die Säulen des Herkules hinaus, was für ein Jammer, ich muß sie in Prosa wiedergeben: ein Sakrileg. Einen Vers nur habe ich gerettet, doch er verdient es, daß man bei ihm verharrt:

> Damit der Mensch nicht weiter sich begebe.
> *Acciò che l'uom più oltre non si metta.*

»Si metta.« Mußte ich erst ins Lager kommen, um zu erkennen, daß es derselbe Ausdruck ist wie vorhin: »e misi me«? Aber Jean sage ich es nicht, ich bin nicht ganz sicher, ob diese Feststellung wichtig ist. So vieles gäbe es noch zu sagen; die Sonne steht schon hoch, und bald ist Mittag. Ich habe es eilig, ich habe es furchtbar eilig.

Jetzt merk auf, Pikkolo, öffne die Ohren und den Verstand, es kommt mir so darauf an, daß du begreifst:

> Bedenket, welchem Samen ihr entsprossen:
> Man schuf euch nicht, zu leben wie die Tiere,
> Nach Tugend und nach Wissen sollt ihr trachten.
> *Considerate la vostra semenza:*
> *Fatti non foste a viver come bruti,*
> *Ma per seguir virtute e conoscenza.*

Als hörte ich das selbst zum erstenmal: wie ein Posaunenstoß, wie Gottes Stimme. Einen Augenblick lang vergesse ich, wer ich bin und wo ich mich befinde.

Jean möchte, daß ich es wiederhole. Wie anständig er ist; er hat gemerkt, daß es mir guttut. Oder vielleicht ist es noch mehr, vielleicht hat er trotz der unzulänglichen Übersetzung, trotz des unbeholfnen, hastigen Kommentars die Botschaft empfangen, hat erfaßt, daß sie ihn angeht und alle Menschen in Bedrängnis, besonders uns hier; daß sie uns beide angeht, die wir wagen, uns Gedanken über diese Dinge zu machen, mit den Suppenstangen auf den Schultern.

Und so verlangend macht' ich die Gefährten
Li miei compagni fec'io sí acuti

Vergeblich mühe ich mich, zu erklären, was dieses »acuti« alles heißt. Schon wieder eine Lücke, die Stelle ist endgültig verloren. »...Das Licht, das unterm Mond geschienen hatte – *Lo lume era di sotto della luna*« oder so ähnlich. Aber vorher? ... »Keine Ahnung«, wie man hier sagt. Möge mir Jean verzeihen, ich habe mindestens vier Terzinen vergessen. »*Ça ne fait rien, vas-y tout de même.*«

Als ein Gebirg ich sah in weiter Ferne,
Dämmergrau; und so gewaltig kam's mir vor
Wie keines noch ich je gesehen hatte
Quando mi apparve una montagna, bruna
Per la distanza, e parvemi alta tanto
Che mai veduta non ne avevo alcuna.

Ja, »alta tanto«, nicht »molto alta«, ein Konsekutivsatz ist das. Und das Gebirge, wenn man es aus der Ferne sieht... das Gebirge... o Pikkolo, Pikkolo! Sag doch etwas, rede, laß mich nicht an meine Berge denken, die in der Abenddämmerung erschienen, wenn ich mit der Bahn von Mailand nach Turin zurückfuhr!

Genug damit, ich muß weitermachen, diese Dinge denkt man, aber man spricht sie nicht aus. Der Pikkolo sieht mich erwartungsvoll an.

Meine Suppe von heute gäbe ich drum, wenn ich den Übergang von »non ne avevo alcuna« zum Ende finden könnte. Ich mache die größten Anstrengungen, das Fehlende mit Hilfe der Reime zu rekonstruieren, schließe die Augen, beiße mir in die Finger: alles vergebens, der Rest ist Schweigen. Andere Verse spuken mir im Kopf herum:

»... Aus der tränenreichen Erde stieg ein Wind – *La terra lagrimosa diede vento*...«, nein, das hat gar nichts damit zu tun. Aber es ist spät geworden, spät, wir sind schon vor der Küche, ich muß zum Schluß kommen:

Dreimal im Kreis mit allen Wassern rollte:
Beim vierten riß er hoch das Heck, den Bug er
Tauchte, wie eine andre Macht es wollte
Tre volte il fe' girar con tutte l'acque:
Alla quarta levar la poppa in suso
E la prora ire in giù, come altrui piacque

Ich halte Jean zurück, es ist so wichtig und dringend, daß er jetzt zuhört, daß er dieses »come altrui piacque« versteht, ehe es zu spät ist, denn morgen schon kann er oder ich tot sein; vielleicht sehen wir uns auch nie wieder, ich muß ihm vom Mittelalter Bericht und Erklärung geben, von dem so menschlichen, so notwendigen und doch unerwarteten Anachronismus dieses Verses, und da ist noch etwas anderes, Gigantisches, was ich in der Intuition eines Augenblicks eben erst erkannt habe, vielleicht das Warum unseres Schicksals, unseres heutigen Hierseins...

Nun stehen wir an der Suppenausgabe, in dem stumpfen, zerlumpten Haufen von Suppenträgern der anderen Kommandos. Die neu Hinzugekommenen stauen sich hinter uns. Kohl und Rüben? Es wird offiziell bekanntgegeben, daß die Suppe heute aus »Kohl und Rüben« besteht: »choux et navets«, »kaposzta és répak«.

Bis über uns geschlossen ward das Meer.
Infin che'l mar fu sopra noi rinchiuso.

Der Sommer

Das ganze Frühjahr hindurch sind Transporte aus Ungarn gekommen. Jeder zweite Häftling ist ein Ungar; Ungarisch ist jetzt neben Jiddisch die zweite Lagersprache.

Im August 1944 gehören wir, die wir fünf Monate vorher eingetroffen sind, bereits zu den Alten. Und als Alte wundern wir vom Kommando 98 uns gar nicht, daß die Versprechungen, die man uns gemacht, und die Chemieprüfung, die wir bestanden, zu nichts geführt haben; wir empfinden darüber weder Erstaunen noch besondere Enttäuschung. Im Grunde haben wir alle eine gewisse Angst vor Veränderungen. »Ändert sich was, dann bestimmt zum Schlechten«, lautet eine der Lagerweisheiten. Schließlich haben wir schon unzählige Male erfahren, wie müßig es ist, irgendwelche Prognosen zu stellen. Weshalb sich also den Kopf über die Zukunft zerbrechen, wenn doch keine unserer Handlungen, keines unserer Worte sie auch nur im geringsten zu beeinflussen vermögen? Ja, alte Häftlinge sind wir, und unsere Weisheit ist: »nicht zu begreifen suchen«, sich kein Bild von der Zukunft zu machen, sich nicht damit abzuquälen, wie und wann alles ein Ende nehmen wird; nichts zu fragen, auch sich selbst nichts zu fragen.

Wir bewahren noch die Erinnerungen aus unserem vorigen Leben, aber sie sind nebelhaft und fern und daher voller Süße und Traurigkeit, wie die Erinnerung an die früheste Jugend und an alles, was vorbei ist; andererseits steht für jeden von uns der Augenblick der Ankunft im Lager am Anfang einer Reihe völlig anders gearteter Erinnerungen: nah und hart, ständig vom gegenwärtigen Erleben bekräftigt, gleich Wunden, die jeden Tag neu aufbrechen.

Die Nachrichten, die wir am Bauplatz über die alliierte Landung in der Normandie, die russische Offensive und das gescheiterte Attentat auf Hitler erhielten, haben immer wieder eine Flut trügerischer Hoffnungen hervorgerufen. Jeder spürt, wie Tag um Tag die Kräfte abnehmen, wie der Lebenswille schwindet, der Verstand sich umnebelt; die Normandie und Rußland sind so weit, der Winter ist nah; konkret sind Hunger und Trostlosigkeit, alles übrige ist irreal; und darum scheint es unmöglich, daß es jenseits dieser unserer Welt in Dreck und Morast, jenseits unserer unfruchtbaren, stagnierenden Zeit, deren Ende wir uns nun gar nicht mehr vorzustellen vermögen, noch eine andere Welt und eine andere Zeit gibt.

Für lebende Menschen haben die Zeiteinheiten stets einen Wert, der um so größer ist, je mehr innere Reserven derjenige besitzt, der sie durchläuft; für uns dagegen sinken Stunden, Tage und Monate trübe aus der Zukunft in die Vergangenheit hinab, viel zu langsam, eine häßliche, überflüssige Materie, der wir uns so schnell wie möglich zu entledigen suchen. Abgeschlossen ist die Zeit, da die Tage, lebendig, kostbar und unwiederbringlich, einander jagten, und die Zukunft steht grau und massig vor uns wie ein unbezwingbares Hindernis.

Für uns ist die Geschichte stehengeblieben.

Doch im August beginnen die Bombardierungen Oberschlesiens, die sich in unregelmäßigen Abständen durch den ganzen Sommer und Herbst bis zur definitiven Krise hinziehen.

In Buna wird die monströse Gemeinschaftsarbeit plötzlich unterbrochen, artet in ungeregelte, hektische, krankhafte Aktivität aus. Der Tag, an dem die Produktion des synthetischen Gummis hätte anlaufen sollen – im August schien es soweit zu sein –, wird immer wieder hinausgeschoben, und schließlich sprechen sogar die Deutschen nicht mehr davon.

Jede konstruktive Arbeit hört auf; das Potential der unermeßlichen Sklavenherde wird anderswo eingesetzt, und diese zeigt von Tag zu Tag mehr Aufsässigkeit und passive Feindschaft. Nach jedem Luftangriff sind neue Schäden zu reparieren; die empfindlichen, erst vor wenigen Tagen betriebsfertig gemachten Maschinen müssen demontiert und fortgeschafft werden; in überstürzter Eile müssen Schutzräume gebaut und Schutzmaßnahmen getroffen werden, die sich bei der nächsten Belastungsprobe als lächerlich, sinnlos und nichtig erweisen.

Wir haben geglaubt, alles sei leichter zu ertragen als die Monotonie der immer gleichen und zähen langen Tage, als der systematische und geregelte Trübsinn von Buna im Aufbau; aber wir werden eines Besseren belehrt, als nun Buna rings um uns in Stücke fällt, wie getroffen von einem Fluch, den auch wir auf uns lasten fühlen. Wir schwitzen in Staub und glühenden Trümmern, beben wie Tiere, auf die Erde gepreßt unter dem Wüten der Flugzeuge; abends kehren wir dann, zerbrochen von der Mühe und ausgedörrt vom Durst, ins Lager zurück, an den langen und windigen Abenden des polnischen Sommers; und im Lager finden wir das Unterste zuoberst gekehrt, kein Wasser zum Trinken oder Waschen, keine Suppe für die ausgelaugten Adern, kein Licht, um sein Stück Brot vor dem Hunger des andern zu schützen und morgens Schuhe und Kleidung in der finsteren, schreienden Höllengrube des Blocks wiederzufinden.

In Buna reagieren die deutschen Zivilisten mit der Wut des selbstsicheren Menschen, der aus langem Herrschertraum erwacht ist, nun seinen Untergang vor Augen sieht und nicht fassen kann. Auch die Reichsdeutschen im Lager, die Politischen inbegriffen, spüren in der Stunde der Gefahr wieder die Verbundenheit mit Blut und Boden. Dieser neue Umstand bringt die Verwirrung von Haß und Unverständnis auf ihre elementarste Form zurück, bewirkt eine nochmalige Scheidung der beiden Lager: Die Politischen, nicht anders als die grünen Dreiecke und die SS, erkennen – zu Recht oder Unrecht – auf jedem unserer Gesichter die Schadenfreude und die böse Lust der Rache. Darin sind sie sich einig, und ihr Wüten verdoppelt sich.

Kein Deutscher kann jetzt vergessen, daß wir auf der anderen Seite stehen: auf der Seite der furchtbaren Säleute von oben, die, jeder Absperrung zum Trotz, den deutschen Himmel als Herren durchfurchen, die das stählerne Leben ihrer Werke zerbrechen, die Tag um Tag die Vernichtung bis in ihre Häuser tragen, in die nie zuvor geschändeten Häuser des deutschen Volkes.

Wir selbst aber sind schon zu zerstört, um wirklich Furcht zu haben. Die wenigen, die noch richtig urteilen und richtig empfinden können, holen sich aus den Luftangriffen neue Kraft und neue Hoffnung; diejenigen, die infolge des Hungers noch nicht in absolute Passivität verfallen sind, machen sich die Augenblicke der allgemeinen Panik oft zunutze, um doppelt waghalsige Expeditionen (abgesehen von der unmittelbaren Bedrohung durch die Luftangriffe, wurde in Ausnahmezeiten begangener Diebstahl mit dem Tod durch Erhängen bestraft) in die Werksküche und die Magazine durchzuführen. Doch die Mehrzahl nimmt die neue Gefahr und die neuen Beschwerden mit unveränderter Gleichgültigkeit hin: Keine bewußte Resignation ist das, sondern die trübe Abgestumpftheit von Tieren, die man durch Prügel fügsam machte und denen Schläge nicht mehr weh tun.

Wir dürfen nicht in die Bunker. Wenn die Erde zu beben anfängt, schleppen wir uns, hinkend und benommen, durch die ätzenden Rauchschwaden der Nebelwerfer bis auf das ausgedehnte, unbebaute, verschmutzte, unfruchtbare Land, das sich noch im Buna-Gürtel befindet; dort liegen wir dann unbeweglich, übereinandergeschichtet wie Tote, immerhin noch empfänglich für das augenblickliche Wonnegefühl der ruhenden Glieder. Mit ausdruckslosen Augen sehen wir, wie rings um uns Rauch- und Feuersäulen emporsteigen; in den kurzen Zwischenpausen, in denen man das leise, unheilvolle Dröhnen vernimmt, das jedem Europäer bekannt ist, suchen wir auf der hundertmal zertrampelten Erde nach verkümmertem Löwenzahn und kärglicher Kamille, kauen sie langsam und schweigend.

Wenn der Alarm zu Ende ist, schlurfen wir von überall her auf unsere Plätze zurück, stumme, unzählbare Herde, gewöhnt an den Zorn der Menschen und Dinge; dann nehmen wir unsere Arbeit, die stets gehaßte und nunmehr ganz offenbar zwecklose und unsinnige Arbeit wieder auf.

In dieser Welt, die jeden Tag heftiger von den Zuckungen des nahenden Endes geschüttelt wird, mitten in neuen Ängsten, neuen Hoffnungen und einer zeitweilig noch verschärften Sklaverei geschieht es, daß ich Lorenzo begegne. Die Geschichte meiner Beziehung zu Lorenzo ist lang und kurz, einfach und rätselhaft zugleich; Geschichte einer Zeit und eines Zustands, die nunmehr aus jeder Realität getilgt sind. Und darum glaube ich auch, sie kann heute nicht anders verstanden werden als die Begebenheiten der Legende und ältesten Geschichte.

Es gibt wenig Konkretes darüber zu sagen: Ein italienischer Zivilarbeiter bringt mir ein Stück Brot und die Reste seines Essens, sechs Monate lang, Tag für Tag; er schenkt mir ein Unterhemd voller Flicken; er schreibt für mich eine Postkarte nach Italien und verschafft mir die Antwort. Dafür verlangt er keine Belohnung und will auch keine nehmen, denn er ist gut und einfach und glaubt nicht, daß man Gutes um der Belohnung willen tun soll.

Nun möge man nicht denken, daß dies wenig sei. Zwar bin ich nicht der einzige; wie schon gesagt, haben etliche von uns Beziehungen zu Zivilisten und nutzen sie, um überleben zu können, aber das sind Beziehungen anderer Natur. Unsere Kameraden sprechen darüber in der gleichen geheimnisvollen, zweideutigen Art wie Lebemänner über ihre Beziehungen zu Frauen: Abenteuer, auf die man zu Recht stolz sein kann und um die man beneidet sein will, die sich aber, selbst für ganz ehrfurchtslose Gemüter, immer hart am Rande des Erlaubten und Anständigen bewegen; darum wäre es weder korrekt noch schicklich, mit allzuviel Genugtuung darüber zu reden. Also erzählen die Häftlinge von ihren zivilen »Gönnern« und »Freunden« mit betonter Diskretion und ohne Namen zu nennen, um sie nicht zu kompromittieren und vor allem, um sich keine unerwünschten Nebenbuhler zu schaffen. Besonders Ausgekochte, professionelle Verführer wie Henri, sprechen überhaupt nicht darüber; sie umgeben ihre Erfolge mit einem Nimbus geheimnisvoller Zweideutigkeit, beschränken sich auf Bemerkungen und Anspielungen, die dazu angetan sind, bei den Zuhörern die unklare und beunruhigende Vorstellung zu erwecken, als genössen sie das Wohlwollen unbeschreiblich einflußreicher und großzügiger Zivilisten. Dies alles geschieht zu einem ganz bestimmten Zweck: Wie schon an anderer Stelle berichtet, ist der Schein des Glücks von entscheidendem Vorteil für denjenigen, der ihn sich zu geben weiß.

Der Ruf eines Verführers, eines »Organisierers«, bewirkte gleichzeitig Neid, Hohn, Verachtung und Bewunderung. Wer sich sehen läßt, während er »organisierte« Dinge ißt, wird sehr übel beurteilt, denn das ist ein schwerer Verstoß gegen Schamgefühl und Takt, ganz zu schweigen davon, daß es töricht ist. Es wäre ebenso dumm und impertinent, zu fragen: »Wer hat dir das gegeben? Wo hast du das her? Wie hast du das gemacht?« Nur die Hohen Nummern, die Törichten, Unnützen, Schutzlosen, die von den Lagergesetzen nichts wissen, stellen solche Fragen; darauf antwortet man gar nicht oder sagt: »Verschwinde, Mensch! Hau ab! Uciekaj! Schieß in den Wind! Va chier!«, also eines der zahllosen Synonyme, an denen der Lagerjargon keinen Mangel hat.

Manch einer spezialisiert sich auf komplizierte, beharrlich durchgeführte Spionageunternehmungen, um herauszufinden, mit welchen Zivilisten oder mit welcher Gruppe von Zivilisten ein anderer in Verbindung steht, und versucht dann auf verschiedene Weise, diesen zu verdrängen. Daraus ergeben sich nicht enden wollende Prioritätsstreitigkeiten, die für den Unterlegenen besonders bitter sind, weil ein schon »angezapfter« Zivilist fast immer ertragreicher, vor allen Dingen aber verläßlicher ist als einer, der zum erstenmal Kontakt mit uns aufnimmt. Jener ist erwiesenermaßen mehr wert, aus technischen und gefühlsmäßigen Gründen: Ihm sind die Grundprinzipien des »Organisierens« mitsamt seinen Regeln und Gefahren schon vertraut, und außerdem hat er bewiesen, daß er imstande ist, die Kastentrennung zu überwinden.

Für die Zivilisten sind wir in der Tat Unberührbare. Sie glauben – mehr oder weniger unverhüllt und mit allen Nuancen von Verachtung und Mitleid –, daß wir uns, um zu diesem Leben verurteilt worden zu sein, um auf diesen Zustand herabgesunken zu sein, mit wer weiß was für einer mysteriösen, ungeheuer schweren Schuld beladen haben. Sie hören uns in den verschiedensten Sprachen sprechen, die sie nicht verstehen und die in ihren Ohren grotesk, wie tierische Laute klingen; sie sehen uns auf das niedrigste versklavt, ohne Haar, ohne Ehre, ohne Namen, täglich geschlagen, täglich verworfner; niemals finden sie in unseren Augen auch nur eine Andeutung von Aufbegehren oder Friede oder Glaube. Sie kennen uns als diebisch, unzuverlässig, verdreckt, zerlumpt, ausgehungert und meinen, die Wirkung mit der Ursache verwechselnd, daß wir dieses Verworfensein verdient haben. Wer könnte unsere Gesichter unterscheiden? Wir sind für sie »Kazett«, Neutrum und Einzahl.

Das ist freilich für viele von ihnen kein Hinderungsgrund, uns bisweilen ein Stück Brot oder eine Kartoffel hinzuwerfen und uns nach der Ausgabe der »Zivilsuppe« auf dem Bau ihre Eßnäpfe zum Auskratzen zu geben, die wir ihnen dann gesäubert wieder abzuliefern haben. Sie lassen sich dazu herbei, um einen aufdringlichen, gierigen Blick loszuwerden, oder sie tun es in einer augenblicklichen Aufwallung von Menschlichkeit, oder sie wollen ganz einfach sehen, wie wir von allen Seiten herbeirennen und einander den Bissen streitig machen, tierisch und hemmungslos, bis ihn der Stärkste verschlingt und die andern wie begossene Pudel hinkend das Weite suchen.

Nun, zwischen mir und Lorenzo trug sich nichts von all dem zu. Ob es sinnvoll ist oder nicht, nach dem Grund zu fragen, warum gerade mein Leben unter Tausenden von gleichwertigen diese Prüfung hat bestehen können – ich glaube, daß ich es Lorenzo zu danken habe, wenn ich noch heute unter den Lebenden bin. Nicht so sehr wegen seines materiellen Beistands, sondern weil er mich mit seiner Gegenwart, mit seiner stillen und einfachen Art, gut zu sein, dauernd daran erinnerte, daß noch eine gerechte Welt außerhalb der unsern existiert: Dinge und Menschen, die noch rein sind und intakt, nicht korrumpiert und nicht verroht, fern von Haß und Angst; etwas sehr schwer zu Definierendes, eine entfernte Möglichkeit des Guten, für die es sich immerhin lohnt, sein Leben zu bewahren.

Die hier beschriebenen Personen sind keine Menschen. Ihr Menschentum ist verschüttet, oder sie selbst haben es unter der erlittenen oder den andern zugefügten Unbill begraben. Die schändlichen, dummen SS-Leute, die Kapos, die Politischen, die Kriminellen, die großen und kleinen Prominenten, bis hinunter zu den unterschiedslosen, versklavten Häftlingen, alle Abstufungen dieser ungesunden, von den Deutschen gewollten Hierarchie: sie sind durch ihre einheitliche innere Verödung auf paradoxe Art miteinander verbrüdert.

Lorenzo aber war ein Mensch. Seine Menschlichkeit war rein und unangetastet, er stand außerhalb dieser Welt der Verneinung. Dank Lorenzo war es mir vergönnt, daß auch ich nicht vergaß, selbst noch Mensch zu sein.

Oktober 1944

Mit allen unseren Kräften haben wir gekämpft, um den Winter fernzuhalten. Wir haben uns an alle milden Stunden geklammert, wir haben bei jedem Sonnenuntergang versucht, die Sonne noch ein wenig länger am Himmel festzuhalten, alles war vergebens. Gestern abend ist die Sonne unwiderruflich in einem Wust von schmutzigem Nebel, Kaminen und Drähten versunken, und heute früh ist Winter.

Wir wissen, was das heißt, denn wir waren den vorigen Winter hier, und die andern werden es bald erfahren. Es heißt, daß während dieser Monate, zwischen Oktober und April, aus unseren Reihen sieben von zehn sterben werden. Wer nicht stirbt, muß Minute um Minute leiden, jeden Tag lang, alle Tage: vom frühesten Morgen an, noch ehe es graut, bis zur Suppenausgabe am Abend muß er beständig die Muskeln anspannen, von einem Fuß auf den andern hüpfen, sich die Arme an die Achseln schlagen, um der Kälte standzuhalten. Er muß Brot aufwenden, um sich Handschuhe zu beschaffen, und Stunden seines Schlafs opfern, sie zu flicken, wenn die Nähte aufgegangen sind. Und da man nicht mehr im Freien essen kann, müssen wir in der Baracke stehend unsere Nahrung zu uns nehmen, und jeder hat nur einen Spann Fußboden zur Verfügung, und es ist verboten, sich an die Betten zu lehnen. Jedem von uns werden Wunden an den Händen aufplatzen, und um einen Verband zu erhalten, muß man alle Abende stundenlang im Schnee und Wind anstehen.

Ebenso wie unser Hunger nicht mit der Empfindung dessen zu vergleichen ist, der eine Mahlzeit ausgelassen hat, verlangt auch unsere Art zu frieren nach einem eigenen Namen. Wir sagen »Hunger«, wir sagen »Müdigkeit«, »Angst« und »Schmerz«, wir sagen »Winter«, und das sind andere Dinge. Denn es sind freie Worte, geschaffen und benutzt von freien Menschen, die Freud und Leid in ihrem Zuhause erlebten. Hätten die Lager länger bestanden, wäre eine neue, harte Sprache geboren worden; man braucht sie einfach, um erklären zu können, was das ist, sich den ganzen Tag abzuschinden in Wind und Frost, nur mit Hemd, Unterhose, leinener Jacke und Hose am Leib, und in sich Schwäche und Hunger und das Bewußtsein des nahenden Endes.

Gleich einer Hoffnung, die man sterben sieht, ist heute früh Winter gewesen. Wir haben es bemerkt, als wir aus der Baracke gingen, um uns zu waschen: Da gab es keine Sterne, und die dunkle, kalte Luft roch nach Schnee. Auf dem Appellplatz, im ersten Morgenlicht, hat beim Antreten zur Arbeit keiner gesprochen. Und als wir die ersten Schneeflocken fallen sahen, dachten wir: Hätte man uns voriges Jahr um diese Zeit gesagt, daß wir noch einen Winter im Lager erleben würden, wären wir gegangen und hätten an den elektrischen Sperrdraht gefaßt; und auch jetzt würden wir hingehen, handelten wir logisch und wäre da nicht dieses widersinnige, verrückte Überbleibsel von uneingestandener Hoffnung.

Denn »Winter« heißt anderes noch.

Im vorigen Frühjahr haben die Deutschen zwei riesige Zelte auf einem freien Platz unseres Lagers aufgebaut. Jedes dieser Zelte hat während der guten Jahreszeit über tausend Männer beherbergt; jetzt sind die Zelte abgebrochen worden, und unsere Baracken sind mit zweitausend Mann überbelegt. Wir alten Gefangenen wissen, daß derartige Regelwidrigkeiten den Deutschen nicht passen und bald etwas geschehen wird, um unsere Zahl zu vermindern.

Man spürt das Nahen der Selektionen. »Selekcja«: das hybride lateinisch-polnische Wort hört man einmal, zweimal, viele Male inmitten fremdsprachiger Reden; zuerst erfassen wir es nicht recht, dann nimmt es unsere Aufmerksamkeit gefangen, und schließlich verfolgt es uns.

Heute morgen sagen die Polen »Selekcja«. Die Polen wissen alle Neuigkeiten als erste und sind meistens bemüht, sie nicht durchsickern zu lassen, denn etwas zu wissen, was die andern noch nicht wissen, kann nur von Vorteil sein. Wenn erst alle wissen, daß die Selektion bevorsteht, ist das wenige, was man unternehmen könnte, um sich ihr zu entziehen (einen Arzt, einen Prominenten mit Brot oder Tabak zu bestechen; von der Baracke in den KB wechseln oder umgekehrt, und zwar genau im richtigen Augenblick, um die Kommission zu umgehen), schon Vorrecht der Polen.

An den folgenden Tagen ist die Atmosphäre im Lager und auf dem Bauplatz mit »Selekcja« gesättigt. Keiner weiß Genaues, doch alle sprechen davon, sogar die freien Arbeiter, die Polen, Italiener und Franzosen, mit denen wir heimlich während der Arbeit zusammentreffen. Man kann aber nicht sagen, daß dies eine allgemeine Niedergeschlagenheit bewirkt. Unsere kollektive Geistesverfassung ist zu gleichförmig und zu abgeflacht, um Schwankungen ausgesetzt zu sein. Beim Kampf gegen Hunger und Kälte und bei der Arbeit bleibt für einen Gedanken nur wenig Raum, selbst nicht für diesen Gedanken. Jeder reagiert auf seine Weise, doch fast keiner so, wie es am verständlichsten wäre, nämlich realistisch: mit Resignation oder Verzweiflung.

Wer etwas unternehmen kann, der tut es; aber das sind die wenigsten, denn es ist sehr schwer, der Selektion zu entkommen, und die Deutschen betreiben diese Dinge mit großem Ernst und unerhörter Genauigkeit.

Wer also nichts Konkretes unternehmen kann, sucht sich auf andere Art abzusichern. In den Latrinen, im Waschraum zeigen wir uns gegenseitig Brustkorb, Hinterbacken, Schenkel, und die Kameraden beruhigen uns: »Du brauchst keine Angst zu haben, du bist bestimmt nicht dran... du bist kein Muselmann... aber ich...«; und dann lassen auch sie die Hosen herunter und ziehen das Hemd hoch.

Keiner verweigert dem andern dieses Almosen, denn keiner ist seines eigenen Schicksals so gewiß, daß er es fertigbringen würde, über andere den Stab zu brechen. Auch ich habe den alten Wertheimer in unverschämter Weise belogen; wenn man ihn fragen wird, hab ich gesagt, soll er antworten, er sei fünfundvierzig Jahre alt, und er soll nicht versäumen, sich am Abend vorher rasieren zu lassen, selbst wenn er dabei ein Viertel seines Brotes einbüßt; im übrigen solle er keine Angst haben, und überhaupt sei es keineswegs sicher, daß es sich um eine Selektion fürs Gas handle; ob er denn nicht vom Blockältesten gehört habe, daß die Ausgewählten nach Jaworszno ins Erholungslager kommen?

Es ist absurd, daß sich Wertheimer Hoffnungen macht: Er sieht aus wie sechzig, hat riesige Krampfadern, selbst den Hunger spürt er kaum noch. Und doch legt er sich heiter und ruhig ins Bett, und den Fragenden antwortet er mit meinen Worten, die in diesen Tagen Parole sind; von Einzelheiten abgesehen, habe ich sie so wiederholt, wie sie mir Chajim hinterbracht hat, der seit drei Jahren im Lager lebt und, stark und widerstandsfähig wie er ist, ein bewundernswertes Selbstvertrauen besitzt. Ich habe es geglaubt.

Auf diesem schmalen Steg bin auch ich mit unbegreiflicher Ruhe durch die große Selektion im Oktober 1944 gegangen. Ich war ruhig, weil ich mich in ausreichendem Maße hatte belügen können. Daß ich nicht ausgewählt wurde, ist vor allem dem Zufall zu verdanken und beweist nicht, daß mein Vertrauen gerechtfertigt war.

Auch Monsieur Pinkert ist von vornherein verurteilt, man braucht nur seine Augen zu sehen. Er winkt mich herbei und vertraut mir mit geheimnisvoller Miene an, daß er erfahren habe – aus welcher Quelle, kann er mir nicht sagen –, dieses Mal gäbe es wirklich etwas Neues: Der Heilige Stuhl habe über das Internationale Rote Kreuz … nun, er garantiere persönlich dafür, daß für ihn wie für mich jede Gefahr absolut ausgeschlossen sei; bekanntlich sei er ja als Zivilist an der belgischen Botschaft in Warschau gewesen.

Irgendwie vergingen also auch diese Tage der Erwartung; wenn man von ihnen erzählen hört, könnte man glauben, sie seien über jedes menschliche Ermessen hinaus qualvoll gewesen, aber in Wahrheit unterschieden sie sich kaum von den anderen Tagen.

Die Disziplin im Lager und in Buna war in keiner Weise gelockert, Arbeit, Kälte und Hunger reichten aus, unser Sinnen und Trachten völlig in Anspruch zu nehmen.

Heute ist »Arbeitssonntag«. Bis dreizehn Uhr wird gearbeitet, dann geht es zurück ins Lager zur Dusche, zum Scheren und zur allgemeinen Krätze- und Läusekontrolle. Aber auf dem Bau haben wir alle auf rätselhafte Weise Kenntnis davon erhalten, daß heute Selektion sein wird.

Wie gewohnt, erhielten wir die Nachricht zusammen mit einander widersprechenden und verdächtigen Einzelheiten: Heute morgen schon sei Selektion im Krankenbau gewesen; es träfe sieben Prozent der Gesamtheit, es träfe dreißig, fünfzig Prozent der Kranken; es müsse Platz geschaffen werden für einen riesigen Transport aus dem Posener Getto. Die Jungen sagen den Jungen, daß alle Alten ausgesondert werden. Die Gesunden sagen den Gesunden, daß nur die Kranken ausgesondert werden. Die Spezialisten trifft es nicht. Die deutschen Juden trifft es nicht. Die kleinen Nummern trifft es nicht. Dich trifft es. Mich trifft es nicht.

Ganz normal leert sich Schlag dreizehn Uhr die Baustelle, und die nicht enden wollende graue Schar zieht zwei Stunden lang an den beiden Kontrollposten vorbei, wo wir wie jeden Tag gezählt und nochmals gezählt werden, und an der Kapelle, die wie jeden Tag zwei Stunden lang ununterbrochen die Märsche spielt, zu denen wir beim Einrücken und Ausrücken im Gleichschritt marschieren müssen. Es scheint, als ginge alles wie jeden Tag, der Küchenschornstein raucht wie gewohnt, die Suppenausgabe beginnt schon. Aber dann läutet die Glocke, und jetzt wissen wir, daß es soweit ist.

Denn diese Glocke läutet immer im Morgengrauen, und das heißt Wecken, wenn sie aber mitten am Tag läutet, heißt das »Blocksperre«, Einschließung in der Baracke, und das geschieht, wenn Selektion ist, damit niemand sich ihr entziehen kann, und wenn die Selektionierten fort müssen ins Gas, damit niemand sie fortgehen sieht.

Unser Blockältester versteht sein Handwerk. Er hat sich davon überzeugt, daß wir alle zurückgekommen sind, hat die Tür zuschließen lassen, hat jedem seinen Zettel mit

Nummer, Namen, Beruf, Alter und Nationalität ausgehändigt und hat befohlen, daß sich jedermann bis auf die Schuhe vollkommen entkleiden muß. In diesem Zustand, nackt und den Zettel in der Hand, werden wir nun warten, bis die Kommission in unsere Baracke kommt. Wir sind Baracke 48, aber niemand kann voraussehen, ob mit Baracke 1 oder 60 begonnen wird. Wie dem auch sei, wir haben mindestens eine Stunde lang Ruhe, und warum sollten wir da nicht unter unsere Decken kriechen, um uns zu wärmen.

Vielen sind die Augen schon zugefallen, als eine Explosion von Kommandorufen, Flüchen und Schlägen das Herannahen der Kommission ankündigt: Der Blockälteste und seine Gehilfen hetzen vom Ende des Schlafraums aus mit Gebrüll und Faustschlägen das Aufgebot der aufgescheuchten nackten Leiber vor sich her und pressen es in den Tagesraum, der gleichzeitig Hauptverpflegungsstelle ist. Das ist eine Kammer von sieben zu vier Metern. Nach Beendigung der Treibjagd ist im Tagesraum eine warme, kompakte Menschheit zusammengepfercht, die alle Winkel lückenlos ausfüllt und einen solchen Druck auf die Holzwände ausübt, daß sie in den Fugen krachen.

Nun sind wir alle hier drinnen, und abgesehen davon, daß die Zeit dazu fehlt, ist nicht einmal der Raum vorhanden, um Angst zu haben.

Dies Gefühl warmen Fleisches, das ringsum drängt, ist eigentümlich und nicht unangenehm. Man muß die Nase hochhalten, um Luft zu bekommen, und muß aufpassen, daß man den Zettel, den man in der Hand hat, nicht zerknittert oder verliert.

Der Blockälteste hat die Tür zwischen Tagesraum und Schlafraum abgeschlossen und statt dessen die Außentüren des Tagesraums und des Schlafraums geöffnet. Dort, vor den beiden Türen, steht der Richter unseres Schicksals, ein SS-Scharführer. Zu seiner Rechten der Blockälteste, zu seiner Linken der Blockschreiber. Jeder, der aus dem Tagesraum nackt in die Oktoberkälte tritt, muß die wenigen Schritte zwischen den Türen laufend vor diesen dreien zurücklegen, muß dem SS-Mann den Zettel überreichen und dann durch die Tür des Schlafraums wieder in die Baracke gehen. In dem Sekundenbruchteil zwischen zwei aufeinanderfolgenden Vorbeiläufen entscheidet der SS-Mann mit einem Blick von vorn und hinten über das Geschick eines jeden, reicht seinerseits den Zettel dem zu seiner Rechten oder dem zu seiner Linken, und das heißt für jeden von uns Leben oder Tod. Binnen drei, vier Minuten ist eine Baracke mit zweihundert Mann »gemacht« und im Verlauf des Nachmittags das ganze Lager mit zwölftausend Menschen.

Eingezwängt in dem zur Fleischkammer gewordenen Tagesraum, merke ich, wie nach und nach der menschliche Druck ringsum schwächer wird, und bald bin ich dran. Wie alle andern laufe auch ich mit energischen, federnden Schritten vorbei und gebe mir Mühe, den Kopf hochzuhalten, die Brust herauszudrücken, die Muskeln anzuspannen und hervortreten zu lassen. Ich habe versucht, nach hinten zu schielen, und ich glaube, mein Zettel ist dem zur Rechten gegeben worden.

Nacheinander, wie wir in den Schlafraum kommen, dürfen wir uns wieder anziehen. Keiner kennt bereits mit Sicherheit sein eigenes Schicksal, vor allem muß erst einmal festgestellt werden, ob die Zettel der Verurteilten nach rechts oder links gereicht wurden. Nun brauchen wir uns nicht mehr gegenseitig zu schonen und abergläubische Bedenken zu haben.

Alle drängen sich um die Ältesten, die Abgezehrtesten-

'die größten Muselmänner' wurden ihre Zettel nach links gegeben, dann ist bestimmt die linke Seite die der Verurteilten.

Noch ehe die Selektion zu Ende gegangen ist, wissen alle, daß die »schlechte Seite« wirklich links gewesen ist. Natürlich gibt es auch Ausnahmen von der Regel. René zum Beispiel, der junge und kräftige René, ist nach links gekommen; vielleicht, weil er eine Brille trägt, vielleicht, weil er wie alle Kurzsichtigen ein wenig gebeugt geht, aber wahrscheinlicher ist doch ein einfaches Versehen: René ist unmittelbar vor mir an der Kommission vorbeigelaufen, die Zettel könnten vertauscht worden sein. Ich denke darüber nach, bespreche es mit Alberto, und wir kommen überein, daß vieles für diese Vermutung spricht. Was ich morgen und später darüber denken werde, weiß ich nicht, heute jedenfalls weckt dies keinerlei bestimmte Gefühle in mir.

Um einen Irrtum muß es sich auch bei Sattler gehandelt haben, einem kräftigen Siebenbürger Bauern, der vor zwanzig Tagen noch zu Hause war. Sattler versteht kein Deutsch, von all dem, was geschehen ist, hat er nichts begriffen, er flickt sein Hemd in einer Ecke. Soll ich zu ihm gehen und ihm sagen, daß er sein Hemd nicht mehr brauchen wird?

Derartige Versehen sind weiter nicht verwunderlich, denn die Musterung erfolgt rasch und summarisch, und im übrigen geht es der Lagerverwaltung gar nicht so sehr darum, gerade die Unbrauchbarsten auszuscheiden, sondern vielmehr darum, schnell und in vorher festgelegtem Ausmaß Platz zu schaffen.

In unserer Baracke ist die Selektion jetzt zu Ende, aber in den anderen wird sie fortgeführt, und deshalb stehen wir immer noch unter »Blocksperre«. Da aber inzwischen die

Suppenkessel eingetroffen sind, beschließt der Blockälteste, sofort mit der Essensausgabe zu beginnen. Die Selektionierten bekommen doppelte Ration. Ich habe nie erfahren, ob dies eine – durchaus absurde – pietätvolle Initiative des Blockältesten gewesen ist oder ein ausdrücklicher Befehl der SS; jedenfalls wurde während der zwei, drei Tage (manchmal auch bedeutend mehr), die zwischen Selektion und Abtransport lagen, den Opfern von Monowitz-Auschwitz dieses Privileg zuteil.

Ziegler hält seinen Eßnapf hin, bekommt die normale Ration, bleibt noch wartend stehen. »Was willst du denn?« fragt ihn der Blockälteste; ihm ist nicht bekannt, daß Ziegler einen Nachschlag zu bekommen hätte, er stößt ihn fort, aber Ziegler kehrt zurück, beharrt demütig darauf: er sei wirklich nach links getan worden, alle hätten es gesehen, der Blockälteste solle doch die Zettel kontrollieren, und er habe ein Recht auf die doppelte Ration. Als er sie dann hat, begibt er sich ruhig in sein Bett und ißt.

Nun schabt jeder sorgfältig mit dem Löffel den Boden seines Eßnapfs nach dem letzten Restchen Suppe aus, und daraus entsteht ein lautes metallisches Geräusch; es besagt, daß der Tag zu Ende geht.

Nach und nach wird es still, und da sehe und höre ich von meinem Bett im dritten Stock, wie der alte Kuhn laut betet, die Mütze auf dem Kopf, den Oberkörper heftig hin- und herwiegend. Kuhn dankt Gott, daß er nicht ausgesondert wurde.

Kuhn ist wahnsinnig, sieht er denn nicht im Bett nebenan Beppo, den zwanzigjährigen Griechen, der übermorgen ins Gas geht und es weiß und ausgestreckt daliegt und in die Glühbirne starrt und kein Wort sagt und keinen Gedanken mehr hat? Weiß Kuhn denn nicht, daß das nächste Mal sein Mal sein wird? Begreift Kuhn denn nicht, daß heute ein Greuel geschah, das kein Sühnegebet, keine Vergebung, kein Büßen der Schuldigen, nichts Menschenmögliches also, jemals wird wiedergutmachen können?

Wäre ich Gott, ich spuckte Kuhns Gebet zu Boden.

Kraus

Wenn es regnet, möchte man weinen können. Es ist November, seit zehn Tagen regnet es schon, und das Erdreich ist wie eine Moorgrube. Alles Holz riecht schwammig.

Wenn ich zehn Schritte nach links gehen könnte, dorthin, wo eine Überdachung ist, wäre ich geschützt; auch ein Sack würde genügen, um meine Schultern zu bedekken, oder schon die Aussicht auf ein Feuer, an dem ich mich zu trocknen vermöchte; sogar ein trockner Lappen, den ich mir zwischen Rücken und Hemd schieben könnte. Das sind so meine Gedanken zwischen einem Spatenstich und dem andern, und ich meine wirklich, ein trockner Fetzen sei ein konkretes Glück.

Denn noch nässer kann man jetzt schon gar nicht mehr werden; man muß nur versuchen, sich möglichst wenig zu bewegen und vor allem keine anderen Bewegungen zu machen als bisher, damit die Haut nicht auch dort, wo es nicht notwendig ist, mit den durchweichten und eisigen Klamotten in Berührung kommt.

Zum Glück ist heute kein Wind. Sonderbarerweise hat man immer irgendwie das Gefühl, Glück zu haben, das Gefühl, daß einen irgendein Umstand, und sei er auch noch so unendlich klein, am Rande der Verzweiflung festhält und leben läßt. Es regnet ohne Wind. Oder es regnet mit Wind; wenn du aber weißt, daß du heute abend einen Nachschlag Suppe bekommst, findest du auch heute die Kraft, bis zum Abend durchzuhalten. Oder es regnet, es ist windig und du hast den gewohnten Hunger, und dann denkst du: Wenn du absolut müßtest, wenn du nichts anderes mehr in deinem Herzen spürtest als Leid und Überdruß, wie dies zuweilen geschieht, so daß du wirklich glaubst, vollends in der Tiefe zu liegen, dann – so denken wir alle – könntest du noch den elektrischen Sperrdraht anfassen oder dich vor einen der rangierenden Züge werfen, und dann würde es nicht mehr regnen.

Seit heute früh stecken wir im Schlamm fest, breitbeinig, ohne ein einziges Mal die Füße aus den beiden Löchern zu nehmen, die sie in den glitschigen Boden gebohrt haben; bei jedem Schaufelwurf immer die gleiche pendelnde Bewegung. Ich stehe in halber Grabenhöhe, Kraus und Clausner sind unten, Gounan steht über mir auf ebener Erde. Nur Gounan kann um sich blicken, und ab und zu teilt er Kraus einsilbig mit, ob es angebracht ist, schneller zu arbeiten, oder ob man sich mal verschnaufen kann, je nachdem, wer des Weges kommt. Clausner arbeitet mit der Hacke, Kraus wirft eine Schaufel nach der andern zu mir hoch und ich gebe sie gleich an Gounan weiter, der sie zur Seite auf den Haufen schippt. Andere kommen mit Schubkarren an und schaffen das Erdreich wer weiß wohin, uns ist es gleichgültig, heute ist unsere Welt nur dieses schlammige Loch.

Kraus hat ungeschickt geworfen, ein Kotklumpen fliegt an mein Knie und bleibt kleben. Das ist nicht das erste Mal, und ohne viel Hoffnung sage ich ihm, er solle aufpassen. Er ist Ungar, versteht sehr schlecht Deutsch und kein Wort Französisch. Baumlang ist er, trägt eine Brille, hat ein eigenartig kleines, verzogenes Gesicht; wenn er lacht, dann sieht er aus wie ein Kind, und er lacht häufig. Er arbeitet zuviel und strengt sich dabei zu sehr an; er hat noch nicht unsere unterirdische Art erlernt, mit allem hauszuhalten, mit den Bewegungen, mit dem Atem, ja sogar mit dem Denken. Er weiß noch nicht, daß es angebrachter ist, sich schlagen zu lassen, denn an Schlägen stirbt man für gewöhnlich nicht, wohl aber an Überanstrengung, und das ist ein übler Tod, weil man's erst merkt, wenn es zu spät ist. Er denkt noch... ach nein, armer Kraus, was er tut, ist ja kein vernünftiges Denken, nur die dumme Anständigkeit des kleinen Angestellten, die er hierher mitgenommen hat; und nun glaubt er, hier sei es wie draußen, wo es ehrlich und logisch ist, zu arbeiten, und zudem nützlich, denn alle sagen ja, daß man um so mehr verdienen und essen kann, je mehr man arbeitet.

»Regardez-moi ça!... Pas si vite, idiot!« schimpft Gounan von oben herab; dann erinnert er sich, daß er deutsch reden muß: »Langsam, du blöder Einer, langsam, verstanden?«; soll sich doch Kraus mit seiner Schufterei umbringen, wenn er Lust dazu hat, aber nicht heute, wo wir Hand in Hand arbeiten und unser Arbeitstempo von dem seinen abhängt.

Ja, das ist die Sirene vom Karbid, jetzt gehen die englischen Kriegsgefangenen, es ist halb fünf. Wenn nachher die ukrainischen Mädchen vorbeikommen, ist es fünf; dann können wir uns wieder aufrichten, und dann trennen uns nur noch Rückmarsch, Appell und Läusekontrolle von der Ruhe.

Antreten: Überall schlurfen die schlammverdreckten Gliederpuppen hervor, recken und strecken sich, bringen das Arbeitsgerät wieder in die Baracken. Wir ziehen unsere Füße aus dem Graben, vorsichtig, damit wir die sich festsaugenden Pantinen nicht verlieren, und reihen uns, wankend und triefend, zum Rückmarsch ein. Zu dreien, heißt es. Ich versuche, neben Alberto zu gehen, heute haben wir getrennt gearbeitet, wir müssen uns fragen, wie es gegangen ist; aber da schlägt mir einer mit der flachen Hand auf den Magen, ich gerate nach hinten, und nun stehe ich ausgerechnet neben Kraus.

Abmarsch. Der Kapo gibt mit rauher Stimme den Schritt: Links, links, links; zuerst schmerzen einem die Beine, aber dann wird man nach und nach warm, und die Sehnen entspannen sich. Auch dieses Heute, das uns in der Frühe noch unüberwindlich und ewig erschien, haben wir Minute für Minute hinter uns gebracht; jetzt liegt es abgeschlossen da, wird augenblicklich vergessen, ist schon kein Tag mehr, hat bei keinem eine Spur von Erinnerung hinterlassen. Wir wissen, daß der morgige Tag genauso sein wird wie der heutige: vielleicht regnet es ein bißchen mehr oder ein bißchen weniger, oder vielleicht müssen wir, statt Erde auszuheben, zum Karbid, um Ziegel abzuladen. Oder morgen kann der Krieg zu Ende sein, oder wir können alle umgebracht oder in ein anderes Lager transportiert worden sein, oder es kann gar eine jener großen Veränderungen eingetreten sein, die seit Bestehen des Lagers unentwegt als unmittelbar bevorstehend und sicher prophezeit werden. Doch wer vermöchte überhaupt ernstlich an morgen zu denken?

Das Gedächtnis ist schon ein komisches Ding. Seitdem ich im Lager bin, gehen mir dauernd zwei Verse im Kopf herum, die ein Freund vor langer Zeit einmal geschrieben hat:

> ... bis eines Tags es keinen
> Sinn mehr haben wird zu sagen: morgen.

Hier ist das so. Wißt ihr, was im Lagerjargon »nie« heißt? »Morgen früh.«

Jetzt ist die Stunde des »Links, links, links und links«, die Stunde, wo man nicht aus dem Schritt kommen darf. Kraus ist tolpatschig, hat schon einen Fußtritt vom Kapo bekommen, weil er nicht in Reih und Glied marschieren kann. Und nun beginnt er auch noch, zu gestikulieren und ein erbärmliches Deutsch zu radebrechen und will mich, man höre und staune, wegen jener Schaufel Dreck um Verzeihung bitten, er hat noch gar nicht begriffen, wo wir uns befinden, man muß schon sagen, daß die Ungarn sonderbare Leute sind.

Im Gleichschritt marschieren und eine komplizierte deutsche Rede führen ist zuviel auf einmal, und jetzt mache ich ihn darauf aufmerksam, daß er einen falschen Schritt hat; und dabei sehe ich ihn an und erblicke seine Augen hinter den Regentropfen auf der Brille, und es sind die Augen des Menschen Kraus.

Da geschah etwas Bedeutsames, das zu erzählen sich jetzt vielleicht aus demselben Grund lohnt, aus dem es sich damals lohnte, daß es geschah. Es begab sich, daß ich Kraus eine lange Rede hielt: in schlechtem Deutsch, langsam und mit Pausen, und mich nach jedem Satz vergewissernd, ob er mich auch verstanden habe.

Ich erzählte ihm, daß ich geträumt hätte, daheim zu sein, in dem Hause, wo ich geboren war; da saß ich mit meiner Familie beim Essen, die Beine unter den Tisch gestreckt, und auf dem Tisch standen so viele Speisen, so viele. Sommer war es und in Italien. In Neapel? ... Ja, in Neapel; so genau kommt es nicht darauf an. Plötzlich klingelte es, und ich erhob mich erwartungsvoll und ging zur Tür. Und wer stand da? Kein anderer als der hier neben mir marschierende Kraus Páli: mit Haaren, sauber und wohl genährt und gekleidet wie ein freier Mensch, in der Hand einen Brotlaib. Zwei Kilo wog der Laib und war noch ganz warm. Und ich: »Servus, Páli, wie geht's dir?«

Und voll Freude ließ ich ihn ein und stellte ihn den Meinen vor und sagte ihnen, daß er aus Budapest gekommen sei und warum er so naß sei: gerade so wie jetzt. Und ich gab ihm zu essen und zu trinken und nachher ein gutes Bett zum Schlafen; und es war eine so wunderbar laue Nacht, daß wir im Nu trocken wurden (ja, denn auch ich war ganz durchnäßt).

Was für ein guter Junge muß Kraus als Zivilist gewesen sein! Hier drin wird er nicht lange leben, man sieht das genau auf den ersten Blick, das ist schlüssig wie ein Theorem. Schade, daß ich nicht Ungarisch kann; denn jetzt hat seine Ergriffenheit alle Dämme durchbrochen, und eine Flut von absonderlichen magyarischen Worten bricht aus ihm hervor. Nur meinen Namen habe ich verstehen können, aber nach den feierlichen Gebärden zu schließen, sind es wohl Schwüre und Wünsche, die er spricht.

Armer, dummer Kraus! Wenn er wüßte, daß es gar nicht stimmt, daß ich nicht das geringste von ihm geträumt habe, daß auch er für mich, abgesehen von einem kurzen Augenblick, nichts ist, nichts, wie alles hier unten mit Ausnahme des Hungers, den man im Leib hat, und der Kälte und des Regens ringsum.

»Die drei Leute vom Labor«

Wie viele Monate sind seit unserer Einlieferung ins Lager vergangen? Wie viele Tage seit dem Tag meiner Entlassung aus dem KB? Und seit dem Tag der Chemieprüfung? Und seit der Selektion im Oktober?

Alberto und ich stellen uns häufig diese Fragen und noch viele andere mehr. Sechsundneunzig waren wir, als wir ankamen, wir, die Italiener vom Transport Einhundertvierundsiebzigtausend; nur neunundzwanzig von uns waren bis zum Oktober noch am Leben, und von diesen endeten acht in der Selektion. Nun sind wir einundzwanzig, und der Winter hat eben erst begonnen. Wie viele von uns werden das neue Jahr erleben? Wie viele den Frühling?

Seit mehreren Wochen gibt es keine Luftangriffe mehr; der Novemberregen wurde zum Schnee, und der Schnee hat die Trümmer zugedeckt. Die Deutschen und die Polen kommen mit Gummistiefeln zur Arbeit, mit Ohrenschützern aus Fell und wattierten Arbeitsanzügen, die englischen Gefangenen mit ihren herrlichen Pelzjacken. In unserm Lager sind Mäntel nur an ein paar Privilegierte ausgegeben worden; wir sind ein Fachkommando, das theoretisch nur im geschlossenen Raum arbeitet: darum müssen wir weiter unsere Sommerklamotten anbehalten.

Wir sind die Chemiker: darum arbeiten wir an den Säkken des Phenylbeta. Wir haben das Magazin nach den ersten Luftangriffen geräumt, mitten im Hochsommer; das Phenylbeta drang unter die Kleidung, heftete sich an die schweißnassen Glieder, fraß an uns wie die Lepra; von unsern Gesichtern schälte sich die Haut in großen, verbrannten Fetzen. Dann setzten die Luftangriffe aus, und wir haben die Säcke wieder ins Magazin geschafft. Dann wurde das Magazin getroffen, und wir haben die Säcke im Keller der Styrol-Abteilung verstaut. Nun ist das Magazin repariert worden, und die Säcke müssen noch einmal dort aufgestapelt werden. Der ätzende Geruch des Phenylbeta setzt sich in unserem einzigen Anzug fest, begleitet uns Tag und Nacht wie unser Schatten. Bis jetzt hat uns der Umstand, im Chemie-Kommando zu sein, nur das eingebracht: Die andern haben Mäntel und wir keine; die andern schleppen Fünfzig-Kilo-Säcke Zement und wir Sechzig-Kilo-Säcke Phenylbeta. Wie soll man da noch an die Chemieprüfung und an die Illusionen von damals denken? Mindestens viermal war im Sommer die Rede vom Laboratorium des Doktor Pannwitz im Bau 939, und es hieß, daß man unter uns die Analytiker für die Polymerisations-Abteilung aussuchen würde.

Jetzt ist es genug damit, jetzt ist Schluß. Dies ist der letzte Akt: Der Winter hat begonnen, und mit ihm unser letzter Kampf. Und kein Zweifel kann mehr bestehen, daß es der letzte ist. In welchem Augenblick des Tages auch immer es uns geschieht, daß wir auf die Stimme unserer Körper horchen, daß wir unsre Glieder fragen, die Antwort lautet stets: die Kräfte werden nicht ausreichen. Rings um uns spricht alles von Auflösung und Ende. Die Hälfte des Baus 939 ist ein Wust von verbogenen Eisenschienen und Schutt; aus den riesigen Rohrleitungen, in denen einst der heiße Dampf fauchte, hängen jetzt bis zum Erdboden unförmige blaue Eiszapfen, dick wie Säulen. Buna ist nun still, und steht der Wind günstig und hört man genau hin, vernimmt man ein anhaltendes, dumpfes unterirdisches Grollen, die Front, die näherrückt. Dreihundert Gefangene aus dem Getto von Lodz, die die Deutschen vor dem russischen Vormarsch abtransportiert haben, sind im Lager eingetroffen: Sie trugen bis zu uns die Kunde vom legendären Kampf im Getto von Warschau, und sie berichteten uns, auf welche Weise die Deutschen schon vor einem Jahr das Lager von Lublin liquidierten: vier Maschinengewehre an die Ecken, und die Baracken in Brand gesteckt; die zivilisierte Welt wird nie davon erfahren. Wann sind wir an der Reihe?

Heute früh hat der Kapo wie üblich die Arbeitsgruppen eingeteilt. Die zehn vom Chlormagnesium zum Chlormagnesium: Sie ziehen los, schleppenden Fußes, so langsam wie nur irgend möglich, denn das Chlormagnesium ist härteste Arbeit; den ganzen Tag steht man bis zu den Knöcheln im salzigen, eisigen Wasser, das Schuhe, Kleidung und Haut zerfrißt. Der Kapo packt einen Ziegelstein und schleudert ihn mitten in den Haufen hinein: Jene weichen tolpatschig aus, aber sie gehen darum auch nicht schneller. Das ist schon fast eine Gewohnheit, die sich jeden Morgen wiederholt und nicht unbedingt und immer beim Kapo eine böse Absicht voraussetzt.

Die vier vom Scheißhaus zur Arbeit antreten: Und die vier, die eine neue Latrine bauen müssen, ziehen los. Wir haben nämlich durch die Transporte aus Lodz und Siebenbürgen den Effektivbestand von fünfzig Häftlingen überschritten; daraufhin ermächtigte uns der mysteriöse deutsche Bürokrat, der dies alles entscheidet, zum Bau eines »zweiplatzigen Kommandoscheißhauses«, eines Abortes mit zwei Plätzen, der für unser Kommando reserviert ist. Wir sind nicht unempfindlich für diese Auszeichnung, die aus unserm Kommando eines der wenigen macht, denen man mit Stolz angehören kann; allerdings entfällt somit natürlich der einfachste Vorwand, sich von der Arbeit zu entfernen und mit Zivilisten irgendwelche »Kombinationen« auszutüfteln. »Noblesse oblige«, meint Henri, der noch andere Eisen im Feuer hat.

Die zwölf von den Ziegeln. Die fünf vom Meister Dahm. Die zwei von den Zisternen. Wie viele fehlen? Drei: Homolka ist heute früh in den KB gekommen, der Schlosser ist gestern gestorben, François wurde wer weiß warum und wer weiß wohin versetzt. Die Rechnung geht auf; der Kapo notiert und ist befriedigt. Jetzt sind nur noch wir achtzehn vom Phenylbeta da, wenn man von den Prominenten des Kommandos absieht. Und jetzt geschieht das Unerwartete.

Der Kapo sagt: »Doktor Pannwitz hat dem Arbeitsdienst mitgeteilt, daß drei Häftlinge fürs Labor ausgesucht wurden: 169 509 Brackier, 175 633 Kandel, 174 517 Levi.« Einen Augenblick lang sausen mir die Ohren, und Buna dreht sich vor meinen Augen. Wir sind drei Levi im Kommando 98, aber Hundertvierundsiebzig Fünfhundertsiebzehn bin ich, da kann es keinen Zweifel geben. Ich bin einer der drei Erwählten.

Mit einer mißgünstigen Lache taxiert uns der Kapo von Kopf bis Fuß. Ein Belgier, ein Rumäne und ein Italiener: das sind also drei »Franzosen«. Ist denn so etwas möglich, daß ausgerechnet drei »Franzosen« die Erwählten fürs Labor-Paradies sind?

Viele Kameraden gratulieren. Allen voran Alberto, mit ehrlicher Freude, ohne den mindesten Anflug von Neid. Alberto hat nichts zu kritteln an dem Glück, das mir zuteil wurde, er ist sogar sehr zufrieden damit, sei es aus Freundschaft, sei es, weil auch er seinen Nutzen davon haben wird; denn wir zwei sind nunmehr durch einen festen Freundschaftspakt verbunden, wonach jedes »organisierte« Stück in zwei peinlich genaue Hälften geteilt wird. Er hat auch keinen Grund, mich zu beneiden, denn er hatte weder gehofft noch gewünscht, ins Laboratorium zu kommen. Das Blut, das in Albertos Adern rinnt, ist zu frei, als daß mein ungebändigter Freund daran denken könnte, sich in ein System zu schicken; sein natürlicher Trieb führt ihn anderswo hin, zu anderen Lösungen, dem Unerwarteten, Improvisierten, Neuen entgegen. Einer guten, festen Stellung zieht Alberto ohne Bedenken die Ungewißheiten und Kämpfe des »freien Berufs« vor.

In der Tasche habe ich einen Zettel des Arbeitsdienstes, der besagt, daß der Häftling 174 517 als Facharbeiter Anspruch auf ein neues Hemd und neue Unterhosen hat und jeden Mittwoch rasiert werden muß.

Das zerschlagene Buna liegt unter dem ersten Schnee, regungslos und steif, wie ein riesiger Leichnam. Täglich heulen die Sirenen Fliegeralarm; die Russen stehen achtzig Kilometer entfernt. Die Elektrozentrale steht still, die Methanol-Destilliersäulen existieren nicht mehr, die Gasometer des Acetylens sind in die Luft geflogen. In unser Lager strömen Tag für Tag die aus sämtlichen Lagern Ostpolens »geborgenen« Häftlinge; die wenigsten kommen zur Arbeit, die meisten wandern direkt nach Birkenau und durch den Kamin. Schon wieder ist die Ration verringert worden. Der KB quillt über; die E-Häftlinge haben Scharlach, Diphtherie und Flecktyphus ins Lager gebracht.

Aber der Häftling 174 517 ist zum Facharbeiter befördert worden und hat Anspruch auf ein neues Hemd und neue Unterhosen und muß jeden Mittwoch rasiert werden. Keiner maße sich an, die Deutschen zu begreifen.

Schüchtern, mißtrauisch und benommen sind wir ins Labor getreten, wie drei wilde Tiere, die in eine große Stadt eindringen. Wie glatt und sauber der Fußboden ist! Ein Laboratorium, das überraschenderweise so aussieht wie jedes andere. Drei lange Arbeitstische und auf ihnen Hunderte von vertrauten Dingen. In einer Ecke die Gläser zum Abtropfen, die analytische Waage, ein Heraeus-Ofen, ein Höppler-Thermostat. Der Geruch, dieser leicht aromatische Geruch in den Labors organischer Chemie, trifft mich wie ein Schlag. Für einen Augenblick durchzuckt mich die Erinnerung an den halbdunklen Universitätssaal, an mein viertes Studienjahr, an die milde Maienluft in Italien.

Herr Stawinoga weist uns die Arbeitsplätze zu. Stawinoga ist ein junger Deutschpole mit energischem und zugleich traurigem und müdem Gesicht. Auch er ist ein Doktor: nicht der Chemie, sondern (»ne pas chercher à comprendre«) der Sprachwissenschaft; aber er ist der Chef des Laboratoriums. Mit uns redet er nicht gern, doch er scheint nicht unleidlich zu sein. Er nennt uns »Monsieur«, das ist ebenso lächerlich wie verwirrend.

Die Temperatur im Labor ist wundervoll; das Thermometer zeigt 24 Grad. Und wenn wir auch die Gläser waschen müssen, denken wir, oder den Fußboden kehren oder die Wasserstoffflaschen transportieren oder irgendeinen andern Dienst verrichten, Hauptsache, wir können hier drinnen bleiben, und das Problem des Winters ist für uns gelöst. Und eine zweite Überlegung sagt uns, daß auch das Problem des Hungers nicht schwer zu lösen sein dürfte. Ob sie uns wirklich jeden Tag beim Fortgehen durchsuchen werden? Und ob sie es dann auch jedesmal tun, wenn wir darum bitten, zur Latrine gehen zu dürfen? Bestimmt nicht. Aber hier gibt es Seife, Benzin, Alkohol. Ich werde mir eine Geheimtasche innen in die Jacke nähen und mich mit dem Engländer zusammentun, der in der Werkstatt arbeitet und mit Benzin handelt. Wir werden schon sehen, wie streng die Überwachung sein wird. Immerhin bin ich jetzt ein Jahr im Lager, und ich weiß: Wenn einer wirklich stehlen will und es ernstlich darauf anlegt, dann kann ihn keine Überwachung und keine Durchsuchung daran hindern.

Jedenfalls scheint es das Schicksal auf ungewohnten Wegen so eingerichtet zu haben, daß wir drei zum Neide der zehntausend Verurteilten in diesem Winter keine Kälte und keinen Hunger zu leiden brauchen. Und das heißt, mit großer Wahrscheinlichkeit nicht ernstlich krank zu werden, von Erfrierungen verschont zu bleiben und die Selektionen zu überstehen. Unter diesen Umständen könnten Menschen, die mit den Verhältnissen im Lager weniger vertraut sind als wir, versucht sein, auf ein Überleben zu hoffen, an die Freiheit zu denken. Wir nicht. Wir wissen, was es mit solchen Dingen auf sich hat: Dies alles ist ein Geschenk des Schicksals, und als solches wird es so intensiv wie möglich ausgekostet, augenblicklich; denn das Morgen ist ungewiß. Beim ersten Glas, das ich zerbrechen werde, beim ersten Wiegefehler, bei der ersten Unachtsamkeit muß ich wieder zurück, muß mich wieder in Schnee und Wind verzehren, bis auch ich reif sein werde für den Kamin. Und wer kann schließlich wissen, was geschehen wird, wenn die Russen kommen?

Denn die Russen werden kommen. Tag und Nacht bebt die Erde unter unsern Füßen; im neuen Schweigen von Buna ertönt nun ununterbrochen das leise, dumpfe Grollen der Artillerien. Die Luft, die man atmet, ist gespannt, entscheidungsvoll. Die Polen arbeiten nicht mehr, die Franzosen gehen wieder erhobenen Hauptes. Die Engländer zwinkern uns zu, grüßen uns heimlich mit dem »V« des Zeige- und Mittelfingers; und nicht immer heimlich.

Aber die Deutschen sind taub und blind, verschlossen in einem Panzer von Starrsinn und bewußter Unkenntnis. Schon wieder haben sie einen Termin für die Produktionsaufnahme des synthetischen Gummis festgelegt: den 1. Februar 1945. Sie bauen Luftschutzräume und Splittergräben, reparieren die Schäden, bauen, kämpfen, kommandieren, organisieren und töten. Was sollten sie auch sonst tun? Es sind Deutsche: dieses ihr Handeln ist nicht überlegt und vorsätzlich, sondern entstammt ihrer Natur und dem Schicksal, das sie sich erwählt haben. Sie könnten gar nicht anders: Verwundet man den Leib eines Sterbenden, beginnt die Wunde zu verheilen, selbst wenn der ganze Körper am nächsten Tag sterben wird.

Nun ruft der Kapo jeden Morgen bei der Gruppeneinteilung vor allen andern uns drei vom Laboratorium auf: »die drei Leute vom Labor«. Morgens und abends im Lager unterscheidet mich nichts von der Herde, aber tagsüber, bei der Arbeit, bin ich im geschützten, warmen Raum, und keiner schlägt mich; ich stehle und verkaufe Seife und Benzin ohne ernstliches Risiko; vielleicht bekomme ich auch einen Gutschein für Lederschuhe. Und schließlich: Kann man das arbeiten nennen, was ich tue? Arbeiten heißt Waggons schieben, Balken schleppen, Steine klopfen, Erde ausheben, mit nackten Händen den Schauder vereisten Eisens umklammern. Aber ich sitze den ganzen Tag, habe Heft und Bleistift, und sogar ein Buch hat man mir gegeben, um mein Gedächtnis über die analytischen Methoden aufzufrischen. Ich verfüge über eine Schublade, in die ich Mütze und Handschuhe legen kann, und will ich hinaus, brauche ich es nur Herrn Stawinoga zu melden, der nie nein sagt und keine Fragen stellt, wenn ich länger ausbleibe; es scheint, als leide er körperlich unter der ihn umgebenden Zerstörung.

Meine Kameraden vom Kommando beneiden mich mit Recht. Müßte ich mich nicht glücklich schätzen? Aber kaum bin ich morgens der Wut des Windes entronnen und trete über die Schwelle des Labors, ist mir schon die Gefährtin aller Augenblicke der Entspannung, des KBs und der Ruhesonntage zur Seite: die Qual der Erinnerung, die alte grausame Sehnsucht, sich wieder als Mensch zu fühlen, die mich wie ein Hund in dem Augenblick anfällt, da das Bewußtsein aus dem Dunkel tritt. Dann nehme ich Bleistift und Heft und schreibe, was ich niemandem zu sagen vermöchte.

Schließlich sind da noch die Frauen. Wie viele Monate lang habe ich keine Frau gesehen? Manchmal begegnete man in Buna den ukrainischen und polnischen Arbeiterinnen, mit Hosen und Lederjacke, derb und heftig wie ihre Männer. Verschwitzt und zerzaust waren sie im Sommer, dick eingemummt im Winter; sie arbeiteten mit Schaufel und Spitzhacke, und man fühlte sie nicht als Frauen neben sich.

Hier ist das anders. Beim Anblick der Mädchen im Labor möchten wir drei vor Scham und Verlegenheit in den Erdboden versinken. Wir wissen, wie wir aussehen: wir sehen ja einander, und es kommt manchmal vor, daß wir uns in einem blanken Glas spiegeln. Lächerlich sind wir, abstoßend. Montags sind unsere Schädel kahl, samstags sind sie mit kurzem dunkelbraunem Flaum bedeckt. Wir haben aufgequollene gelbe Gesichter, die fortwährend von den Schnitten des hastigen Barbiers und häufig von blauen Flecken und stumpfen Wunden gekennzeichnet sind; wir haben lange, knotige Hälse wie gerupfte Hühner. Unsere Klamotten sind unsagbar dreckig, voller Flekken von Schlamm, Blut und Schmierfett; Kandels Hosen reichen ihm bis zur Hälfte der Waden, entblößen die knochigen, behaarten Schienbeine; meine Jacke hängt mir auf den Schultern wie auf einem hölzernen Kleiderbügel. Wir sind voller Flöhe, und oft kratzen wir uns in schamloser Weise; es ist demütigend, wie häufig wir darum bitten müssen, zur Latrine zu gehen. Unsere Holzpantinen mit ihren verschiedenen Krusten von Kot und vorschriftsmäßigem Fett machen einen unerträglichen Lärm.

Und an unsern Geruch sind wir ja inzwischen schon gewöhnt, nicht aber die Mädchen, die es uns bei jeder Gelegenheit spüren lassen. Das ist nicht der allgemeine Geruch des schlecht Gewaschenen, sondern der Geruch des Häftlings, fade und süßlich, der uns bei unserer Ankunft im Lager empfing und stetig aus den Schlafräumen, Küchen, Waschräumen und Aborten des Lagers dringt. Man erwirbt ihn augenblicklich und verliert ihn nimmer; »so jung und schon so stinkig«, pflegt man bei uns die Neuankömmlinge zu begrüßen.

Diese Mädchen kommen uns wie überirdische Wesen vor. Drei junge Deutsche sind es, dann noch die polnische Magazinverwalterin Fräulein Liczba und die Sekretärin Frau Mayer. Sie haben eine glatte, rosige Haut, hübsche bunte, saubere und warme Kleider, und ihr Haar ist blond, lang und wohlgepflegt; sie sprechen sehr anmutig und gesittet, und statt das Laboratorium sauber und ordentlich zu halten, wie es ihre Aufgabe wäre, rauchen sie in den Ecken, essen vor aller Augen Marmeladenbrote, feilen sich die Fingernägel, zerschlagen viel Glas und versuchen, die Schuld auf uns zu schieben; wenn sie fegen, dann fegen sie über unsere Füße. Sie reden nicht mit uns und rümpfen die Nase, wenn sie uns elend und verdreckt, unpaß und unsicher in unsern Pantinen durchs Labor schlurfen sehen. Einmal habe ich Fräulein Liczba um eine Auskunft gebeten, doch sie hat mir nicht geantwortet, sondern sich mit angewidertem Gesicht Stawinoga zugewandt und hastig auf ihn eingeredet. Was sie sagte, habe ich nicht verstanden, doch »Stinkjude« habe ich ganz deutlich gehört, und das Blut ist mir in den Adern geronnen. Und Stawinoga hat mir gesagt, daß wir uns mit allem, was die Arbeit betrifft, unmittelbar an ihn zu wenden haben.

Die Mädchen singen, wie alle Mädchen in allen Labors der Welt, und das macht uns tiefunglücklich. Sie unterhalten sich miteinander, sprechen über die Lebensmittelkarten, ihre Verlobten, ihr Zuhause, die bevorstehenden Feiertage …

»Fährst du Sonntag nach Haus? Ich nicht, das Reisen ist so beschwerlich!«

»Ich fahr' Weihnachten. In zwei Wochen ist schon wieder Weihnachten. Dies Jahr ist so schnell vergangen, kaum zu glauben!«

… Dies Jahr ist schnell vergangen. Voriges Jahr um diese Zeit war ich ein freier Mensch: in der Illegalität, aber frei; ich besaß einen Namen und eine Familie, einen hungrigen, ruhelosen Geist und einen gewandten und gesunden Körper. Ich dachte über so vieles, weit Entferntes nach: meine Arbeit, das Kriegsende, Gut und Böse, das Wesen der Dinge, die Gesetze, die das menschliche Tun bestimmen; und ich dachte auch an die Berge, an das Singen, an Liebe, Musik und Poesie. Ich hatte ein ungeheures, eingefleischtes, törichtes Vertrauen in das Wohlwollen des Schicksals; und Töten und Sterben erschienen mir wie fremde, literarische Dinge. Meine Tage waren heiter und traurig, doch alle waren sie mir teuer, alle waren erfüllt und positiv; und die Zukunft stand vor mir wie ein großer Reichtum. Heute ist mir nur soviel von meinem damaligen Leben geblieben, um Hunger und Kälte ertragen zu können; ich bin nicht mehr lebendig genug, um mich umzubringen.

Spräche ich besser Deutsch, könnte ich den Versuch

machen, Frau Mayer dies alles zu erklären. Aber sie würde sicher nicht verstehen; und wäre sie auch so intelligent und so gut, daß sie verstehen würde, könnte sie doch meine Nähe nicht ertragen und würde mich fliehen, wie man die Berührung mit einem unheilbar Kranken oder einem zum Tod Verurteilten flieht. Oder sie würde mir vielleicht einen Gutschein für einen halben Liter Zivilsuppe schenken.

Dies Jahr ist schnell vergangen.

Der Letzte

Nun steht Weihnachten vor der Tür. Alberto und ich gehen Schulter an Schulter in dem langen grauen Zug, vornübergebeugt, um dem Wind besser standhalten zu können. Es ist Nacht, und es schneit; es ist nicht leicht, sich auf den Beinen zu halten, noch schwieriger, im Schritt und in Reih und Glied zu bleiben: Hin und wieder stolpert einer, fällt in den schwarzen Kot, und man muß darauf achten, ihm auszuweichen und wieder in die Reihe zu kommen.

Seit ich im Labor bin, arbeiten Alberto und ich getrennt, und auf dem Rückmarsch haben wir uns immer vieles zu erzählen. Gewöhnlich geht es nicht um erhabene Dinge, sondern um die Arbeit, die Kameraden, das Brot, die Kälte. Aber seit einer Woche gibt es etwas Neues: Lorenzo bringt uns jeden Abend drei oder vier Liter Suppe von den italienischen Zivilarbeitern. Um das Beförderungsproblem zu lösen, mußten wir uns besorgen, was man hier eine »Menashka« nennt; das ist ein Eßnapf in Sonderanfertigung, aus verzinktem Blech, schon mehr ein Eimer als ein Napf. Silberlust, der Blechschmied, hat sie uns aus zwei Stücken Regenrinne im Tausch für drei Brotrationen gemacht; ein herrliches Gefäß, solide und mit großem Fassungsvermögen, wie ein Gerät aus der Steinzeit.

Im gesamten Lager haben nur noch ein paar Griechen eine größere Menashka als wir. Außer den materiellen Vorteilen hat uns das eine spürbare Verbesserung unserer sozialen Stellung eingebracht. Eine Menashka, wie wir sie besitzen, ist ein Adelsbrief, ein heraldisches Zeichen. Henri ist im Begriff, unser Freund zu werden, und behandelt uns wie seinesgleichen; L. spricht jetzt mit uns in väterlich-gutmütigem Ton; und Elias haftet uns dauernd an den Fersen, bespitzelt uns unermüdlich, um hinter das Geheimnis unserer »Organisacja« zu kommen, überhäuft uns andererseits mit unverständlichen Solidaritäts- und Freundschaftsversicherungen und betäubt uns mit einer Litanei außerordentlicher italienischer und französischer Obszönitäten und Flüche, die er wer weiß wo gelernt hat und mit denen er uns offenbar eine Ehre erweisen will.

Was die moralische Seite des neuen Zustands betrifft, mußten Alberto und ich zugeben, daß daran nichts ist, worauf man besonders stolz sein könnte; aber es ist so leicht, Rechtfertigungen zu finden! Und schließlich ist schon allein der Umstand, einen neuen Gesprächsstoff zu haben, ein nicht zu unterschätzender Vorteil.

Wir reden über den Plan, uns eine zweite Menashka anzuschaffen, um sie mit der ersten abwechseln zu lassen; so müßten wir nur einmal am Tag zu der abgelegenen Stelle des Bauplatzes, wo Lorenzo jetzt arbeitet. Wir reden über Lorenzo und über die Art, ihn zu entschädigen; gewiß, später, falls wir wieder heimkehren, werden wir alles für ihn tun, was wir können. Aber was nutzt es schon, davon zu sprechen? Er und wir wissen nur zu gut, daß wir kaum heimkehren werden. Man müßte sofort etwas unternehmen; wir könnten den Versuch machen, seine Schuhe in unserer Lagerwerkstatt reparieren zu lassen, wo die Reparatur kostenlos ist (es klingt paradox, aber in den Vernichtungslagern ist von Amts wegen alles kostenlos). Alberto wird es versuchen; er ist mit dem Chefschuster befreundet, vielleicht reichen ein paar Liter Suppe.

Wir reden über unsere drei neuesten Unternehmungen und bedauern übereinstimmend, daß uns das Berufsgeheimnis verbietet, sie auszuplaudern; schade: unser persönliches Ansehen würde außerordentlich steigen.

Die erste ist meine Erfindung. Ich habe erfahren, daß der Blockälteste vom Block 44 knapp an Besen ist und habe einen von der Baustelle organisiert. Das ist weiter nichts Besondres. Aber die Schwierigkeit lag darin, den Besen auf dem Rückmarsch ins Lager einzuschmuggeln, und diese Schwierigkeit habe ich, wie ich glaube, in einmaliger Weise gelöst, indem ich die Diebesbeute in Unter- und Oberteil zerlegte, letzteres in zwei Stücke sägte, die Teile einzeln ins Lager schaffte (die beiden Stielenden unter den Hosen an die Schenkel gebunden) und alles im Lager wieder zusammensetzte, wozu ich ein Stück Blech, Hammer und Nägel auftreiben mußte, um die beiden Holzenden zusammenzufügen. Der Transport hat nur vier Tage in Anspruch genommen.

Entgegen meinen Befürchtungen hat der Besteller meinen Besen keineswegs im Wert heruntergesetzt, sondern ihn sogar verschiedenen Freunden als Kuriosität gezeigt, die mir einen regulären Auftrag auf zwei weitere Besen »vom gleichen Modell« erteilten.

Doch Alberto hat ganz andere Eisen im Feuer. Zunächst hat er die »Operation Feile« ausgeklügelt und schon zweimal mit Erfolg durchgeführt. Er geht ins Werkzeugmagazin, verlangt eine Feile und sucht sich eine ziemlich große aus. Der Magazinverwalter schreibt neben Albertos Nummer »eine Feile«, und er begibt sich schnurstracks zu einem zuverlässigen Zivilisten (ein abgefeimter Spitzbube aus Triest, ein rechter Teufelsbraten, der Alberto mehr aus Liebe zum Handwerk denn aus Eigennutz oder Menschenfreundlichkeit behilflich ist), dem es nicht schwerfällt, auf dem freien Markt die große Feile gegen zwei kleine gleichen oder minderen Wertes umzutauschen. Alberto bringt »eine Feile« dem Magazin zurück und verkauft die andere.

Und schließlich hat er in diesen Tagen sein Meisterstück vollbracht, eine kühne neue »Kombination« von besonderer Eleganz. Dazu sei gesagt, daß Alberto seit einigen Wochen eine Spezialaufgabe hat: Morgens, auf dem Bau, bekommt er einen Eimer, in dem sich Zangen, Schraubenzieher und ein paar hundert Zelluloidplättchen von verschiedener Farbe befinden, die er mit besonderen Halteschellen zur Kennzeichnung der zahlreichen und langen Rohrleitungen für kaltes und warmes Wasser, Dampf, Druckluft, Gas, Dieselöl, Vakuum und so weiter montieren muß, von denen die Polymerisations-Abteilung in allen Richtungen durchzogen wird. Es gehört noch dazu (und es sieht so aus, als habe dies gar nichts damit zu tun; aber besteht die Findigkeit nicht gerade darin, Verknüpfungen von einander scheinbar fremden Ideenbereichen zu entdecken oder herzustellen?), daß für alle Häftlinge die Dusche in verschiedener Hinsicht eine recht unangenehme Prozedur ist (das Wasser ist spärlich und kalt oder auch kochend, es gibt keinen Umkleideraum, wir besitzen weder Handtücher noch Seife, und man kann während dieser erzwungenen Abwesenheit leicht bestohlen werden). Da das Duschen obligatorisch ist, gebrauchen die Blockältesten ein Kontrollsystem, um diejenigen bestrafen zu können, die sich davor drücken; meistens steht ein Vertrauensmann des Blocks an der Tür und tastet wie Polyphem jeden Hinausgehenden ab, ob er naß ist; ist das der Fall, bekommt er eine Marke, wer jedoch trocken ist, bekommt fünf Hiebe übergezogen. Nur wenn man die Marke vorzeigt, erhält man am nächsten Morgen sein Brot.

Albertos Aufmerksamkeit hat sich auf diese Marken konzentriert. Gewöhnlich sind sie nichts anderes als kümmerliche Papierzettel, die feucht, geknifft und unansehnlich zurückgegeben werden. Alberto kennt die Deutschen, und alle Blockältesten sind Deutsche oder durch die deutsche Schule gegangen: sie lieben Ordnung, System, Bürokratie; und wenn sie auch schlagfreudige und jähzornige Rüpel sind, haben sie doch eine kindliche Freude an allen glitzernden und bunten Dingen.

Dies ist also das Thema; und nun folgt seine brillante Durchführung. Alberto entwendete systematisch eine Reihe von Schildchen derselben Farbe; und aus einem jeden machte er drei kleine Scheiben (das dazu nötige Instrument, einen Korkbohrer, organisierte ich im Labor). Als zweihundert Scheiben hergestellt waren, die für einen Block reichen, ging er zum Blockältesten und bot ihm die »Spezialität« zur unerhörten Quotierung von zehn Brotrationen auf Raten an. Der Kunde ging mit Begeisterung darauf ein, und jetzt verfügt Alberto über einen großartigen Modeartikel, den er mit absoluter Sicherheit in allen Baracken absetzen kann, eine Farbe pro Baracke (kein Blockältester wird als knickrig und rückständig gelten wollen); und, was noch wichtiger ist, er braucht keine Konkurrenz zu fürchten, weil nur er an das Rohmaterial herankommt. Ist das nicht vortrefflich ausgeklügelt?

Über diese Dinge sprechen wir, von einer Pfütze in die andere stolpernd, auf unserm Weg zwischen schwarzem Himmel und Straßenkot. Wir gehen und sprechen. Ich trage die beiden leeren Eßnäpfe, Alberto die angenehme Last der vollen Menashka. Wieder die Musik der Kapelle, die Zeremonie des ruckartigen »Mützen ab« vor der SS;

wieder »Arbeit macht frei« und die Meldung des Kapos: »Kommando 98, zweiundsechzig Häftlinge, Stärke stimmt.« Aber die Formation löst sich nicht auf, man läßt uns bis zum Appellplatz marschieren. Wird denn Appell sein? Nein, kein Appell. Wir sehen das grelle Licht des Scheinwerfers, die wohlbekannten Konturen des Galgens.

Noch über eine Stunde lang kehren die Kolonnen zurück, mit dem harten Schlag der Holzsohlen auf dem vereisten Schnee. Als alle Kommandos da sind, bricht die Kapelle unvermittelt ab, und eine rauhe deutsche Stimme gebietet Schweigen. In der plötzlichen Stille erhebt sich eine andere deutsche Stimme und spricht lange und zornig in der dunklen, feindseligen Luft. Schließlich bringt man den Verurteilten in den Lichtkegel des Scheinwerfers.

Dieser ganze Apparat, dieses verbissene Zeremoniell ist für uns nichts Neues mehr. Seit ich im Lager bin, habe ich schon dreizehn öffentlichen Hinrichtungen durch den Strang beiwohnen müssen; bisher jedoch ging es um gewöhnliche Verbrechen, Küchendiebstähle, Sabotagen, Fluchtversuche. Heute jedoch geht es um etwas anderes.

Im vergangenen Monat ist in Birkenau eines der Krematorien in die Luft gesprengt worden. Keiner von uns weiß (und vielleicht wird es auch keiner jemals wissen), wie das Unternehmen im einzelnen durchgeführt wurde: es ist die Rede vom Sonderkommando, das den Gaskammern und den Öfen zugeteilt ist, das in periodischen Zeitabständen selbst vernichtet wird und das man in strengster Absonderung vom übrigen Lager hält. Tatsache ist, daß in Birkenau einige hundert Menschen, wehrlose, schwache Sklaven wie wir, in sich selbst noch die Kraft gefunden haben, zu handeln, die Frucht ihres Hasses zur Reife zu bringen.

Dieser Mensch, der heute vor unseren Augen sterben wird, hat sich in irgendeiner Weise an der Revolte beteiligt. Man sagt, er habe Verbindungen zu den Aufständischen von Birkenau gehabt, er habe Waffen in unser Lager gebracht, er habe zur gleichen Zeit eine Meuterei auch unter uns anstiften wollen. Heute wird er vor unseren Augen sterben: Und vielleicht werden die Deutschen nicht begreifen, daß ihm der einsame Tod, der Tod als Mensch, der ihm vorbehalten wurde, Ruhm und nicht Schande einbringen wird.

Als des Deutschen Rede, die keiner verstehen konnte, zu Ende ist, erhebt sich wieder die erste, heisere Stimme: »Habt ihr verstanden?«

Wer antwortete mit »Jawohl«? Alle und keiner: Es war, als habe unsere verfluchte Resignation Gestalt angenommen und sei über unsern Häuptern kollektive Stimme geworden. Aber alle hörten den Schrei des Sterbenden, er drang durch die starken alten Barrieren von Trägheit und Unterwürfigkeit, rüttelte an dem nackten Lebensnerv eines jeden von uns: »Kameraden, ich bin der letzte!«

Könnte ich doch berichten, daß sich aus uns verworfener Herde eine Stimme erhoben hätte, ein Murmeln, eine Äußerung von Einverständnis. Nichts geschah. Wir blieben stehen, gebeugt und grau und gesenkten Hauptes, und wir nahmen unsere Kopfbedeckung erst ab, als der Deutsche es uns befahl. Die Fallgrube öffnete sich, jener Körper zuckte furchtbar; die Kapelle setzte wieder ein, und wir, von neuem zur Marschkolonne geordnet, zogen am letzten Beben des Sterbenden vorbei.

Am Fuße des Galgens sehen die SS-Leute teilnahmslos auf unseren Vorbeimarsch; ihr Werk ist vollbracht, es ist gut vollbracht. Nun können die Russen kommen: es gibt keine starken Menschen mehr unter uns, der letzte hängt über unseren Köpfen, für die andern haben ein paar

Stricke genügt. Die Russen können kommen: nur uns Gebändigte werden sie finden, uns Erloschene, die wir nunmehr den wehrlosen Tod verdienen, der auf uns wartet.

Den Menschen zu vernichten, ist fast ebensoschwer wie ihn zu schaffen: Es war nicht leicht, es ging auch nicht schnell, aber ihr Deutschen habt das fertiggebracht. Da sind wir nun, willfährig unter euren Augen. Von uns habt ihr nichts mehr zu fürchten. Keinen Akt der Auflehnung, kein Wort der Herausforderung, nicht einmal einen richtenden Blick.

Alberto und ich sind in die Baracke zurückgekehrt, wir konnten uns nicht in die Augen sehen. Dieser Mensch muß hart gewesen sein und aus einem ganz andern Holz als wir, wenn ihn diese Bedingungen, an denen wir zerbrachen, nicht haben beugen können.

Denn auch wir sind zerbrochen, sind besiegt: auch wenn wir verstanden haben, uns anzupassen, auch wenn wir endlich gelernt haben, unsere Nahrung zu finden und Mühsal und Kälte zu widerstehen, selbst wenn wir zurückkehren werden.

Wir haben die Menashka aufs Bett gehoben, wir haben geteilt, wir haben die Wut des täglichen Hungers befriedigt, und jetzt bedrückt uns die Scham.

Geschichte von zehn Tagen

Seit Monaten schon hörten wir nun immer wieder das Dröhnen der russischen Kanonen. Da erkrankte ich am 11. Januar 1945 an Scharlach und kam von neuem in den KB. Infektionsabteilung: ein kleiner, relativ sauberer Raum mit zehn zweistöckigen Betten, einem Spind, drei Hockern und dem Eimerstuhl für die Notdurft. Und das alles innerhalb von drei mal fünf Metern.

Es war beschwerlich, in die oberen Betten zu kommen, denn es gab keine Leiter; wenn sich der Zustand eines Kranken verschlimmerte, wurde er in ein unteres Bett verlegt.

Als ich eintraf, war ich der dreizehnte. Von den andern zwölf hatten vier Scharlach, zwei »politische« Franzosen und zwei jüdische Jungen aus Ungarn; drei hatten Diphtherie, zwei Typhus, und einer litt an einer widerlichen Gesichtsrose. Die letzten beiden hatten mehrere Krankheiten zugleich und waren unglaublich entkräftet.

Ich hatte hohes Fieber. Glücklicherweise bekam ich ein Bett ganz für mich allein; ich legte mich erleichtert hin, wußte ich doch, daß ich Anspruch auf 40 Tage Isolierung hatte, also auf Ruhe, und ich fühlte mich noch genug bei Kräften, um weder die Folgen des Scharlachs noch die Selektionen fürchten zu müssen.

Dank meiner jetzt schon langen Erfahrung in den Bräuchen des Lagers war es mir gelungen, meine persönlichen Habseligkeiten mitzunehmen: einen Gürtel aus geflochtener Elektrolitze, das Löffelmesser, eine Nadel mit drei Fäden, fünf Knöpfe und schließlich achtzehn Zündsteinchen, die ich im Labor gestohlen hatte. Aus jedem von ihnen konnte man, wenn man es geduldig mit dem Messer abschabte, drei kleinere Steinchen herstellen, die das richtige Ausmaß für ein Taschenfeuerzeug besaßen. Sie waren auf sechs oder sieben Brotrationen geschätzt worden.

Ich verbrachte vier ruhige Tage. Draußen fiel Schnee, und es war sehr kalt, aber die Baracke war geheizt. Ich erhielt starke Dosierungen von Sulfonamiden, litt an Übelkeit und konnte kaum etwas essen; ich verspürte keine Lust, mich in ein Gespräch einzulassen.

Die beiden scharlachkranken Franzosen waren sympathisch. Zwei Provinzler aus den Vogesen, vor ein paar Tagen mit einem Schub Zivilisten ins Lager gekommen, die von den Deutschen beim Rückzug aus Lothringen »ausgekämmt« worden waren. Der ältere hieß Arthur, ein kleiner, hagerer Bauer. Der andere, sein Bettnachbar, hieß Charles, war Schullehrer und zweiunddreißig Jahre alt; statt eines Hemdes war ihm ein komisch kurzes, sommerliches Unterhemd verpaßt worden.

Am fünften Tag erschien der Barbier. Er war ein Saloniki-Grieche; er sprach nur das schöne Spanisch seiner Landsleute, verstand aber etwas von allen Sprachen des Lagers. Er hieß Askenazi und war schon fast drei Jahre hier. Ich weiß nicht, wie er es fertiggebracht hatte, das Amt eines Frisörs im KB zu erhalten: er konnte weder deutsch noch polnisch sprechen und war auch nicht sonderlich brutal. Ehe er eintrat, hörte ich ihn auf dem Gang lange und erregt mit dem Arzt reden, einem Landsmann von ihm. Mir schien, als hätte er einen veränderten Gesichtsausdruck, aber da das Mienenspiel der Levantiner dem unsern nicht entspricht, wußte ich nicht, ob er erschrocken oder froh oder erregt war. Er kannte mich, wußte zumindest, daß ich Italiener bin.

Als die Reihe an mich kam, kletterte ich mühsam vom Bett herunter. Ich fragte ihn, ob es was Neues gebe: Er unterbrach sein Rasieren, drückte feierlich und bedeutungsvoll ein Auge zu, wies mit dem Kinn zum Fenster, machte mit der Hand eine weit ausladende Bewegung nach Westen: »Morgen alle Kamerad weg.«

Mit weit aufgerissenen Augen starrte er mich einen Augenblick an, als wartete er auf mein Erstaunen, setzte noch hinzu: »Todos, todos«, und fuhr dann in seiner Beschäftigung fort. Er wußte von meinen Zündsteinen und rasierte mich darum verhältnismäßig schonend.

Die Nachricht rief in mir keine unmittelbare Bewegung hervor. Seit vielen Monaten kannte ich keinen Schmerz, keine Freude und keine Angst mehr, es sei denn in jener unbeteiligten, distanzierten Art, die für das Lager charakteristisch ist und die man als konditional bezeichnen könnte. ›Hätte ich jetzt‹, so dachte ich, ›mein Empfindungsvermögen von früher, dann wäre dies ein äußerst erregender Augenblick.‹

Mein Denken war vollkommen klar. Schon lange hatten Alberto und ich die Gefahren vorausgesehen, die sich in dem Augenblick der Evakuierung des Lagers und der Befreiung ergeben würden. Letzten Endes war die von Askenazi überbrachte Nachricht nur die Bestätigung dafür, was man sich seit Tagen schon im Lager erzählte: daß die Russen hundert Kilometer nördlich in Częstochowa standen; daß sie hundert Kilometer südlich in Zakopane standen; daß die Deutschen in Buna schon die Sabotage-Minen richteten.

Ich betrachtete die Gesichter meiner Zimmergenossen,

eines nach dem andern: Offensichtlich lohnte es sich nicht, mit irgendeinem von ihnen darüber zu sprechen. Sie hätten lediglich erwidert: »Na, und?«; damit hätte es sein Bewenden gehabt. Nicht so die Franzosen, sie waren noch neu.

»Wißt ihr«, sagte ich zu ihnen, »morgen wird das Lager geräumt.« Sie überschütteten mich mit Fragen. »Wohin geht's? Zu Fuß? ... Auch die Kranken, auch die, die nicht laufen können?« Sie wußten, daß ich ein alter Häftling war und Deutsch verstand, und schlossen daraus, daß ich über diese Sache sehr viel mehr wußte, als ich zugeben wollte. Ich wußte nicht mehr. Ich sagte es ihnen, aber sie fragten immer weiter. Was für eine Plage! Aber ja, sie waren erst seit ein paar Wochen im Lager und hatten noch nicht gelernt, daß man im Lager keine Fragen stellt.

Am Nachmittag kam der griechische Arzt. Er sagte, daß auch von den Kranken alle, die laufen konnten, Schuhe und Kleidung erhalten und tags darauf mit den Gesunden zu einem Zwanzig-Kilometer-Marsch aufbrechen würden. Die andern würden im KB bleiben, mit Betreuungspersonal, das man unter den weniger schwerkranken Fällen aussuchen würde.

Der Arzt war ungewöhnlich aufgeräumt, wie betrunken. Ich kannte ihn – er war ein gebildeter, intelligenter und berechnender Mensch. Er sagte noch, daß alle ohne Ausnahme eine dreifache Brotzuteilung bekommen würden, was den Kranken sichtlich Freude machte. Wir stellten ihm einige Fragen, was nun mit uns geschehen würde. Und er gab zur Antwort, daß uns die Deutschen wahrscheinlich unserem Schicksal überlassen würden; nein, er glaube nicht, daß sie uns umbringen würden. Er gab sich keine große Mühe, zu verbergen, daß er das Gegenteil dachte, seine Heiterkeit sagte genug.

Er befand sich schon in Marschausrüstung. Kaum war er weg, begannen die beiden ungarischen Jungen aufgeregt miteinander zu sprechen. Es ging ihnen schon wieder ziemlich gut, aber sie waren noch sehr entkräftet. Offenbar hatten sie Angst, bei den Kranken zu bleiben, und wollten mit den Gesunden fort. Hier ging es nicht um eine vernünftige Überlegung: Wahrscheinlich wäre auch ich dem Herdentrieb gefolgt, hätte ich mich nicht so schwach gefühlt; der Schrecken ist ansteckend, und das entsetzte Individuum sucht zunächst sein Heil in der Flucht.

Man merkte, wie außerhalb der Baracke eine ungewöhnliche Erregung das ganze Lager ergriffen hatte. Einer der beiden Ungarn verließ sein Bett, ging hinaus und kam nach einer halben Stunde wieder zurück, beladen mit dreckigen Lumpen. Gewiß hatte er sie aus dem Depot der Kleidungsstücke entwendet, die für die Desinfektion bestimmt waren. Er und sein Kamerad zogen in fieberhafter Eile Lumpen über Lumpen an. Man sah, wie eilig sie es hatten, sich selbst vor die vollendete Tatsache zu stellen, ehe die nämliche Angst sie wieder davon abbringen konnte. Ein Wahnsinn, sich einzubilden, auch nur eine einzige Stunde lang marschieren zu können, schwach wie sie waren, und noch dazu im Schnee und mit diesen kaputten Schuhen, die sie im letzten Augenblick aufgetrieben hatten. Ich versuchte es ihnen klarzumachen; sie sahen mich nur wortlos an. Sie hatten Augen wie verschreckte Tiere.

Nur einen Augenblick durchfuhr es mich, daß sie vielleicht recht haben könnten. Sie stiegen ungeschickt zum Fenster hinaus, ich sah sie, unförmige Klumpen, in die Nacht taumeln. Sie kamen nicht wieder; viel später habe ich erfahren, daß sie wenige Stunden nach Beginn des Marsches nicht mehr weiterkonnten und darum von der SS erschossen wurden.

Selbstverständlich brauchte auch ich ein Paar Schuhe. Aber es dauerte vielleicht eine Stunde, bis es mir gelang, Übelkeit, Fieber und Trägheit zu überwinden. Im Gang fand ich ein Paar (die Gesunden hatten das Schuhdepot der Kranken geplündert und sich die besten mitgenommen: die abgerissensten, die durchgetretenen und nicht zusammenpassenden lagen überall herum). Gerade da begegnete ich Kosman, einem Elsässer. Als Zivilist war er Korrespondent von »Reuter« in Clermont-Ferrand gewesen. Auch er war von der allgemeinen Erregung und Euphorie gepackt. Er meinte: »Falls du vor mir zurückkommst, schreib an den Bürgermeister von Metz, daß ich auf dem Heimweg bin.«

Jedermann wußte, daß Kosman Bekanntschaften bei den Prominenten hatte, und daher schien mir sein Optimismus ein gutes Omen zu sein, das ich dazu benutzte, um vor mir selbst meine Trägheit zu rechtfertigen. Ich versteckte die Schuhe und kehrte ins Bett zurück.

In später Nacht kam noch einmal der griechische Arzt, mit Rucksack und Wollmütze. Er warf mir einen französischen Roman aufs Bett: »Da, lies, Italiener. Kannst ihn mir zurückgeben, wenn wir uns wiedersehen.« Heute noch hasse ich ihn wegen dieser Worte. Er wußte, daß über uns das Urteil gefällt war.

Und schließlich kam Alberto ungeachtet des Verbots ans Fenster, um sich von mir zu verabschieden. Wir waren unzertrennlich gewesen. Wir waren »die beiden Italiener«, und meistens verwechselten die ausländischen Kameraden unsere Namen. Seit sechs Monaten teilten wir das Bett und jedes außerhalb der Ration organisierte Gramm Essen; doch er hatte als Kind schon Scharlach gehabt, und darum konnte ich ihn nicht anstecken. So ging er, und ich blieb. Wir nahmen Abschied; es bedurfte nicht vieler Worte, wir hatten uns alles, was uns wichtig war, schon unzählige Male gesagt. Wir glaubten nicht, daß wir lange getrennt sein würden. Er hatte kräftige Lederschuhe in einigermaßen guter Verfassung aufgetrieben. Er gehörte zu denen, die gleich alles finden, was sie brauchen.

Auch er war froh und vertrauensvoll wie alle, die gingen. Das war verständlich. Denn Großes und Neues bereitete sich vor: Endlich spürte man eine Macht ringsum, die nicht diejenige Deutschlands war, hörte ganz buchstäblich diese unsere verdammte Welt in ihren Fugen krachen. Oder zumindest hörten das die Gesunden, die, obwohl matt und ausgehungert, noch imstande waren, sich zu rühren; denn wer allzu schwach ist oder nackt oder barfuß, denkt und empfindet zweifellos anders, und was unser Denken beherrschte, war das lähmende Gefühl, daß wir völlig wehrlos und dem Schicksal ausgeliefert waren.

Alle Gesunden (abgesehen von einigen Wohlberatenen, die sich in letzter Minute auszogen und in ein Bett im KB legten) gingen in der Nacht zum 18. Januar 1945 fort. Es mögen zwanzigtausend gewesen sein, aus verschiedenen Lagern. Fast alle kamen während des Evakuierungsmarsches ums Leben: unter ihnen Alberto. Vielleicht wird irgend jemand eines Tages ihre Geschichte schreiben.

Wir aber blieben in unseren Betten zurück, allein mit unseren Krankheiten und unserer Trägheit, die stärker war als die Angst.

Im ganzen KB lagen vielleicht achthundert Mann. In unserem Zimmer waren wir jetzt noch elf, jeder in seinem eigenen Bett, mit Ausnahme von Charles und Arthur, die zusammen schliefen. Nachdem der Rhythmus der großen Lagermaschinerie zum Stillstand gekommen war, begannen für uns die zehn Tage außerhalb der Welt und außerhalb der Zeit.

18. Januar. In der Evakuierungsnacht hatten die Lagerküchen noch funktioniert, am darauffolgenden Morgen wurde im KB die letzte Suppenverteilung vorgenommen. Die Heizungszentrale war nicht mehr besetzt; in den Baracken hielt sich noch ein bißchen Wärme, aber mit jeder Stunde, die verstrich, fiel die Temperatur, und es war klar, daß wir bald unter der Kälte leiden würden. Draußen mußten mindestens zwanzig Grad unter Null sein; der größte Teil der Kranken besaß nur ein Hemd, und manche nicht einmal dieses.

Keiner wußte, wie es um uns bestellt war. Einige SS-Leute waren zurückgeblieben, einige Wachtürme waren noch besetzt.

Gegen Mittag ging ein SS-Hauptscharführer durch die Baracken. In jeder ernannte er einen Barackenältesten, den er aus den verbliebenen Nichtjuden aussuchte; und er befahl, augenblicklich eine Liste der Kranken anzulegen, getrennt nach Juden und Nichtjuden. Die Sache schien klar zu sein. Keinen nahm es wunder, daß die Deutschen bis zuletzt ihre nationale Vorliebe für die Klassifizierungen wahrten, und kein Jude glaubte mehr ernstlich daran, daß er den nächsten Tag erleben würde.

Die beiden Franzosen hatten nicht begriffen und waren erschrocken. Ungern übersetzte ich ihnen die Rede des SS-Mannes und empfand es als ärgerlich, daß sie Angst hatten: Kaum einen Monat waren sie im Lager, spürten fast noch keinen Hunger, waren nicht einmal Juden, und sie hatten Angst.

Noch einmal wurde Brot ausgegeben. Ich verbrachte den Nachmittag damit, das Buch zu lesen, das mir der Arzt dagelassen hatte; es war sehr interessant, und ich erinnere mich mit sonderbarer Genauigkeit daran. Ich machte auch einen Besuch in der Nachbarabteilung, um mich nach Decken umzusehen. Dort waren viele Kranke entlassen worden, und ihre Decken waren frei. Ich nahm mir ein paar warme.

Als Arthur erfuhr, daß sie aus der Ruhr-Abteilung stammten, rümpfte er die Nase: »Y-avait point besoin de le dire.« Auch fleckig waren sie. Ich dachte, daß es in Anbetracht dessen, was uns bevorstand, besser wäre, gut zugedeckt zu schlafen.

Es wurde schnell Nacht, aber das elektrische Licht funktionierte noch. Mit ruhigem Schaudern sahen wir an der Baracke einen bewaffneten SS-Mann stehen. Ich hatte keine Lust zu reden und empfand Angst nur in jener äußerlichen und bedingten Art, von der ich schon gesprochen habe. Ich las bis in die späte Nacht hinein.

Uhren gab es nicht, aber es war wohl dreiundzwanzig Uhr, als die Lichter ausgingen, ebenso die Scheinwerfer auf den Wachtürmen. In der Ferne sah man die Strahlenbündel der Flugabwehr. Am Himmel erblühte grell eine Lichtertraube, verharrte regungslos und erhellte roh die Erde. Man hörte das Dröhnen der Flugzeugen.

Dann begann der Luftangriff. Es war nichts Neues, ich stieg hinab, steckte die nackten Füße in die Schuhe und wartete.

Es schien weit weg zu sein, vielleicht über Auschwitz.

Aber da erfolgte in nächster Nähe eine Explosion und, ehe man einen Gedanken fassen konnte, eine zweite und dritte. Man hörte Fensterscheiben bersten, die Baracke schwankte, der Löffel, den ich in eine Fuge der Holzwand gesteckt hatte, fiel zu Boden.

Dann schien es aus zu sein. Cagnolati, ein junger Bauer, auch er aus den Vogesen, hatte wohl noch nie einen Luftangriff erlebt: Nackt war er aus dem Bett gesprungen, hatte sich in einen Winkel verkrochen und schrie.

Wenige Minuten später stand außer Zweifel, daß das Lager getroffen war. Zwei Baracken brannten lichterloh, zwei weitere waren gar nicht mehr vorhanden; doch es handelte sich bei allen nur um leere Baracken. Dutzende von Kranken kamen, nackt und elend, aus einer feuerbedrohten Baracke: sie wollten aufgenommen werden. Man konnte sie nicht aufnehmen. Sie beharrten darauf, bettelten und drohten in vielen Sprachen. Wir mußten die Tür verrammeln. So schleppten sie sich anderswohin, von den Flammen beleuchtet, barfuß im schmelzenden Schnee. Viele zogen die aufgegangenen Verbände hinter sich her. Für unsere Baracke schien keine Gefahr zu bestehen, es sei denn, daß der Wind sich drehte.

Die Deutschen waren nicht mehr da. Die Wachtürme waren leer.

Heute denke ich, daß niemand, und sei es nur wegen der Tatsache, daß es ein Auschwitz gegeben hat, in unsern Tagen noch von Vorsehung sprechen dürfte; doch ist gewiß, daß in jener Stunde die Erinnerung an die biblischen Errettungen aus höchster Gefahr wie ein Windhauch alle Gemüter streifte.

Schlafen konnte man nicht; eine Fensterscheibe war entzwei, und es war sehr kalt. Ich überlegte, daß wir einen Ofen ausfindig machen und bei uns aufstellen, uns Kohle, Holz und Lebensmittel besorgen müßten. Ich wußte, dies alles war unerläßlich, aber ohne Unterstützung hätte ich nie die Energie gehabt, es in die Tat umzusetzen. Ich sprach mit den beiden Franzosen.

19. Januar. Die Franzosen waren einverstanden. Im Morgengrauen erhoben wir uns, wir drei. Ich fühlte mich krank und wehrlos, mir war kalt, und ich fürchtete mich.

Die andern Kranken sahen uns mit respektvoller Neugierde an: Wußten wir denn nicht, daß es für die Kranken verboten war, den KB zu verlassen? Und wenn die Deutschen noch nicht alle fort waren? Doch sie sagten nichts; sie waren froh, daß jemand den Versuch machte.

Die Franzosen besaßen keinerlei Ortskenntnis des Lagers; aber Charles war mutig und robust, und Arthur war gewitzt und zupackend. Mehr schlecht als recht in unsere Decken gewickelt, traten wir hinaus in den Wind eines eiskalten Nebeltages.

Was ich sah, glich nichts, was ich jemals gesehen oder gehört hätte.

Das Lager, kaum erst gestorben, zeigte sich schon im Verfall. Es gab kein Wasser mehr und keinen elektrischen Strom; die eingedrückten Fenster und Türen klapperten im Wind, die losen Dachbleche kreischten, die Brandasche wirbelte hoch und weit. Zum Werk der Bomben kam das Werk der Menschen: zerlumpt, hinfällig, Skeletten gleich schleppten sich die gehfähigen Kranken, wie eine Invasion von Gewürm, auf dem hartgefrorenen Boden überallhin. Sie hatten sämtliche Baracken auf der Suche nach Nahrung und Holz durchstöbert; sie hatten in sinnloser Raserei die grotesk ausgeschmückten und bis zum Tag zuvor für die gemeinen Häftlinge verbotenen Stuben der gehaßten Blockältesten verwüstet; nicht mehr Herr ihrer Eingeweide, hatten sie überall hingemacht und den wertvollen Schnee besudelt, nunmehr einziger Wasserquell für das ganze Lager.

Um die rauchenden Trümmer der verbrannten Baracken lagerten Gruppen von Kranken auf der Erde, um die letzte Wärme auszunutzen. Andere hatten irgendwo Kartoffeln aufgetrieben und brieten sie, mit wilden Augen um sich blickend, auf den Glutstellen des Brandes. Wenige hatten die Kraft besessen, sich ein richtiges Feuer anzuzünden; sie schmolzen Schnee in allen möglichen Gefäßen.

So rasch wie wir konnten, gingen wir zu den Küchen, doch die Kartoffeln waren schon fast zu Ende. Wir füllten zwei Säcke, und Arthur blieb zu ihrer Bewachung da. Unter den Trümmern des Prominenzblocks fanden Charles und ich endlich, was wir suchten: einen schweren gußeisernen Ofen mitsamt den Rohren, die noch zu gebrauchen waren. Charles brachte rasch einen Schubkarren an, und wir luden auf; dann überließ er es mir, ihn zur Baracke zu fahren, und lief zu den Säcken. Dort fand er den vor Kälte ohnmächtig gewordenen Arthur; Charles nahm beide Säcke auf und brachte sie in Sicherheit, dann kümmerte er sich um seinen Freund.

Obwohl ich mich nur mit Mühe auf den Beinen halten konnte, tat ich mein Bestes, den schweren Karren zu lenken. Da erklang das Rattern eines Motorrades, ein SS-Mann kam ins Lager gefahren. Wie stets, wenn wir ihre harten Gesichter erblickten, fühlte ich Grauen und Haß in mir hochkommen. Zum Fortlaufen war keine Zeit mehr, und andererseits wollte ich den Ofen nicht aufgeben. Die Lagerordnung schrieb vor, strammzustehen und die Kopfbedeckung abzunehmen. Ich hatte keine Kopfbedeckung und war auch durch die Decke behindert. Ich trat einige Schritte vom Schubkarren weg und machte so etwas wie eine tolpatschige Verbeugung. Der Deutsche fuhr weiter, ohne mich zu sehen, bog um eine Baracke und verschwand. Später erfuhr ich, in was für einer Gefahr ich mich befunden hatte.

Schließlich erreichte ich die Schwelle unserer Baracke und übergab den Ofen in Charles' Hände. Ich bekam keine Luft mehr vor Anstrengung; große schwarze Flekken tanzten mir vor den Augen.

Nun ging es darum, den Ofen in Betrieb zu setzen. Uns allen dreien waren die Hände erstarrt, das eisige Metall saugte sich an der Haut unserer Finger fest, aber der Ofen mußte schnellstens funktionieren, damit wir uns erwärmen und die Kartoffeln kochen konnten. Wir hatten Holz und Kohlen gefunden und auch Glut von den verbrannten Baracken.

Als das zerbrochene Fenster instand gesetzt war und der Ofen schon Wärme hergab, schien es, als löste sich etwas in jedem von uns; und da geschah es, daß Towarowski (ein Französischpole, dreiundzwanzig Jahre alt, typhuskrank) den andern Kranken vorschlug, sie sollten uns dreien, die wir arbeiteten, jeder eine Scheibe Brot abgeben; und es wurde akzeptiert.

Nur einen einzigen Tag vorher wäre ein solches Ereignis undenkbar gewesen. Das Gesetz des Lagers sagte: »Iß dein Brot, und wenn du kannst, auch das deines Nächsten«, und es ließ keinen Platz für Dankbarkeit. Dies hier bedeutete nun wirklich, daß das Lager gestorben war.

Es war die erste menschliche Geste, die unter uns geschah. Ich glaube, daß man auf diesen Augenblick den Beginn jenes Vorgangs festsetzen könnte, der uns, die wir nicht starben, von Häftlingen nach und nach zu Menschen verwandelte.

Arthur hatte sich ganz gut erholt, aber von da an vermied er es, sich der Kälte auszusetzen; er übernahm die Bedienung des Ofens, das Kartoffelkochen, die Stubenreinigung und die Krankenpflege. Charles und ich teilten uns die verschiedenen Außendienste. Wir hatten noch eine Stunde Tageslicht: ein Gang hinaus brachte uns einen halben Liter Spiritus und eine Büchse Bierhefe ein, die irgend jemand in den Schnee geworfen hatte; dann verteilten wir gekochte Kartoffeln und gaben jedem einen Löffel Hefe. Ich hatte die unbestimmte Vorstellung, daß dies gegen Avitaminose gut sein könnte.

Es wurde dunkel; unsere Stube war die einzige im ganzen Lager, die einen Ofen besaß, und wir waren recht stolz darauf. Viele Kranke aus anderen Abteilungen drängten sich an die Tür, aber Charles mit seiner mächtigen Gestalt hielt sie in Schach. Kein einziger von uns oder von ihnen bedachte, daß es wegen der unvermeidlichen Gemeinschaft mit unseren Kranken außerordentlich gefährlich war, sich in unserm Raum aufzuhalten, und daß unter diesen Umständen an Diphtherie zu erkranken mit größerer Gewißheit den Tod bedeutete, als sich vom dritten Stockwerk herunterzustürzen.

Ich selbst, der ich mir dessen bewußt war, hielt mich bei diesem Gedanken nicht besonders auf: schon allzu lange hatte ich mich daran gewöhnt, den Tod durch Krankheit als ein mögliches und in diesem Fall unvermeidliches Ereignis zu betrachten, das jedenfalls außerhalb unseres Machtbereiches stand. Es kam mir auch nicht in den Sinn, daß ich in einen andern Raum hätte umziehen können, in eine andere Baracke mit weniger Ansteckungsgefahr. Hier stand der Ofen, unser Werk, und strahlte eine wunderbare Wärme aus; hier hatte ich ein Bett; und schließlich waren wir jetzt auch irgendwie miteinander verbunden, wir elf Kranken der Infektionsabteilung.

Selten vernahm man, nah oder fern und in Abständen, das Dröhnen der Artillerie und das Knattern von Schnellfeuergewehren. In der Dunkelheit, die nur vom roten Leuchten der Glut erhellt wurde, saßen Charles, Arthur und ich nebeneinander, rauchten Zigaretten aus Gewürzkräutern, die wir in der Küche gefunden hatten, sprachen über viele vergangene und künftige Dinge. Mitten auf dieser endlosen Ebene voller Frost und Krieg, in der kleinen, dunklen, bakterienwimmelnden Stube fühlten wir uns in Frieden mit uns und der Welt. Wir waren zerschlagen vor Anstrengung, aber es schien uns nach langer Zeit, daß wir endlich etwas Nützliches getan hatten; vielleicht wie Gott nach dem ersten Schöpfungstag.

20. Januar. Der Morgen dämmerte, und ich war an der Reihe, den Ofen anzuzünden. Abgesehen von der allgemeinen Schwäche, erinnerten mich die schmerzenden Gelenke dauernd daran, daß mein Scharlach noch längst nicht überwunden war. Der Gedanke, mich der eisigen Luft auszusetzen, um in den anderen Baracken Feuer zu holen, ließ mich vor Grauen erbeben.

Ich entsann mich meiner Zündsteine; ich begoß ein Stückchen Papier mit Spiritus, schabte geduldig von einem Zündstein ein Häufchen schwarzen Pulvers und kratzte dann das Steinchen stärker mit dem Messer an. Und siehe: nach einigen Funken fing das Häufchen Feuer, und vom Papier erhob sich die kleine, blasse Flamme des Alkohols. Arthur kam begeistert von seinem Bett herunter und wärmte pro Kopf drei der tags zuvor gekochten Kartoffeln; dann zogen Charles und ich, hungrig und vor Kälte schlotternd, wieder auf Erkundung in das sich auflösende Lager hinaus.

Lebensmittel (also Kartoffeln) hatten wir noch für zwei Tage; um Wasser zu bekommen, blieb uns nichts anderes als Schnee zu schmelzen – in Ermangelung großer Gefäße eine mühsame Angelegenheit –, aus dem man eine schwärzliche, trübe Flüssigkeit erhielt, die gefiltert werden mußte.

Das Lager schwieg. Andere ausgehungerte Gestalten streiften wie wir suchend herum: nunmehr mit langen Stoppelbärten, tief in den Höhlen liegenden Augen, skeletthaften gelben Gliedern, die aus den Lumpen hervorschauten. Unsicheren Schrittes gingen sie in die verlassenen Baracken, kamen mit den verschiedensten Gegenständen wieder heraus: Äxte, Eimer, Schöpfkellen, Nägel, alles konnte von Nutzen sein, und die Weitestschauenden dachten schon an einträgliche Geschäfte mit den Polen aus der Umgegend.

In der Küche rauften sich zwei um die letzten Dutzende fauler Kartoffeln. Sie hatten sich an ihre Lumpen gepackt und schlugen mit komischen, langsamen Schlägen aufeinander ein, jiddische Schmähungen zwischen den vereisten Lippen hervorstoßend.

Im Hof des Magazins lagen zwei große Haufen Kohl und Rüben (die dicken, faden Rüben, die Grundlage unserer Ernährung). Sie waren so vereist, daß man sie nur mit der Spitzhacke losschlagen konnte. Charles und ich wechselten uns ab, legten in jeden Schlag unsere ganze Kraft hinein und sicherten uns etwa fünfzig Kilo. Noch eines: Charles fand ein Paket Salz und (»une fameuse trouvaille!«) einen Behälter mit ungefähr einem halben Hektoliter Wasser in Form massiven Eises.

Wir luden alles auf einen kleinen Karren (früher dienten sie dazu, das Essen zu den Baracken zu bringen; allenthalben standen sie in großer Zahl herum) und kehrten, ihn mühsam auf dem Schnee schiebend, wieder zurück.

Für jenen Tag begnügten wir uns noch mit gekochten Kartoffeln und Rübenscheiben, die auf dem Ofen geröstet wurden, doch für den nächsten Tag versprach uns Arthur bedeutsame Neuerungen.

Nachmittags ging ich ins ehemalige Ambulatorium, auf der Suche nach irgendetwas Brauchbarem. Aber man war mir zuvorgekommen: Alles war von unkundigen Plünderern durcheinandergeworfen. Keine einzige ganze Flasche mehr, auf dem Fußboden eine Schicht Lappen, Kot und Verbandsmaterial und ein nackter, verkrümmter Leichnam. Doch eines hatten meine Vorgänger übersehen: eine Lkw-Batterie. Ich berühre die Pole mit dem Messer; ein kleiner Funke, sie war geladen.

Und abends hatte unsere Stube Licht.

Vom Bett aus sah ich durchs Fenster auf die Straße: schon seit drei Tagen zog in aufeinanderfolgenden Wellen die fliehende Wehrmacht vorüber. Panzerwagen, »Tigerpanzer« mit weißem Tarnanstrich, Deutsche zu Pferd, Deutsche auf Fahrrädern, Deutsche zu Fuß, bewaffnet und unbewaffnet. Man hörte das Rasseln der Raupenketten in der Nacht schon viel eher, als die Panzer sichtbar wurden.

Charles fragte: »Ça roule encore?«

»Ça roule toujours.«

Es war, als würde es nie ein Ende nehmen.

21. Januar. Aber es nahm ein Ende. Im Morgengrauen des Einundzwanzigsten zeigte sich uns die Ebene öde und starr, weiß unter dem Flug der Raben, so weit das Auge reichte, traurig bis in den Tod. Fast wäre es mir lieber gewesen, noch irgend etwas in Bewegung zu sehen. Auch die polnischen Zivilisten waren verschwunden, wer weiß, wohin sie sich verkrochen hatten. Es schien, als sei sogar der Wind stehengeblieben. Ich hatte nur einen Wunsch: im Bett bleiben zu können, unter den Decken, mich der vollkommenen Mattigkeit der Muskeln, der Nerven und des Willens zu überlassen; zu warten, bis es zu Ende ginge oder nicht, es war einerlei: wie ein Toter.

Aber Charles hatte schon den Ofen angemacht, der regsame, vertrauensvolle, freundschaftliche Mensch Charles, und rief mich zur Arbeit: »Vas-y, Primo, descends-toi de là-haut; il y à Jules à attraper par les oreilles ...«

»Jules« war der Latrineneimer, den man jeden Morgen bei den Henkeln nehmen, hinausschaffen und in die Senkgrube schütten mußte; es war die erste Pflicht des Tages, und wenn man bedenkt, daß wir uns die Hände nicht waschen konnten und daß wir drei Typhuskranke unter uns hatten, versteht man, daß es keine angenehme Arbeit war.

Kohl und Rüben mußten zubereitet werden. Während ich auf Holzsuche ging und Charles Schnee zum Auftauen sammelte, mobilisierte Arthur die sitzfähigen Kranken, damit sie beim Putzen halfen. Towarowski, Sertelet, Alcalai und Schenck folgten dem Aufruf.

Auch der zwanzigjährige Sertelet war ein Bauer aus den Vogesen; er schien sich in guter Verfassung zu befinden, doch mit jedem Tag nahm seine Stimme einen bedrohlicheren nasalen Klang an, um uns zu erinnern, daß die Diphtherie nur selten Pardon gibt.

Alcalai war ein jüdischer Glaser aus Toulouse. Er war sehr ruhig und vernünftig; er hatte eine Gesichtsrose.

Schenk war ein jüdischer slowakischer Kaufmann; als Typhus-Konvaleszent hatte er einen fürchterlichen Appetit. Desgleichen Towarowski, ein französisch-polnischer Jude, albern und schwatzhaft, aber nützlich für unsere Gemeinschaft wegen seines ansteckenden Optimismus.

Während also die Kranken, jeder auf seinem Bett sitzend, mit den Messern hantierten, suchten Charles und ich nach einem Raum, der als Küche benutzt werden konnte.

Ein unbeschreiblicher Dreck herrschte in allen Teilen des Lagers. Da sämtliche Latrinen, um deren Reinigung sich natürlich niemand mehr kümmerte, überquollen, hatten die vielen Ruhrkranken jeden Winkel des KB beschmutzt, alle Eimer, alle Behälter, die einst für die Essensausgabe benutzt wurden, alle Eßnäpfe vollgemacht. Man konnte keinen Schritt tun, ohne genau aufzupassen, wohin man seine Füße setzte; im Dunkeln konnte man nirgendwohin gehen. Obgleich wir unter der unvermindert strengen Kälte litten, dachten wir doch mit Grauen an das, was bei Tauwetter eintreten mußte: die ansteckenden Krankheiten würden sich ungehindert verbreiten, der Gestank würde erstickend werden, und außerdem würden wir nach dem Abtauen des Schnees kein Wasser mehr haben.

Nach langem Suchen entdeckten wir schließlich in einem Raum, der einmal als Waschraum gedient hatte, einige Handbreit Fußboden, der nicht übermäßig beschmutzt war. Wir zündeten ein offenes Feuer an; um Zeit und Komplikationen zu sparen, desinfizierten wir uns die Hände, indem wir sie mit Chloramin abrieben, das wir mit Schnee vermischt hatten.

Die Kunde, daß eine Suppe gekocht werde, verbreitete sich rasch unter der Schar der Halblebendigen; an der Tür drängten sich die hungrigen Gesichter. Charles hielt ihnen mit erhobener Schöpfkelle eine energische, kurze Ansprache, die, obwohl sie französisch war, nicht übersetzt zu werden brauchte.

Die meisten zogen wieder davon, aber einer trat vor: ein Pariser, ein Schneider von Ruf (wie er sagte), lungenkrank. Für einen Liter Suppe stünde er uns zur Verfügung und würde uns Anzüge aus den zahlreichen im Lager verbliebenen Decken schneidern.

Maxime erwies sich wirklich als geschickt. Tags darauf besaßen Charles und ich Jacke, Hose und dicke Handschuhe aus rauhem Stoff in auffälligen Farben.

Abends, als die erste Suppe mit Begeisterung verteilt und mit Gier verschlungen war, wurde das große Schweigen der Ebene gebrochen. Von unsern Betten, zu müde, um im Innersten beunruhigt zu sein, horchten wir auf das Krachen geheimnisvoller Artillerien, die anscheinend überall am Horizont aufgestellt waren, und auf das Heulen der Geschosse über unsern Köpfen.

Ich dachte daran, wie schön das Leben draußen war und daß es auch noch schön sein würde und daß es wirklich schade wäre, sich jetzt kleinkriegen zu lassen. Ich weckte die Kranken, die eingenickt waren, und als ich die

Gewißheit hatte, daß alle zuhörten, sagte ich ihnen, zunächst auf französisch, dann in meinem besten Deutsch, daß wir jetzt alle daran denken müßten, nach Hause zurückzukehren, und daß wir, was von uns abhing, einiges tun und anderes lassen mußten. Jeder solle peinlich darauf achten, seinen Eßnapf und seinen Löffel zu behalten; keiner solle dem andern die Suppe anbieten, die er vielleicht übriglassen würde; keiner solle sein Bett verlassen, wenn er nicht zur Latrine müsse; wer etwas benötige, solle sich ausschließlich an uns drei wenden; Arthur hatte den besonderen Auftrag, über Disziplin und Hygiene zu wachen, und er mußte sich merken, daß es besser war, die Eßnäpfe und Löffel schmutzig zu lassen als sie zu waschen und dabei Gefahr zu laufen, diejenigen eines Diphtheriekranken mit denen eines Typhuskranken zu vertauschen.

Ich hatte den Eindruck, daß die Kranken nun allem gegenüber zu gleichgültig waren, um sich an meine Worte zu halten; aber ich setzte großes Vertrauen in Arthurs Tüchtigkeit.

22. Januar. Wenn derjenige mutig zu nennen ist, der leichten Herzens eine große Gefahr auf sich nimmt, dann waren Charles und ich an jenem Morgen sehr mutig. Wir dehnten unsere Erkundung bis ins SS-Lager unmittelbar hinter dem elektrischen Sperrdraht aus.

Die Lagerwachen müssen in großer Hast aufgebrochen sein. Auf den Tischen fanden wir halbvolle Teller mit nunmehr gefrorener Suppe, die wir mit ausgesprochenem Genuß verschlangen, noch volle Krüge Bier, das zu gelbem Eis geworden war, ein Schachbrett mit einem angefangenen Spiel; in den Unterkünften eine Menge kostbarer Dinge.

Wir nahmen eine Flasche Wodka mit, verschiedene

Arzneien, Zeitungen und Zeitschriften und vier tadellose Steppdecken, von denen eine sich heute in meiner Turiner Wohnung befindet. Froh und ahnungslos brachten wir die Ausbeute unserer Expedition in die Stube zurück und vertrauten sie Arthurs Obhut an. Erst abends erfuhren wir, was etwa eine halbe Stunde später geschehen war.

Einige vielleicht versprengte, jedenfalls bewaffnete SS-Leute waren ins verlassene Lager eingedrungen. Sie fanden achtzehn Franzosen, die sich im Eßraum der SS häuslich eingerichtet hatten. Sie erledigten alle methodisch durch Genickschuß, legten dann die verkrümmten Leichen der Reihe nach auf die Straße in den Schnee und gingen wieder. Jene achtzehn Leichen blieben so dort liegen, bis die Russen kamen; keiner besaß die Kraft, ihnen ein Grab zu bereiten.

In allen Baracken gab es jetzt Betten, in denen Tote lagen, steif wie Stöcke, und keinem fiel es ein, sie fortzuschaffen. Der Boden war zu hart gefroren, man konnte keine Gräber ausheben; viele Leichen wurden in einem Splittergraben übereinander geschichtet, doch schon nach den ersten Tagen ragte der Haufen über den Rand empor, von unserm Fenster aus schauerlich anzusehen.

Nur eine Bretterwand trennte uns von der Abteilung der Ruhrkranken. Viele Sterbende gab es da und viele Tote. Der Fußboden war von einer Schicht gefrorener Exkremente bedeckt. Keiner hatte mehr die Kraft, aus den Decken zu kriechen, um auf Nahrungssuche zu gehen, und wer es zuvor getan hatte, war nicht wiedergekommen, um den Kameraden zu helfen. In ein und demselben Bett, aneinandergeklammert, um der Kälte besser zu widerstehen, lagen auf der anderen Seite, dicht an der Trennungswand, zwei Italiener. Ich hörte sie oft reden, aber da ich selbst nur französisch sprach, bemerkten sie mich lange nicht. An dem Tag aber hörten sie zufällig meinen Namen, den Charles italienisch aussprach, und von da an nahm ihr Wehklagen und Flehen kein Ende mehr.

Natürlich wäre ich ihnen gern zu Hilfe gekommen, hätte ich die Möglichkeit und die Kraft dazu besessen; wenigstens, um ihrem unerträglichen Schreien Einhalt zu gebieten. Am Abend, als alle Arbeiten getan waren, schleppte ich mich trotz Mühe und Ekel tastend durch den verdreckten dunklen Gang mit einem Napf Wasser und den Suppenresten des Tages bis zu ihrer Abteilung. Das Ergebnis war, daß von Stund an die ganze Belegschaft der Ruhr-Abteilung Tag und Nacht durch die dünne Wand meinen Namen in den Modulationen aller Sprachen Europas rief, begleitet von unverständlichen Bitten; und ich konnte in keiner Weise Abhilfe schaffen. Ich war den Tränen nahe, hätte sie verfluchen mögen.

Die Nacht brachte uns böse Überraschungen.

Lakmaker, der im Bett unter mir lag, war ein erbärmliches menschliches Wrack. Er war ein siebzehnjähriger holländischer Jude (oder war es gewesen), hochgewachsen, mager, von ruhiger Gemütsart. Seit drei Monaten lag er im Bett; ich weiß nicht, wie er den Selektionen entgangen war. Nacheinander hatte er Typhus und Scharlach gehabt; dabei hatte sich bei ihm ein schwerer Herzfehler herausgebildet, und er war durch häßliche Liegewunden entstellt, so daß er nur noch auf dem Bauch liegen konnte. Trotz allem hatte er einen wahren Heißhunger. Er sprach nur holländisch; verstehen konnte ihn keiner von uns.

Vielleicht war an allem die Suppe aus Kohl und Rüben schuld, von der Lakmaker zwei Schläge gegessen hatte. Mitten in der Nacht begann er zu jammern, warf sich dann aus dem Bett. Er versuchte, die Latrine zu erreichen, doch er war zu schwach und schlug weinend und laut schreiend zu Boden.

Charles machte Licht (der Akku erwies sich als ein wahrer Segen), und so konnten wir das ganze Ausmaß des Unglücks feststellen. Das Bett des Jungen und der Fußboden waren beschmutzt. Der Gestank wurde in dem kleinen Raum rasch unerträglich. Wir hatten nur einen ganz geringen Vorrat an Wasser, keine Decken und keine Strohsäcke zum Wechseln. Der Arme war als Typhuskranker ein furchtbarer Ansteckungsherd; aber gewiß konnte man ihn nicht die ganze Nacht im Dreck auf dem Fußboden jammern und vor Kälte beben lassen.

Charles stieg aus dem Bett und zog sich schweigend an. Während ich das Licht hielt, schnitt er mit dem Messer alle schmutzigen Stellen aus Strohsack und Decken; mit der Behutsamkeit einer Mutter hob er Lakmaker auf, säuberte ihn so gut es ging mit Stroh aus dem Sack, legte ihn dann wieder in der für den Unglücklichen einzig möglichen Lage ins frisch gemachte Bett, kratzte den Fußboden mit einem Stück Blech ab, streute etwas Chloramin darüber und desinfizierte schließlich jeden Gegenstand und auch sich selbst.

Ich maß sein Opfer an der Müdigkeit, die ich hätte überwinden müssen, um zu tun, was er tat.

23. Januar. Unsere Kartoffeln waren zu Ende. Seit Tagen ging in den Baracken das Gerücht um, daß sich eine riesige Kartoffelmiete irgendwo außerhalb des Stacheldrahts nicht weit vom Lager befände.

Einige unbekannte Pioniere mußten geduldige Nachforschungen angestellt haben, oder jemand mußte die Örtlichkeit genau kennen; jedenfalls war am Morgen des Dreiundzwanzigsten ein Teil Stacheldraht niedergerissen, und eine doppelte Prozession von Elendsgestalten wanderte durch die Öffnung aus und ein.

Charles und ich gingen hinaus in den Wind der düsteren Ebene. Wir standen außerhalb der niedergerissenen Barriere.

»Dis donc, Primo, on est dehors!«

Ja: zum erstenmal seit dem Tag meiner Gefangennahme war ich frei, ohne bewaffnete Wächter, ohne eine Absperrung zwischen mir und meinem Zuhause.

Die Kartoffeln lagen ungefähr vierhundert Meter vom Lager entfernt, ein Schatz: Zwei riesig lange Gräben voller Kartoffeln, zum Schutz gegen den Frost abwechselnd mit Erde und Stroh bedeckt. Keiner würde mehr Hungers sterben.

Aber das Ausheben war keine geringe Mühe. Die Erdoberfläche war steinhart gefroren. In schwerer Arbeit mit der Spitzhacke gelang es einem, die Erdkruste aufzubrechen und die Miete freizulegen; doch die meisten zogen es vor, in die von den andern verlassenen Löcher hineinzukriechen; sie drangen sehr tief ein und reichten die Kartoffeln an die Kameraden weiter, die draußen standen.

Ein alter Ungar war dort vom Tod überrascht worden. Erstarrt lag er da in der Gebärde des Hungernden: den Kopf und die Schultern unter dem Erdhügel, den Leib im Schnee, die Hände nach den Kartoffeln ausgestreckt. Der nächste, der nach ihm kam, rückte den Leichnam einen Meter zur Seite und nahm durch die freigemachte Öffnung hindurch die Arbeit wieder auf.

Seitdem wurde unsere Verpflegung besser. Außer gekochten Kartoffeln und Kartoffelsuppe boten wir unseren Kranken Kartoffelpuffer nach Arthurs Rezept: Man reibt rohe Kartoffeln zusammen mit gekochten und zerfallenen und röstet die Mischung auf einem glühenden Stück Blech. Es schmeckte nach Ruß.

Aber Sertelet hatte nichts davon, denn sein Zustand verschlimmerte sich. Er sprach immer mehr durch die Nase, und an diesem Tag konnte er überhaupt nichts mehr richtig schlucken; irgendetwas war in seinem Hals entzweigegangen, jeder Bissen brachte ihn fast zum Ersticken.

Ich ging zu einem ungarischen Arzt, der als Kranker dageblieben war und sich in der gegenüberliegenden Baracke befand. Kaum hörte er Diphtherie, wich er zurück und wies mich hinaus.

Nur um des propagandistischen Effekts willen träufelte ich allen Kampferöl in die Nase. Ich versicherte Sertelet, daß ihm dies guttun würde; und ich gab mir Mühe, mich selbst davon zu überzeugen.

24. Januar. Freiheit. Die Bresche im Stacheldraht gab uns einen konkreten Begriff davon. Wenn man es richtig überlegte, so bedeutete das: keine Deutschen mehr, keine Selektionen, keine Arbeit, keine Schläge, keine Appelle und später vielleicht die Heimkehr.

Aber es kostete Anstrengung, sich davon zu überzeugen, und keiner hatte Zeit, es zu genießen. Alles ringsum war Zerstörung und Tod.

Der Leichenhaufen vor unserm Fenster wuchs jetzt über die Grabenränder hinaus. Trotz der Kartoffeln waren alle äußerst schwach: kein Kranker wurde im Lager gesund, statt dessen bekamen viele noch Lungenentzündung und Ruhr; wer nicht imstande gewesen war, aufzustehen, oder die Energie dazu nicht aufgebracht hatte, lag stumpf in seinem Bett, starr vor Kälte, und niemand merkte, wenn er starb.

Alle andern waren von erschreckender Mattigkeit: nach Monaten und Jahren des Lagerlebens können Kartoffeln einen Menschen nicht wieder zu Kräften bringen. Wenn Charles und ich nach dem Kochen die täglichen fünfundzwanzig Liter Suppe vom Waschraum bis zur Stube transportiert hatten, mußten wir uns keuchend aufs

Bett werfen, während der rührige, häusliche Arthur die Verteilung vornahm und darauf bedacht war, daß die drei Schläge »rabiot pour les travailleurs« übrigblieben und auch etwas Bodensatz »pour les italiens d'à côté«.

Im zweiten Infektionsraum, der ebenfalls an den unsern grenzte, und der größtenteils von Tuberkulosekranken belegt war, sah es ganz anders aus. Wer dazu imstande gewesen war, hatte sich in andere Baracken begeben. Die Kameraden, denen es am schlechtesten ging und die am schwächsten waren, verloschen nacheinander in Einsamkeit.

Eines Morgens war ich hineingegangen, um mir eine Nadel zu borgen. In einem der oberen Betten röchelte ein Kranker. Wie er mich hörte, setzte er sich auf und ließ sich dann über den Bettrand, mir entgegen, kopfüber hinunterhängen, mit steifem Oberkörper, steifen Armen und weißen Augen. Der unten im Bett lag, hob instinktiv seine Arme, um jenen Körper zu stützen, und da merkte er, daß jener gestorben war. Er gab langsam unter dem Gewicht nach, der andre glitt zu Boden und blieb dort. Keiner kannte seinen Namen.

Aber in Baracke 14 hat es etwas Neues gegeben. Dort waren die Operierten untergebracht, von ihnen befanden sich einige in recht guter Verfassung. Sie organisierten eine Expedition ins englische Kriegsgefangenenlager, von dem man annahm, daß es geräumt worden war. Es wurde ein einträgliches Unternehmen. Sie kehrten in Khaki-Anzügen zurück, mit einer Karre voller nie gesehener, herrlicher Dinge: Margarine, Puddingpulver, Speck, Sojamehl und Schnaps.

Abends sang man in der Baracke 14.

Von uns fühlte sich niemand kräftig genug, die zwei Kilometer bis zum englischen Lager zu gehen und beladen zurückzukommen. Aber auf indirekte Weise gereichte die glückliche Expedition vielen zum Vorteil. Die ungleiche Verteilung der Güter bewirkte ein Wiederaufleben von Industrie und Handel. In unserer kleinen Kammer mit ihrer Todesatmosphäre entstand eine Kerzenfabrik; die Dochte wurden in Borsäure getaucht, die Kerzen in Pappformen gegossen. Und die Reichen von der Baracke 14 kauften unsere ganze Produktion auf und bezahlten uns mit Speck und mit Mehl.

Den Block Rohwachs hatte ich selbst im Elektromagazin gefunden. Ich erinnere mich noch an die abfälligen Mienen derjenigen, die mit ansahen, wie ich ihn fortschaffte, und an den folgenden Dialog: »Was willst du denn damit?«

Es war nicht ratsam, ein Fabrikationsgeheimnis preiszugeben; so hörte ich mich selbst die Worte zur Antwort geben, die ich oft von den Lagerveteranen vernommen hatte und die das besagten, dessen sie sich am meisten rühmten, nämlich »gute Häftlinge« zu sein, bewanderte Leute, die immer und überall zurechtkamen: »Ich verstehe verschiedene Sachen ...«

25. Januar. Nun traf es Sómogyi. Ein ungarischer Chemiker war er, etwa fünfzig Jahre alt, mager, hochgewachsen, schweigsam. Wie der Holländer hatte er Typhus und Scharlach hinter sich; doch nun kam etwas Neues hinzu. Er wurde von hohem Fieber befallen. Seit ungefähr fünf Tagen hat er kein Wort mehr gesprochen; aber heute öffnete er den Mund und sagte mit sicherer Stimme: »Ich hab' eine Ration Brot unterm Strohsack. Teilt sie unter euch drei. Ich esse nichts mehr.«

Wir fanden keine Worte der Erwiderung, aber vorerst rührten wir das Brot nicht an. Seine eine Gesichtshälfte war geschwollen. Solange er bei Bewußtsein war, bewahrte er ein herbes Schweigen.

Doch am Abend und die ganze Nacht und zwei Tage lang ohne Unterbrechung wurde das Schweigen durch das Delirium abgelöst. Einem letzten, endlosen Traum von Unterwerfung und Sklaverei folgend, murmelte er bei jedem Ausatmen: »Jawohl!«; regelmäßig und beharrlich, wie bei einer Maschine, ertönte mit jedem Einfallen des armen Brustkorbs das »Jawohl!«, Tausende von Malen, daß man ihn am liebsten gerüttelt, erstickt hätte, oder wenigstens sollte er das Wort wechseln.

Nie wurde mir so bewußt, wie mühsam eines Menschen Tod ist.

Draußen lag immer noch das große Schweigen. Die Zahl der Raben hatte sich sehr vermehrt, und jeder wußte warum. Nur in großen Abständen ließ sich die Artillerie wieder vernehmen. Alle sagten einander, daß die Russen bald, sofort eintreffen würden; alle proklamierten sie es, alle waren sich dessen gewiß, aber keiner war fähig, es klaren Sinnes zu fassen. Denn in den Lagern kommt einem die Gewohnheit des Hoffens abhanden und auch das Vertrauen in die eigene Vernunft. Im Lager ist das Denken unnütz, denn die Geschehnisse treten in unvorhergesehener Weise ein; und zudem ist es schädlich, denn es erhält eine Sensibilität, die ein Quell des Schmerzes ist und die irgendein vorsorgliches Naturgesetz stumpf macht, sobald die Leiden ein bestimmtes Maß überschreiten.

Wie man der Freude, der Angst, ja, sogar des Schmerzes müde wird, so wird man auch der Erwartung müde. Nun, da der 25. Januar erreicht war, da seit acht Tagen die Beziehungen zu jener grausamen Welt – doch immerhin einer Welt – abgebrochen waren, konnten die meisten von uns vor Erschöpfung nicht einmal mehr warten.

Abends, um den Ofen herum, fühlten noch einmal Charles, Arthur und ich uns wieder Mensch werden. Wir konnten über alles sprechen. Arthurs Erzählung über die Art, wie man in Provenchères in den Vogesen die Sonntage verbrachte, begeisterte mich, und Charles weinte fast, als ich ihm vom Waffenstillstand in Italien berichtete, von dem unklaren, verzweifelten Einsetzen des Partisanenkampfes, von dem Mann, der uns verraten hatte, von unserer Gefangennahme in den Bergen.

Im Dunkel, hinter uns und über uns, ließen sich die acht Kranken keine Silbe entgehen, auch die nicht, die kein Französisch verstanden. Nur Sómogyi gab dem Tod beharrlich seine Zusage.

26. Januar. Wir lagen in einer Welt der Toten und der Larven. Um uns und in uns war die letzte Spur von Zivilisation geschwunden. Das Werk der Vertierung, von den triumphierenden Deutschen begonnen, war von den geschlagenen Deutschen vollbracht worden.

Mensch ist, wer tötet, Mensch ist, wer Unrecht zufügt oder erleidet; kein Mensch ist, wer jede Zurückhaltung verloren hat und sein Bett mit einem Leichnam teilt. Und wer darauf gewartet hat, bis sein Nachbar mit dem Sterben zu Ende ist, damit er ihm ein Viertel Brot abnehmen kann, der ist, wenngleich ohne Schuld, vom Vorbild des denkenden Menschen weiter entfernt als der roheste Pygmäe und der grausamste Sadist.

Ein Teil unseres Seins wohnt in den Seelen der uns Nahestehenden: darum ist das Erleben dessen ein nichtmenschliches, der Tage gekannt hat, da der Mensch in den Augen des Menschen ein Ding gewesen ist. Wir drei waren großenteils immun dagegen, und dafür sind wir uns gegenseitig Dank schuldig; deshalb wird auch meine Freundschaft zu Charles der Zeit widerstehen.

Aber Tausende von Metern über uns, in den Lücken zwischen den grauen Wolken, vollzogen sich die komplizierten Wunder der Luftduelle. Über uns Nackten, Ohnmächtigen, Wehrlosen suchten Menschen unserer Zeit sich mit den raffiniertesten Instrumenten gegenseitig umzubringen. Eine Fingerbewegung von ihnen konnte die Zerstörung des ganzen Lagers bewirken, konnte Tausende von Menschen vernichten; doch die Summe aller unserer Energien, all unseres Wollens hätte nicht ausgereicht, das Leben auch nur eines einzigen von uns um eine Minute zu verlängern.

Nachts hatte der Tanz ein Ende, und die Stube war wiederum erfüllt von Sómogyis Monolog.

In völliger Dunkelheit fuhr ich aus dem Schlaf hoch. »L'pauv' vieux« schwieg: er hatte seine Fron getan. Mit der letzten Lebenszuckung hatte er sich aus dem Bett zu Boden geworfen. Ich habe Knie, Hüften, Schultern und Kopf aufschlagen hören.

»La mort l'a chassé de son lit«, stellte Arthur fest.

Wir konnten ihn wahrlich nicht mitten in der Nacht hinaustragen. Uns blieb nichts anderes übrig, als wieder einzuschlafen.

27. Januar. Morgengrauen. Auf dem Fußboden das schandbare Durcheinander verdorrter Glieder, das Ding Sómogyi.

Es gibt dringendere Arbeiten. Man kann sich nicht waschen, wir können ihn nicht anfassen, bevor wir nicht gekocht und gegessen haben. Und dann »... rien de si dégoutant que les débordements«, wie Charles richtig meint; der Latrineneimer muß geleert werden. Die Lebenden stellen größere Ansprüche. Die Toten können warten. Wir begaben uns an die Arbeit, wie jeden Tag.

Die Russen kamen, als Charles und ich Sómogyi ein kurzes Stück wegtrugen. Er war sehr leicht. Wir kippten die Bahre in den grauen Schnee.

Charles nahm die Mütze ab. Mir tat es leid, daß ich keine hatte.

Von den elf der Infektionsabteilung war Sómogyi der einzige, der in den zehn Tagen starb. Sertelet, Cagnolati, Towarowski, Lakmaker und Dorget (von ihm habe ich noch nicht gesprochen: ein französischer Industrieller, der an Bauchfellentzündung operiert worden war und dann eine Nasendiphtherie bekam) starben wenige Wochen später im provisorischen russischen Lazarett von Auschwitz. In Kattowitz traf ich im April Schenck und Alcalai bei guter Gesundheit. Arthur ist glücklich zu seiner Familie heimgekehrt, Charles hat seinen Lehrerberuf wieder aufgenommen; wir haben lange Briefe miteinander gewechselt, und hoffentlich kann ich ihn eines Tages wiedersehen.

Avigliana-Turin,
Dezember 1945/Januar 1947